Alexandra
Felleitner

Ein Paul für die Liebe

*Das größte Glück ist, wenn aus zwei einsamen Herzen
eins wird – voll mit Liebe, Vertrauen und Zuversicht.*

novum ⬥ pro

Dieses Buch ist auch als
e-book
erhältlich.

Bibliografische Information
der Deutschen Nationalbibliothek:

Die Deutsche Nationalbibliothek
verzeichnet diese Publikation in
der Deutschen Nationalbibliografie.
Detaillierte bibliografische Daten
sind im Internet über
http://www.d-nb.de abrufbar.

Gedruckt in der Europäischen Union
auf umweltfreundlichem, chlor- und
säurefrei gebleichtem Papier.

© 2025 novum publishing gmbh
Rathausgasse 73, A-7311 Neckenmarkt
office@novumverlag.com

ISBN 978-3-7116-0809-3
Lektorat: Laura Oberdorfer
Umschlaggestaltung, Layout & Satz:
novum Verlag

www.novumverlag.com

Druckprodukt mit finanziellem
Klimabeitrag
ClimatePartner.com/16547-2311-1001

Inhaltsverzeichnis

Kapitel 1

Max und Sophie

Max freut sich schon auf den Feierabend, als sein Freund und Chef Eddie ihn zur Theke des Fitnessstudios heranwinkt. Eddie hat Frau von Wernher am Telefon, die schon auf dem Weg ins Studio ist und auf eine Einzelstunde Bauch-Beine-Po mit Max besteht.

„Ja, selbstverständlich" und „er freut sich schon sehr auf Sie", hört Max Eddie sagen und ahnt schon, mit wem dieser telefoniert. Ausgerechnet heute noch eine Stunde mit Frau von Wernher, die aufgetakelte Mittsechzigerin, die ihm während des Trainings Kussmünder und verführerische Blicke zuwirft und ihm dabei auch noch mehrmals zuzwinkert.

Das habe ich heute noch gebraucht! Aber was tut man nicht alles für den besten Freund.

Ein paar Minuten später kommt sie auch schon durch die Eingangstür und begrüßt ihn mit einer überschwänglichen Umarmung und einem besitzergreifenden Kuss auf die Wange.

Nach mehrmaligem Hinternkneifen und vielen anzüglichen Bemerkungen hat Max endlich die Stunde hinter sich gebracht und verabschiedet Frau von Wernher mit einem Handkuss und einer übertriebenen, huldvollen Verbeugung. Sie klimpert verführerisch mit den Wimpern und verfügt sofort über die nächste Trainingsstunde mit Max – natürlich wieder eine Einzelstunde – am nächsten Tag.

„Ich freu mich schon auf morgen", sagt er bemüht freundlich.

Sie hingegen haucht stattdessen nur mit einem Kussmund „Ciao, Süßer!"

„Später in ‚Jimmys Bar' gibst du mir aber einen Drink aus!"

„Klar, das bin ich dir schuldig", antwortet Eddie und sie verabschieden sich, um sich wenige Zeit später in der Bar wieder zu treffen.

„Fräulein Lehmann, überarbeiten Sie Ihr Marketing-Konzept für das Haarshampoo noch heute, das Layout benötigt einen weiteren Feinschliff. Sie wissen, ich dulde keine Gewöhnlichkeit! Morgen um 8 Uhr muss es auf meinem Schreibtisch liegen!"

Sophie zuckt zusammen und fährt hoch. Ob ihr Chef wohl bemerkt hat, dass in ihren Gedanken vor ihren Augen ein dunkelhaariger Mann mit rehbraunen Augen gekniet hat?

„Ja klar", stammelt sie, „das kann ich sicher noch machen."

„Ich habe nichts anderes von Ihnen erwartet."

„Ja, natürlich ... ich habe heute nichts mehr vor ..."

Sophie seufzt.

„Schönen Abend, Herr Schmitt."

Aber er ist schon längst durch die Tür verschwunden und kurz darauf fällt die schwere Eingangstüre aus Holz ins Schloss.

„Zum dritten Mal schon verlangt er für die Shampoo-Sache den ‚letzten' Feinschliff! Gewöhnlichkeit?! Hm, der wird wohl nie zufrieden sein!"

Nach einer Überstunde macht sich Sophie auf den Weg zu ihrer besten Freundin Lena, der der Coffeeshop am Schubertplatz gehört. Vor sieben Jahren hat Lena das Café eröffnet. Damals war in dem Gebäude eine Näherei, die aber schon viele Jahre nicht mehr betrieben wurde. Die Neugier der Leute während des Umbaus war groß und auch die Eröffnungswoche war ein voller Erfolg. Schnell konnte sich Lena Stammkundschaft aufbauen, für die der Coffeeshop so etwas wie ein zweites Zuhause geworden war.

Der Duft von frisch gebrühtem Kaffee, die milchkaffeebraunen Wände, die dunkelrote Wand hinter der Theke in Verbindung mit dem dunkelbraunen Holzboden verbreiten eine stressfreie Atmosphäre. Sophie konnte Lena zu dunkelroten, bequemen Ledersesseln auf der rechten Seite des Lokals überreden. Auf der anderen Seite setzte Lena ihre Vorstellungen um und ordnete braune, dick gepolsterte Bänke Rücken an Rücken an. Im hinteren Teil – gegenüber dem Eingang – befindet sich die Theke, an der Sophies Stammplatz ist. Lena kann von hier aus die Gäste bedienen und gleichzeitig auch mit Sophie schon die Neuigkeiten des Tages besprechen.

Durch die großen Fenster, die fast bis zum Boden reichen, sieht Lena Sophie schon über den Schubertplatz kommen und bereitet sogleich einen Cappuccino für sie zu. Sophie läuft heute aber erst mal an der Theke vorbei Richtung WC.

Während sich hinter Sophie die Tür zu den WC-Räumen schließt, öffnet sich die Eingangstür zum Coffeeshop und Max betritt den Laden. Er blickt sich kurz um und wundert sich gerade, warum er hier hereingekommen ist.

„Egal, ein schöner heißer Kaffee ist genau das richtige nach der Stunde mit Frau von Wernher!"

Er geht zur Theke und bestellt einen doppelten Espresso to go. Eigentlich war er auf dem Weg nach Hause, die Lindengasse war wegen Straßenarbeiten gesperrt, so musste er über den Schubertplatz gehen und stand auch schon im Coffeeshop.

„Wow, ein richtiger Leckerbissen – und Sophie kommt nicht!"

Lena lässt sich viel Zeit, damit Sophie ihn auch noch sehen kann, aber als sie fertig ist, legt er das Geld auf den Tresen und geht auch schon zur Tür.

Jetzt erst kommt Sophie zurück, bleibt aber vor der Tür zu den WC-Räumen stehen, weil Lena wie eine Wilde mit den Armen gestikuliert.

Als Sophie endlich kapiert, was Lena von ihr will, kann sie den fremden Mann nur mehr von Weitem sehen. Aber eigentlich ist er ihr auch egal.

Wann kapiert Lena endlich, dass ich keine Beziehung will? Ich habe nicht vor, die Männerpause zu beenden!

Vor einem Jahr hat Sophie ihre Beziehung mit Giovanni beendet. Dieser hatte sie mit seiner Ex-Freundin Arianna mehrmals betrogen, ist aber dann auf den Knien rutschend zu ihr zurückgekehrt. Blind vor Liebe hat ihm Sophie vergeben, er war ja auch die große Liebe ihres Lebens und als sie sich zum zweiten Mal für die Beziehung mit ihm entschied, sollte es für immer sein.

Wenige Wochen danach – Giovanni hatte sich das Bein bei einem Motorradunfall gebrochen – war ihr klar, dass sie die richtige Entscheidung getroffen hatte. Ihre Liebe war so groß wie nie zuvor. Aufopfernd besuchte sie ihn jeden Tag nach der Arbeit im Krankenhaus. Oft besuchte sie ihn auch schon am Morgen, bevor sie ins Büro ging, weil ihm das Frühstück im Krankenhaus nicht schmeckte und sie ihm frischen Cappuccino und Croissants vorbeibrachte. Giovannis Bein wurde operiert und Sophie bedauerte ihn sehr, weil die Schmerzen lange andauerten. Nach zwei Wochen fieberte sie dem Tag entgegen, an dem sie ihn mit nach Hause nehmen durfte. In ihrer Wohnung hatte sie aus dem Wohnzimmer ein richtiges Krankenlager gemacht, damit er es vor dem Fernseher gemütlich haben würde. Mittagessen für die nächsten Tage hatte sie ihm vorgekocht, damit er nicht zu viel aufstehen musste, wenn er schon alleine zu Hause war. Neue Pantoffel hatte Sophie ihm auch noch schnell gekauft, weil Giovanni doch immer kalte Zehen hatte und er mit dem geschwollenen Fuß in seine eigenen Hausschuhe nicht reinpassen würde. Sophie war zufrieden mit sich – an alles hatte sie gedacht, bis spät in die Nacht hatte sie die Wohnung noch geputzt, weil dies für ihn wichtig war. Diesmal störte sie seine Pingeligkeit aber gar nicht. Giovanni war krank und er sollte sich bei ihr zu Hause so richtig wohlfühlen.

Am nächsten Morgen war es so weit – Giovanni durfte endlich nach Hause. Sophie hatte sich einen Tag Urlaub genommen, sie wollte ihn gleich am Vormittag vom Krankenhaus abholen. Sie betrat das Krankenzimmer, dann der Schock. Giovanni in flagranti mit der Krankenschwester. Klar hatte Sophie in den Tagen zuvor gesehen, wie er sie förmlich mit Blicken auszog. Sie hatte auch gesehen, dass diese ihm genüsslich ihren Po entgegenstreckte, als sie die Bettdecke für ihn aufschüttelte. Er machte auch keinen Hehl daraus, der vollbusigen Krankenschwester in Sophies Anwesenheit einen Klaps auf den Hintern zu geben. Das war nun mal Giovannis Art, aber dass er so weit gehen würde und sich die beiden nicht mal die Mühe gemacht hatten, sich zu verstecken!

Von da an wollte sie von Männern nichts mehr wissen. Die Beziehung mit Giovanni setzte jedoch allen vorangegangenen nur die Krone auf. Bevor Sophie Giovanni kennenlernte, hatte sie eine Romanze mit Bernhard. Diese dauerte zwar fast zwei Jahre, funktionierte aber nicht, weil er zu knauserig war. Jeder Euro musste umgedreht werden. Wenn er sich doch mal dazu durchringen konnte, mit ihr in ein Restaurant zu gehen, wurde zumindest der Kaffee später zu Hause getrunken, um Geld zu sparen. Auf Kino wurde gänzlich verzichtet, um Kaffeehäuser wurde ein großer Bogen gemacht und Urlaub stand sowieso nicht zur Diskussion, nur weil das alles zu viel Geld kostete. In Boutiquen ließ er sie nur gehen, wenn mal ein Kleidungsstück kaputt wurde. Eine Zeit lang gefiel Sophie das gar nicht schlecht, immerhin konnte sie selbst auch eine Menge Geld sparen – aber ein ganzes Leben ohne jegliche Vergnügungen, das war dann doch zu viel beziehungsweise zu wenig.

Im Nachhinein gesehen war das Verhältnis vor Bernhard – das mit Georg – noch das beste, außer, dass Georg ein Workaholic und somit nie zu Hause war. So beendete Sophie auch diese Beziehung, weil sie mit Georg genauso viel alleine war als ohne ihn.

„Wird Zeit, dass du mal wieder jemanden kennenlernst. Niemand ist gerne allein!"
„Was soll das heißen? Hänge ich zu lange bei dir herum? Bin ich dir zu viel Last?"
„Nein, überhaupt nicht, aber das weißt du ja. Nur würde ich auch dir schöne romantische Stunden zu zweit wünschen – abends nach der Arbeit auf dem Sofa ein bisschen kuscheln, wieder mal

ein Wochenende auf dem Land oder in einem Wellnesshotel. Oder am nächsten Morgen in den Pullover des Freundes schlüpfen, der immer noch nach ihm duftet. Solche innigen Momente zu zweit müssen dir doch fehlen und ich würde es mir für dich von ganzem Herzen wünschen! Du bist meine beste Freundin und ich sehe dich jeden Tag. Meistens bist du fröhlich und ich glaube auch, dass du so weit mit deinem Leben auch zufrieden bist. Aber manchmal sehen deine Augen traurig und auch leer aus. Da denke ich mir, das sind vielleicht die Momente, in denen du dir einen Partner wünschst. Und da habe ich ein bisschen schlechtes Gewissen, weil ich Peter habe und du niemanden. Natürlich streiten Peter und ich auch manchmal, das weißt du. Aber das Gefühl, morgens neben dem Menschen aufzuwachen, den du liebst, ist einfach unbeschreiblich."

„Ja, ich gebe zu, manchmal denke ich an einen großen, dunkelhaarigen Mann mit rehbraunen Augen, der nach der Arbeit zu Hause sehnsüchtig auf mich wartet und am Wochenende lange Spaziergänge mit mir unternimmt."
„Na siehst du, ich weiß doch, dass ich Recht habe."
„Ich gebe aber auch zu, dass ich oft an Georg, Bernhard und vor allem an Giovanni denke und dann der schöne Mann mit den rehbraunen Augen genauso schnell verschwunden ist, wie er gekommen ist."
„Dir ist einfach nicht zu helfen!"
Beide müssen lachen.
„Schön, dass du dich um mich sorgst, aber es ist immer noch gut so, wie es momentan ist."
Lena stochert für heute nicht mehr nach. Sie spürt, dass es besser ist, nun nicht mehr nachzubohren. Indessen lächelt Sophie ihre Traurigkeit weg, die heute doch etwas höher gestiegen ist, als sie es wollte.

„Schon Viertel nach acht, wo bleibt Peter? Er sollte doch schon seit einer Viertelstunde hier sein! In letzter Zeit kann man sich einfach nicht auf ihn verlassen!"

„Ich helfe dir, ich mache statt Peter die Espressomaschine sauber und du machst die Kassa."

„Das ist total lieb von dir, aber es geht nicht ums Saubermachen an sich, sondern darum, dass sich Peter schon wieder davor drückt, obwohl es zu seinen Aufgaben gehört. Den ganzen Tag arbeite ich hier alleine und er braucht abends nur die Kaffeemaschine sauber zu machen und in den letzten Wochen schafft er nicht mal das!"

„Ach komm, du weißt doch, dass er zurzeit viele Überstunden machen muss. Er kann ja auch nichts dafür, dass es in seiner Firma so gut läuft, außerdem verdient er mit ein paar Überstunden momentan nicht so schlecht, das musst du auch zugeben", versucht Sophie Lenas Laune zu heben, damit das Abendessen, das sie für heute geplant haben, doch noch vergnüglich wird.

Als sie alle Arbeiten erledigt haben und gerade den Coffeeshop schließen wollen, kommt Peter.

„Wieso hast du heute die Jeans an, die deine Hüften so dick machen?"

Lena schnaubt vor Wut und kriegt einen hochroten Kopf. Sophie versucht, das Thema zu wechseln, damit die beiden keinen Streit beginnen, wie so oft.

„Essen wir heute mexikanisch oder doch lieber chinesisch?"

Nach kurzer Diskussion entscheiden sie sich für den Mexikaner und gehen Richtung Stadtzentrum. Anfangs geht Sophie neben den beiden, bis Lena die Bemerkung mit ihren Jeans und den Hüften wieder einfällt und Sophie dann zwischen den beiden gehen muss, um den Streit zu dämpfen, was ihr aber heute nicht gelingt. Nachdem Lena und Peter nun in ihr Streitgespräch vertieft sind, versinkt Sophie in Gedanken und ist wieder einmal froh, dass sie momentan keine Beziehung hat.

So bemerkt sie auch nicht Max, der auf dem Weg in Jimmys Bar ist und den dreien entgegenkommt. Dieser ist schon etwas in Eile, so sieht er sie nicht und rempelt Peter am Oberarm an. Er murmelt eine Entschuldigung und geht weiter. Peter, der schon schlechte Laune hat, weil er sich einen Vortrag über Lenas Hüften anhören musste, ist stinksauer und schreit wütend hinterher:

„Du Warmduscher, kannst du nicht aufpassen!"

Die beiden Frauen zerren Peter weiter, bevor der die Beherrschung verliert und einen gröberen Streit provoziert oder vielleicht sogar eine Schlägerei anzettelt. Nach ein paar Minuten hat sich Peter beruhigt und sie können in aller Ruhe, sogar ohne weitere Debatte, zum Mexikaner gehen.

Kapitel 2

Paul

Zur selben Zeit sitzt Paul an seinem Schreibtisch in seinem Büro. Er fühlt sich wohl in seinem weißen Anzug mit weißem Hemd und weißer Krawatte. Das obligatorische Weiß findet man auch am Schreibtisch, am Boden, an den Wänden und der himmelhohen Decke.

An Pauls Arbeitsplatz stehen mehrere Monitore, die ihm einen Einblick in das Leben seiner Schützlinge erlauben. Das Beobachten der Schutzbefohlenen ist aber keine Kontrolle, sondern ein Miterleben ihrer Gefühle und das Analysieren und Verstehen ihrer Gedanken und Taten. Gefühlvoll werden sie ganz zart geleitet, indem für sie maßgeschneiderte mehr oder weniger zufällige Begegnungen und Situationen erschaffen werden, in denen sie mit dem jeweils richtigen Lebenspartner zusammentreffen. Nach dem ersten intensiveren Blickkontakt ist der Fall für Paul oft schon abgeschlossen, denn das Sich-Ineinander-Verlieben klappt dann meist von selbst, denn die Betroffenen spüren in ihrem Innersten, dass das richtige Gegenstück zum eigenen Herz gefunden ist. Nur bei sehr hartnäckigen Fällen, das sind Menschen, die Gefühle schwer zulassen können, muss dann noch nachgeholfen werden – das ist Pauls Job.

Sein Büro befindet sich auf der Verwaltungsebene 1 in der sogenannten grauen Zone. Diese Ebene befindet sich über unserer Welt, aber noch unterhalb der letzten, der höchsten Ebene des Seins. Diese ist das Ziel unserer Reise als Mensch, die wir dort als Seele ohne Körper beginnen und nachdem wir sie beendet haben, dürfen wir dort verweilen, nachdem wir unsere menschliche Hülle abgegeben haben.

Die ganze Nacht sitzt Paul schon an seinem Schreibtisch und denkt über die missglückte Begegnung zwischen Sophie, Lena, Peter und Max nach. Schön langsam wird er etwas nervös, denn in fünf Minuten beginnt die Besprechung mit Pauls Chef – Charles York. Jede Woche müssen alle Engel über ihre aktuellen Fälle und deren Fortschritte berichten. Paul hat aber noch keine Erfolge bezüglich Sophie und Max vorzuweisen. Alle Engel versammeln sich um den großen, weißen, ovalen Tisch im Besprechungsraum. Zuerst unterhalten sich Paul und seine Kollegen noch, aber als sich die Tür öffnet und Charles York den Raum betritt, wird es sofort mucksmäuschenstill. Charles York duldet keine Verzögerungen bei der wöchentlichen Besprechung. Der Reihe nach berichten alle über ihre aktuellen Fälle. Als Paul dran ist, druckst er umher, er hat ja nicht viel vorzuweisen. Im Coffeeshop haben sich Sophie und Max verpasst, auf dem Weg zum Mexikaner hat Max Peter angerempelt statt Sophie. Es sieht nicht gut aus für Paul und tatsächlich bekommt er zum ersten Mal eine Rüge von seinem Chef.

Nach der Besprechung trottet Paul tieftraurig und niedergeschlagen zu seinem Schreibtisch zurück. Jetzt muss er sich aber wirklich etwas Überragendes einfallen lassen. Er kommt zu dem Entschluss, dass unauffällige Begegnungen alleine bei Sophie und Max nicht ausreichen. Beide sind zu verschlossen und können sich momentan nicht auf Gefühle einlassen.

Manchmal wachsen erste zarte Empfindungen schon, wenn zwei Menschen nur für kurze Zeit hintereinanderstehen wie zum Beispiel in einer Warteschlange; extrem feinfühlige Menschen überkommt dann schon ein Wohlbehagen, sie spüren Wärme oder gute Laune, wobei diese sensiblen Menschen die Gefühle zwar schon spüren, aber noch nicht zuordnen können. Sophie und Max gehören nicht dazu. Paul beschließt daher, härtere Maßnahmen zu ergreifen.

Plötzlich hat er die Idee schlechthin, er schickt Sophie einfach ins Fitnessstudio. Sophie ist zwar nicht dick, im Gegenteil, sie ist schlank, aber Frauen glauben ja immer, dass sie zu dick sind. Es dürfte somit einfach werden, Sophie den Gedanken zu schicken, sie müsste mehr für ihre Figur tun. Dort wird sie Max begegnen und verliebt sich in ihn. Paul ist glücklich, gleich heute wird er ihr den Gedanken schicken. Charles York wird mit ihm zufrieden sein, schon bald wird er ihm positive Ergebnisse liefern können.

Kapitel 3

Die Fitnesseinheit

Der Freitagmorgen beginnt für Max wie gewöhnlich. In seinem Bett befindet sich eine schöne Unbekannte, die er am Vorabend kennengelernt und mit nach Hause genommen hat. Er geht duschen und hofft, dass sie gleich nach dem Frühstück verschwindet. Je früher, desto besser. So ein, zwei Mal hat er eine Frau auch schon ein zweites Mal getroffen, aber da musste sie schon etwas Besonderes sein.

Ein zweites Treffen ist diesmal wohl nicht notwendig.

Nach dem Duschen ist seine Eroberung schon angezogen, sie frühstücken beide, er geht zur Arbeit und sie vermutlich auch, er hat nicht weiter nachgefragt.

Sophie streckt sich im Bett, die Sonne scheint ihr auf die Nase, sie hat gut geschlafen und sie fühlt sich auch gut. Etwas betrübt ist sie jedoch, weil sie so ganz alleine im Bett liegen muss und da fallen ihr auch Lenas Worte von gestern wieder ein: „Das Gefühl, morgens neben dem Menschen aufzuwachen, den du liebst, ist einfach unbeschreiblich."

Bevor ihr der Gedanke die Laune verdirbt, geht sie duschen und frühstückt. Als sie ihre Jacke holen will, bleibt sie im Flur vor ihrem Spiegel stehen und betrachtet sich kritisch vom Kopf bis zu den Zehen – wie jedes Mal, bevor sie aus der Wohnung geht. Eigentlich hat sie nichts an sich auszusetzen. Sophie ist 1,68 m groß und hat eine zierliche Figur. Ihre Haare, die sind oft widerspenstig und manchmal artet es in einen Kampf aus, um sie zur Räson zu bringen. Sie dreht sich vor dem Spiegel erst rechts herum, dann links herum, dann noch mal von vorne. Irgendwas ist anders, aber was? Vielleicht sollte sie doch mal ins Fitnessstudio gehen?! Ganz klar, etwas straffer an manchen Stellen würde wohl nicht schaden! Das ist es!

Google – Standort – Fitnessstudio. Sie drückt auf ihrem Smartphone auf das erste Suchergebnis, die *Fitnessoase*, die auch noch fußläufig von der Werbeagentur entfernt ist. Sophie ruft an und macht für die Mittagspause eine Stunde Bauch-Beine-Po aus. Nach Sophies Anruf teilt Eddie die Kunden den einzelnen Fitnesseinheiten bzw. Trainern zu und schreibt Sophie in den Kurs von Max ein – zur vollsten Zufriedenheit von Paul, der die Hände über den Kopf verschränkt und sich glücklich in seinen Bürosessel zurücklehnt. Endlich kann er den Dingen seinen Lauf lassen, denn das Weitere regelt sich jetzt von selbst.

Schnell packt Sophie ihre Sporttasche, steckt ihr Fitness-Dress und ein Handtuch hinein und macht sich auf den Weg in die Arbeit. Herr Schmitt möchte sicher gleich als erstes das neu überarbeitete Haarshampoo-Konzept besprechen.

In der Agentur angekommen, wird sie überschwänglich von Frau Gabriele, der Empfangsdame begrüßt.

„Guten Morgen, Fräulein Lehmann, heute wurde für Sie etwas abgegeben."

„Guten Morgen, Gabriele. Was haben Sie für mich? Den Haarshampoo-Auftrag? Hat Herr Schmitt schon wieder Änderungen?"

„Nein, keine Akten, es wurden Blumen für Sie abgegeben."

„Blumen ... für mich? Wer sollte denn ...?"

„Sie kennen doch den Floristen neben Lenas Coffeeshop, bei dem bestelle ich immer Blumen für besondere Kunden. Die Blumen, die er heute gebracht hat, sind allerdings für Sie, es ist eine Karte dabei mit Ihrem Namen."

Frau Gabriele grinst erwartungsvoll wie ein Honigkuchenpferd, als wären es ihre eigenen Blumen.

„Danke, Gabriele, ich werde die Karte im Büro lesen."

Etwas enttäuscht lässt sie die Empfangsdame zurück, die zu gerne gewusst hätte, von wem die Blumen sind.

„Wer schickt denn mir Blumen?"

Auf der kleinen Karte steht mit goldenen Buchstaben „Sophie Lehmann" und weiter unten: „Neun rote Rosen für die schönste aller Rosen!"

Noch nie hat sie Blumen geschenkt bekommen und dann auch noch in die Agentur?

Während Sophie sich kurz vor Mittag auf den Weg zur Fitnessoase macht, sitzt Max dort schon an der Theke und sieht sich seinen Trainingsplan für heute an.

Hm, im Bauch-Beine-Po-Kurs Frischfleisch. Hoffentlich ist wieder mal eine Schnecke dabei und nicht nur Pummelchen.

Ein neues Betthäschen käme ihm heute gerade recht.

Als er sich gerade auf den Weg in seinen Trainingsraum machen will, hört er eine bekannte Stimme hinter sich.

„Hallo, Süßer!", ruft Frau von Wernher, die unangemeldet zwei Stunden zu früh kommt, denn ihre Stunde würde erst am Nachmittag beginnen. Sie besteht auf eine sofortige Einzelstunde mit Max. Eddie eilt herbei und bevor Max ablehnen kann, schiebt er sie gleich in den Fitnessraum hinein.

„Natürlich, Frau von Wernher, für Sie doch immer, Max macht das sehr gerne."

Und zu Max sagt er: „In Ankes Gruppe fehlen heute vier Leute, wir können also deine Gruppe mit ihrer zusammenlegen."

Mit einem vernichtenden Blick bestraft Max Eddie, derweil Frau von Wernher nicht hinsieht, aber dann macht er gute Miene zum bösen Spiel, lächelt tapfer und Frau von Wernher hakt sich mit Freuden bei ihm ein und bevor die Stunde beginnt, kneift sie ihn gleich zum ersten Mal für heute in seinen Po.

Eddie widmet sich den neuen Kundinnen, die er zuvor in die Umkleide geschickt hat und die er an der Rezeption wieder in Empfang nimmt, um ihnen die Räumlichkeiten zu zeigen. Außer Sophie haben sich für heute zwei Damen um die 50 für den Kurs neu angemeldet.

Während Max die Stunde mit Frau von Wernher schon in dem einen Gymnastikraum begonnen hat, bringt Eddie Sophie und die anderen Neuen in den danebenliegenden Fitnessraum.

„Das kann doch nicht sein! Das kann einfach nicht sein!"
Nervös tritt Paul von einem Bein auf das andere, dann beginnt er in seinem Büro vor den Bildschirmen hin- und herzulaufen.
„Nur wenige Meter sind sie voneinander entfernt und doch nicht beisammen! Nicht einmal gesehen haben sie sich! Mit der aufgetakelten Frau von Wernher habe ich nicht gerechnet! Aber noch ist nichts verloren! Welch ein Glück, dass die Einheiten zur gleichen Zeit enden, da müssen sie sich sehen. Ja, und wenn sie sich erst in die Augen gesehen haben, ist meine Arbeit beendet. Sie werden sich ineinander verlieben und glücklich sein!"

Paul ist hoffnungslos romantisch und sein liebster Augenblick ist immer der Moment, wo sich die beiden, die füreinander bestimmt sind, das erste Mal in die Augen sehen. In diesem Moment brauchen das Herz und die Seele nur wenige Sekunden, um zu wissen, dass der richtige Mensch gefunden ist. Genau so, als würde eine Parade von Tausenden winzigen kleinen roten Wesen über unser Herz laufen, als wäre es eine gut duftende Blumenwiese, mit roten kleinen Fähnchen in den Händen, jubelnd und mit voller Begeisterung.

Während Anke nach der Stunde ihre Gruppe bereits zu den Umkleidekabinen entlässt, schäkert Frau von Wernher noch mit Max und Ankes Fitnessraum ist schon leer, als Max endlich fertig ist. Frau von Wernher verlässt auch gleich die Fitnessoase, denn mit fremden Frauen möchte sie nicht duschen, das macht sie doch lieber zu Hause. Als ihr Chauffeur vorfährt, dreht sie sich noch mal um und haucht Max mit verführerisch aufgespritzten Lippen einen Kussmund zu.

Sophie irrt zwischen den vielen Reihen in der Umkleide hin und her, bis sie endlich die Duschkabinen gefunden hat. Eigentlich mag sie es nicht, in öffentlichen Räumen zu duschen, aber sie kann ja nicht verschwitzt zurück in die Agentur und nach Hause zu gehen, würde zu viel Zeit kosten.

Also schlüpft sie hinter den Duschvorhang. Im Waschraum ist sonst niemand, darum bemerkt Sophie nicht, dass sie in die Männerdusche gegangen ist. Sie genießt das warme Wasser und die müden Muskeln entspannen sich. Mit geschlossenen Augen lehnt sie sich gegen die Wand.

Wie gut dem Körper doch ein bisschen Sport tut.

Plötzlich erschrickt Sophie – Männerstimmen!!

Max ist in den Waschraum gegangen, um sich von seinem Spind ein neues T-Shirt zu holen. Eddie kontrolliert den Umkleideraum auf liegen gebliebene Kleidungsstücke und andere Dinge. Heute wurde nichts liegen gelassen und so spottet er mit Max über Frau von Wernher. Die beiden verlassen plaudernd den Umkleideraum und gehen wieder hinaus in den Empfangsbereich zur Theke.

Sophie atmet auf. Gott sei Dank ist sie nicht entdeckt worden – das wäre wohl sehr peinlich gewesen!

Schnell bindet sie sich ihr Handtuch um und geht zurück in den Damenbereich, wo sie sich mit rasantem Herzschlag abtrocknet und anzieht.

~~~

Wie ein kleines Häufchen Elend sitzt Paul an seinem Schreibtisch. Die Hände vor den Augen und den Tränen nahe.

Was ist bloß los mit den beiden? So viel Pech auf einem Haufen …
wie kann es das bloß geben?

Früh am Morgen war er noch ganz stolz gewesen, als der Gedanke mit dem Fitnessstudio bei Sophie so gut einschlug – das ist nämlich keine Selbstverständlichkeit, Frauen haben ihren eigenen Kopf und ihre eigene Meinung.

Und als Sophie dann in der Fitnessoase ankam, schien alles nach Plan zu verlaufen – bis Frau von Wernher kam und das erste mögliche Treffen zunichtemachte und dann auch das zweite beim Verlassen des Fitnessraumes. Als Sophie auch noch aus Versehen in die Männerdusche ging, hätte sich Paul vor Lachen fast in die Hose gepinkelt, das war nämlich nicht seine Idee, das war tatsächlich ein Versehen von Sophie. Als Max dann auch noch in die Männerumkleide ging, hielt Paul den Atem an – würden die beiden ihren Weg zueinander ganz alleine finden?

Nachdem es heute aber nicht geklappt hat, ist Paul das Lachen vergangen und ihm ist zum Heulen zumute.

Ich bin ein totaler Versager! Was werden meine Kollegen sagen? Welche Meinung werden sie haben? Noch nie hat es einen Fall gegeben, den ich nicht lösen konnte.

Die Statistik ist eindeutig – so viele Fälle wie Paul hat bisher noch keiner seiner Kollegen lösen können. Außerdem ist er der Schnellste. Nur wenige können – so wie er – die Begegnungen so wählen, dass nicht mal die Betroffenen selbst an Zufälle denken.

Werden mich die anderen immer noch achten, wenn sie von meinem Versagen hören? Was werden sie sagen? Und was noch viel schlimmer ist: Was wird Charles York sagen?

Paul atmet einmal tief durch, schiebt die Sorge um den Chef vorerst mal weg und beginnt, angestrengt nachzudenken.

„Das ist der schwierigste Fall, den ich jemals hatte, aber niemand soll mir nachsagen, ich hätte nicht hart genug daran gearbeitet!"

„Nur eine weitere Begegnung alleine wird wohl nicht ausreichen, eine Liste muss her! Nichts kann mehr dem Zufall – dem ungewollten Zufall – überlassen werden!"

Paul grübelt und überlegt fieberhaft, wo er die beiden zusammenführen kann.

Auf jeden Fall im Coffeeshop bei Lena, schreibt er auf die Liste, weitere Sporteinheiten in der Fitnessoase, das ist klar. Und sicherheitshalber sollten sie sich beim Einkaufen im Supermarkt begegnen und wenn das immer noch nicht genug ist, am Abend in Jimmys Bar.

Paul atmet tief durch.

„Das reicht auf jeden Fall!"

Auch wenn Charles York nicht sofort mit ihm zufrieden sein wird, wird er seine Arbeit und seinen Fleiß doch anerkennen.

Die letzte Fitnesseinheit für den heutigen Tag hat Max durchgestanden und er ist nun auf dem Weg nach Hause. Seit heute ist die Lindengasse zwar für Fußgänger wieder freigegeben, aber Max geht über den Schubertplatz, weil er ein plötzliches Verlangen nach Kaffee verspürt und deshalb Lenas Coffeeshop anvisiert.

Sophie kommt zur gleichen Zeit von der entgegengesetzten Richtung, auch ihr Arbeitstag ist zu Ende und wie jeden Tag lässt sie ihn bei Lena ausklingen. Nur wenige Schritte trennen sie von der Eingangstür und auch Max ist nur ein paar Meter davon entfernt. Zeitgleich werden sie nach der Türklinke greifen.

„Ah, verdammt!"

Lenas High Heels haben sich im Kopfsteinpflaster verkeilt. Sie schlüpft mit dem rechten Bein aus dem Schuh und Max erreicht alleine die Tür.

Während er bei Lena einen Cappuccino zum Mitnehmen bestellt, kämpft Sophie mit ihrem Schuh. Als dieser sich endlich löst und sie ihn wieder anziehen kann, ist Max schon wieder auf dem Weg nach draußen. An der Eingangstüre laufen sie nun doch aneinander vorbei und sehen sich dabei kurz in die Augen. Ein Zeitlupenmoment, alles scheint sich zu verlangsamen, die Geräusche im Café sind wie gedämpft.

Welch wunderschöne Augen!

„Au, verflucht!"

Sophie knickt ein und geht in die Hocke, um nach ihrem Knöchel zu greifen. Für einen kurzen Moment scheint es so, als wolle sich Max ebenfalls hinknien, er lässt es jedoch, weil sein Handy klingelt und er geht einfach weiter.

Paul ist deprimiert. Zu kurz war der Augenkontakt für das Herz, um zu spüren, dass dies das letzte kleine Puzzlestück ist, welches die Seele erfüllt.

Max hebt an seinem Handy ab – es ist Eddie. In der Fitnessoase hatten die beiden schon besprochen, dass sie, wie jeden Freitag, in Jimmys Bar auf Schneckenjagd gehen.

„Hey, Max! Wie sieht es aus? Treffen wir uns um 20 Uhr?"

„Ich muss erst noch in den Supermarkt. Du weißt doch, dass ich für gewöhnlich Frühstück serviere!"

Siegessicher klopft er sich selbst auf die Schulter.

„Wie wäre es, wenn ich dich um 21:45 Uhr abhole?"

„Einverstanden, dann habe ich genug Zeit, um einzukaufen und meine Wohnung vorzubereiten. Früher am Abend ist sowieso nicht so viel los."

Als Sophie an die Theke des Coffeeshops kommt, ist Lena schon sehr aufgeregt: „Hast du ihn gesehen?"

„Wen soll ich gesehen haben?"

„Na den Typen, den ich dir gestern schon zeigen wollte, der war gerade eben wieder da und hat sich einen Coffee to go geholt. Er muss dir doch begegnet sein. Nachdem er hinausgegangen ist, bist du hereingekommen."

„Ach so, der Typ an der Eingangstür."

„Ja, genau der. Sieht der nicht wahnsinnig gut aus? Der würde so gut zu dir passen. Was meinst du? Gefällt er dir? Er muss dir gefallen, die rehbraunen Augen, die dunkelbraunen Haare, stattliche, durchtrainierte Figur. Na, sag schon, was meinst du?"

„Nun krieg dich mal wieder ein, du bist ja wie aufgezogen. Ich habe gerade meine High Heels ruiniert."

„Was? Ja, blöd gelaufen mit deinen Schuhen – aber was sagst du zu ihm?"

„Zu wem?"

„Na zu dem Adonis, der dir gerade bei der Eingangstüre begegnet ist, den ich dir gestern schon zeigen wollte und von dem wir schon fünf Minuten lang reden!"

„Ach so. Na ja, ich weiß nicht recht. Ich hatte keine Zeit, darüber nachzudenken."

„Was muss man denn da nachdenken – du hast ihn gesehen und dann weiß man doch auch schon, ob einem jemand gefällt oder nicht!"

„Lass es gut sein, Lena, ich will nicht verkuppelt werden!"

„Ich will dich nicht verkuppeln, ich will nur wissen, ob er dir gefällt und dann gebe ich auch schon Ruhe!"

„Na gut, damit ich meinen Frieden habe und wir uns über wichtigere Dinge unterhalten können: Kann schon sein, dass er gut ausgesehen hat. Ich habe nicht genau hingesehen."

„Aber das, was du gesehen hast, hat dir gefallen?"

„Ja, das bisschen, was ich gesehen habe, war, glaub ich, nicht so übel. Bist du nun zufrieden?"

Ja, nun ist Lena zufrieden. Kein durchschlagender Erfolg, aber immerhin ein Anfang! Langsam in winzigen Schritten versucht sie schon lange, Sophies Mauer, die sie um sich herum gebaut hat, zum Zerbröckeln zu bringen.

Außerdem hatte Lena heute Zeit, Max genau zu betrachten, während sie ihm den Kaffee zubereitet hat. Eigentlich sieht er aus wie ein Macho, aber hinter der Fassade steckt bestimmt ein anständiger Mensch.

Sie schiebt ihre Gedanken beiseite, als Lukas in den Coffeeshop kommt und übers ganze Gesicht strahlt. Lukas ist zwölf Jahre alt und der Sohn von Elke, die zusammen mit ihrem Mann Christian das Blumengeschäft nebenan führt. Fast täglich kommt er herüber und holt Kaffee für seine Eltern oder Kuchen für sich selbst. Heute bestellt er einen Schoko-Muffin.

„Ich nehme ihn heute nicht mit nach Hause, ich esse ihn bei dir", sagt er entschlossen und setzt sich an die Theke neben Sophie.

Unterdessen führen Sophie und Lena ihre Unterhaltung fort und verabreden sich für heute Abend, 21 Uhr, in Jimmys

Bar. Nachdem Sophie einen Schinken-Bagel gegessen und einen Cappuccino getrunken hat, verabschiedet sie sich schnell von Lena. Sie muss sich beeilen, wenn sie noch einkaufen und duschen will, bevor sie sich am Abend wieder treffen.

Kurze Zeit später füllt sich langsam Sophies Einkaufskorb mit Vollkornbrot, einem Glas Nutella und Früchtemüsli. Im Vorbeigehen greift sie noch nach einem Liter Milch, den sie zu den anderen Waren legt. Duschgel fehlt noch.

Max steht indessen schon in der Schlange an der Kassa im Supermarkt, er hat das übliche Frühstück für „den Morgen danach" schon in der Hand – Orangensaft, etwas Schinken, Käse und Marmelade, als ihm plötzlich einfällt, dass seine Kondomschublade zu Hause leer ist. So drängelt er die Menschenschlange zum Unmut der anderen Wartenden zurück, um nochmals den ganzen Laden zu durchlaufen. Endlich erreicht er den Gang mit den Hygieneartikeln und geht zielstrebig auf die Kondome zu. Die Marke, die er gewöhnlich benützt, ist heute leider ausverkauft, sodass er sich nicht entscheiden kann, welche er kaufen soll.

Sophie steht mit dem Rücken zu Max, circa zwei Meter weiter unten im Gang. Sie kann ihr Lieblingsduschgel nicht finden. Alles sieht heute anders aus, offenbar wurde das Regal neu eingeräumt. Konzentriert sucht sie das Produkt, als plötzlich einen Meter von ihr entfernt eine Flasche Haarshampoo aus dem Regal fällt. *Wie konnte das passieren? Niemand hat die Flasche angefasst? Was soll man denn davon halten?*

Max hört zwar das Aufschlagen der Flasche, kümmert sich aber nicht weiter darum.

Paul ist genervt.

„Eine Erziehung haben die jungen Männer heutzutage. Na egal, dann helfe ich ein bisschen nach!"

Er packt Max an den Schultern, dreht ihn sanft um und übt einen leichten Druck aus, damit er sich bückt und die Shampoo-Flasche aufhebt. Max kann Pauls Berührung nicht spüren, aber ohne es zu wollen, bückt er sich und hebt das Shampoo auf. Er gibt es Sophie, weil er glaubt, sie hätte es fallen gelassen.

Eigentlich wollte sie sagen, dass sie es gar nicht war, die die Flasche runtergeworfen hat, aber die Worte kommen einfach nicht über ihre Lippen, stattdessen purzelt ein unbeholfenes Dankeschön aus ihrem Mund.

Paul ist für den Moment zufrieden. Ein weiteres Treffen in Jimmys Bar hat er für heute sowieso noch geplant.

Immer noch verdutzt, sieht Sophie Max nach und erst als er aus ihrem Blickfeld verschwunden ist, fängt sie sich wieder und findet sogar noch ihr Lieblingsduschgel. Nach dem Bezahlen macht sie sich am Nachhauseweg schon Gedanken darüber, was sie heute Abend anziehen soll. Sie möchte gut aussehen, aber nicht zu sexy, weil sie ja keine Männer anlocken möchte. Es sollte aber auch nicht zu langweilig aussehen, bloß nicht langweilig!

Kapitel 4

Sophie und Lena
in Jimmys Bar

Zu Hause angelangt, stellt sie die Einkaufstasche auf den Küchentisch und geht sogleich ins Bad unter die Dusche. Während das warme Wasser auf Sophies Haut herunterprasselt, malt sie sich schon in Gedanken aus, wie sie nach dem Abtrocknen in aller Ruhe bei guter Musik und einer Tasse Kaffee die Fingernägel lackiert und dabei ihre Lieblingsmodezeitung durchblättert. Ein paar schöne Gedanken später steigt sie aus der Dusche heraus, als es unerwartet an der Haustür klingelt.

„Auch das noch!"

Gestern waren die Zeugen Jerosas da, da hat sie die Tür aber nicht aufgemacht. Heute passt es Sophie genauso wenig wie gestern. Das Problem ist nur, die kommen so oft, bis sie jemanden antreffen, um ihre Botschaft zu verkünden. Schnell wickelt sie sich ein Handtuch um und geht widerwillig zur Tür. Beim Öffnen holt sie tief Luft, um ihrer Stimme genug Lautstärke zu verleihen. Sie hat absolut kein Bedürfnis, ihren Glauben zu wechseln. Statt den Zeugen Jerosas steht Alfred vor ihrer Tür.

Bevor sie etwas sagen kann, fängt er zu erzählen an.

„Du kannst dir nicht vorstellen, was heute in der Werbeagentur noch los war, nachdem du gegangen bist!"

Ohne, dass sie ihn hereinbitten möchte, geht Alfred einfach in Sophies Wohnung, so als wäre es seine eigene und das, obwohl er noch nie bei Sophie zu Hause war.

„Woher weißt du, wo ich wohne?"

Alfred ist wirklich der Letzte, mit dem sie gerechnet hätte. Nachdem er sich in ihrem großen, breiten, weich gepolsterten Ohrensessel zurückgelehnt und die Füße hochgelegt hat, antwortet er ganz gelassen:

„Deine Adresse habe ich natürlich vom Chef. Er hat den Würstchen-Auftrag – du weißt schon, den Millionen-Deal mit Willis Würstchen – an Land gezogen, wenn wir bis Montagabend erste Entwürfe liefern können. Da konnte ich natürlich nicht nein sagen. Stell dir nur mal vor, wie hoch da unsere Prämie wäre! Also worauf warten wir? Fangen wir an zu arbeiten!"

Sophie muss kurz ihre Gedanken sortieren. Alfred platzt in ihre Wohnung, die ihr heilig ist, und platziert sich ganz cool auf ihrem Lieblingsplatz, auf dem sonst nur sie selbst sitzen darf. Dann ist auch noch ihre Ruhe weg, arbeiten soll sie und ausgehen mit Lena und Peter steht auch noch auf dem Programm. Dann erst bemerkt sie, dass sie immer noch im Handtuch dasteht und Alfreds Blick lässt erkennen, dass er es auch gerade erst bemerkt hat und er kann sich ein unverschämtes Grinsen nicht verkneifen. Ohne ein Wort, nur mit wütendem Schnauben macht Sophie auf dem Absatz kehrt und lässt Alfred kurzerhand sitzen. Im Badezimmer setzt sie sich auf die Badewannenkante, um zu überlegen, wie der heutige Abend weitergehen soll. Arbeiten möchte sie eigentlich nicht mehr, die Prämie könnte sie aber gut gebrauchen und was würde ihr Chef sagen, wenn sie am Montag nichts vorzuweisen hätten? Andererseits möchte sie mit Lena und Peter in Jimmys Bar gehen, die für ihre Longdrinks so bekannt sein soll.

Während sie sich abtrocknet und die Haare föhnt, beschließt sie, Alfred mit in die Bar zu nehmen, dort eine Stunde mit ihm die Würstchen-Kampagne zu besprechen und später ohne ihn den Abend mit Lena und Peter zu genießen.

Auf dem Weg vom Bad ins Schlafzimmer – immer noch mit dem Handtuch bekleidet – unterbreitet sie Alfred ihren Vorschlag, der immer noch in ihrem Lieblingssessel sitzt.

„Aber ich dachte, wir würden hier bei dir in aller Ruhe arbeiten", sagt er in der Hoffnung, einen Abend mit ihr in Zweisamkeit verbringen zu können. Im Schlafzimmer vor dem Kleiderschrank angelangt, antwortet sie zurück zu ihm ins Wohnzimmer:

„Nein, Alfred, tut mir leid, die Verabredung mit meinen Freunden für heute Abend steht schon seit einer Woche, ich werde nicht absagen! In einer halben Stunde treffen wir uns in Jimmys Bar. Entweder du kommst mit und wir arbeiten intensiv eine Stunde lang an der Würstchen-Kampagne oder du vergisst den Auftrag samt Prämie!"

Alfred ist unglücklich. Aufs Arbeiten wäre er ja auch nicht so versessen gewesen, aber mit Sophie Zeit alleine zu verbringen – *welch unerfüllbarer Traum!*

„Na klar, in der Bar können wir genauso gut arbeiten, vielleicht unterstützen uns deine Freunde mit ein paar guten Ideen."

Sophie steht in ihrem begehbaren Kleiderschrank, welcher ein Schuhregal integriert, das bis zur Decke reicht. Sie zieht den Vintage-Jeansrock heraus, der bis knapp oberhalb der Knie reicht, hält ihn zu ihren schwarzen Stiefeln und stellt sich die neue schwarze Lederjacke im Bikerstil dazu vor mit einem engen weißen Top. *Perfektes Outfit!*

Sie sieht sich im Spiegel an und dreht sich um ihre eigene Achse und noch mal um ihre andere Seite.

„Irgendwas passt nicht!"

Sie dreht sich ein drittes Mal und ist sich nicht mehr sicher.

„Irgendwie würde es seltsam wirken, wenn ich heute mit dem Jeansrock und den Stiefeln ausgehen würde. Nicht dass Alfred das Gefühl bekommt, ich würde mich für ihn extra schick machen. Nein, das passt heute wirklich nicht!"

Sie zieht den Rock und die Stiefel wieder aus, behält aber das weiße Top und die schwarze neue Lederjacke an und zieht sich eine Jeanshose und ihre schwarzen Stiefeletten an. Ein letzter prüfender Blick in den Spiegel und Sophie ist fertig.

„Los geht's, wir müssen uns etwas beeilen, damit wir nicht zu spät kommen", ruft sie ins Wohnzimmer zu Alfred, währenddessen sie vom Schlafzimmer Richtung Flur geht und nach ihrer Handtasche und dem Haustürschlüssel greift. Alfred springt schnell auf, als er realisiert, dass Sophie schon draußen vor der Wohnungstüre steht.

Während Sophie im Kleiderschrank war, blätterte er in der Frauenzeitschrift, die neben dem gemütlichen Sessel gelegen war. Ganz erstaunt war er über den Artikel „Wie Männer wirklich ticken". Auf dem Weg in die Bar denkt Alfred immer noch über den Bericht nach.

Männer ab 30 verändern sich total, Männer ab 30 seien im Verhalten wie ihre eigenen Väter. Männer ab 30 seien in ihrer Denkweise umständlich und wenn sie dann schon Kinder hätten, würden sie auf absurde Verhaltensregeln bestehen, die sie selbst als Kind und in der Jugend abgelehnt haben – zum Beispiel dürfe zwischen dem Mittag- und Abendessen nichts mehr gegessen werden, nicht einmal Obst, oder wenn die Spielsachen nicht in fünf Minuten vom Fußboden weggeräumt wären, würden sie im Ofen landen.

„Wer denkt sich denn so was aus? Das ist ja total absurd!"

Am liebsten würde er Sophie fragen, was sie darüber denkt, aber irgendwas hält ihn davon ab. *Möglicherweise ist doch etwas Wahres dran? Vielleicht stimmt sie dem Artikel zu oder sie lacht mich aus?*

In der Bar angelangt, kann Sophie Lena und Peter nicht entdecken, was ihre Laune etwas drückt, nachdem Alfred schon den ganzen Weg zur Bar kein Wort gesprochen hat und sie jetzt mit ihm und seinem nichtssagenden Gesichtsausdruck alleine hier sitzen muss.

„Wo sitzen deine Freunde?"

„Ich habe sie noch nicht entdeckt. Sieht so aus, als wären wir zuerst angekommen. Wie wäre es, wenn wir uns einen Tisch aussuchen und gleich mal was zu trinken bestellen?"

Alkohol. Ich brauche Alkohol!

Sophie ist nie die Erste, wenn es um Alkohol geht, aber in dieser unglücklichen Situation würde sie ein kleines Gläschen etwas entspannen.

Eigentlich mag sie Alfred ganz gerne. Er ist der ideale Arbeitskollege, immer freundlich, immer gut gelaunt, pünktlich. Er ist der Durchschnittstyp schlechthin, auch was das Aussehen betrifft.

Ein Pluspunkt: er weiß den Chef auf höfliche Weise mit Humor zu nehmen, was nicht sehr einfach ist, aber Herrn Schmitt in vielen Situationen entspannter wirken lässt.

In letzter Zeit aber hält sich bei Sophie der hartnäckige Verdacht, dass sich Alfred in sie verliebt hat. Ihr ist schon aufgefallen, dass er sie manchmal länger als sonst ansieht, wenn sie miteinander sprechen bzw. wenn sie nicht miteinander sprechen, hat sie ihn schon dabei ertappt, wie er sie mustert und dabei lächelt, als wäre er in höheren Sphären gefangen. Als ihr das zum ersten Mal aufgefallen ist, dachte sie noch, er würde einfach ihre Stimmung abchecken, damit er weiß, wie sie so tickt. Alfred arbeitet ja erst seit wenigen Wochen mit Sophie zusammen, da ist es nicht ungewöhnlich, dass man sein Gegenüber analysiert, um zu wissen, mit wem man da überhaupt zusammen in einem Büro sitzt. Aber als sie diesen Blick in Kombination mit diesem Lächeln in letzter Zeit sehr oft bei ihm gesehen hatte, wurde der Verdacht immer größer, dass vielleicht romantische Gefühle dahinterstecken könnten. Um ihn nicht vor den Kopf zu stoßen, tat sie bisher so, als wenn es ihr nicht auffallen würde. Als Team funktionieren sie ja perfekt, das hat ihnen nun auch den Millionendeal mit Willis Würstchen verschafft.

Und jetzt schon wieder dieser Blick, aber diesmal ist irgendetwas anders. Alfred holt tief Luft, was aber von der Kellnerin, die die Bestellung aufnehmen möchte, vereitelt wird. Alfred nutzt die Gelegenheit und bestellt einen „Sex on the Beach" und wirft Sophie einen vielversprechenden Blick zu, den er unterstreicht, indem er seine Augenbrauen zwei Mal hochzieht. Sophie tut so, als wäre das nicht passiert und ordert einen „Long Island Ice Tea".

Das kann sie doch nicht übersehen haben. Warum reagiert sie nicht? Ein kleines Lächeln vielleicht? ... Gar nichts? Ich verstehe das nicht? Wir harmonieren doch perfekt!

„Tut mir leid für die Verspätung", entschuldigt sich Lena und bemerkt dann erst den unerwarteten Gast.

„Schön, dass ihr hier seid! Darf ich euch vorstellen: Das ist mein Arbeitskollege Alfred."

Lena atmet auf und schickt insgeheim ein Dankeschön zum Himmel.

„Vorsicht, bitte!"

Schwungvoll stellt die Kellnerin die Drinks auf den Tisch und nimmt die Bestellungen von Lena und Peter auf.

Sophie erklärt kurz, warum sie Alfred mitgenommen hat. Lena reagiert positiv, weil sie auf Ablenkung hofft, nachdem sie zu Hause mit Peter schon wieder mal einen Streit hatte. Peter hingegen ist total genervt, erst hatten sie daheim den Streit und jetzt soll er auch noch Würstchenideen sammeln!

Nachdem alle Cocktails serviert wurden, drängt Sophie die anderen, sich Gedanken zur Würstchenwerbung zu machen. Die eine Stunde, die sie Alfred versprochen hat, sollte doch relativ schnell vorbeigehen.

„Wie wäre es mit verschiedenen Personen, die zu verschiedenen Zeiten Würstchen essen, zum Beispiel Handwerker, die zur 10-Uhr-Pause Würstchen essen, dann zu Mittag die alte Oma, die sich nur kleine Mahlzeiten zubereitet, oder an einem regnerischen Nachmittag werden im Altenheim Würstchen gegessen statt Kaffee und Kuchen und dann natürlich in der Familie mit Mutter, Vater und zwei Kindern werden zum Abendbrot Würstchen serviert."

„Nicht schlecht, Lena, aber es erinnert doch etwas an die Haarspray-Werbung, wo man eine Frau am Morgen, am Mittag und am Abend mit der gleichen Frisur glücklich an verschiedenen Orten und in verschiedenen Wetterzonen sieht. Allerdings ist der Chef von Willis Würstchen – also Willi Weber selbst – eher konservativ und deshalb behalten wir uns deine Idee mal im Hinterkopf."

„Wie wäre es mit einem Bauer, der im Schweinestall steht und genüsslich ein Würstchen isst oder noch besser eine Freudendame in einem Bordell sagt in verführerischem Ton ‚Ich liebe knackige Würstchen'?"

„Du willst doch wohl nicht ernsthaft eine Antwort für deine gute Idee, Peter?"

Sophie ist wütend, so werden sie sicher nicht weiterkommen.

„Heute ist wohl nicht sein produktivster Tag", sagt Lena zu Sophie und zu Peter in übertriebenem, süßlichem Ton, „nicht wahr, mein Schatz?"

„Gut, wenn ihr meine brillanten Ideen nicht haben wollt, überlegt doch alleine!"

Peter klinkt sich aus dem Gespräch aus und schlürft beleidigt an seinem „Black Death", während die anderen weiter überlegen.

Ein Arbeitskollege von Peter hatte Jimmys Bar wegen dem rustikalen Ambiente und den guten Cocktails empfohlen. Obwohl Peter nun richtig schlechte Laune hat, muss er doch feststellen, dass ihm die Einrichtung gefällt. Die aus Holz gebaute Bar hat im Hintergrund in den oberen Regalen nur Spirituosenflaschen und in den unteren Regalen eine große Auswahl verschiedener Gläser. Ein Spiegel befindet sich im Hintergrund, der die Bar optisch größer wirken lässt.

An der Theke stehen runde Barhocker, deren Füße aus Holz, aber deren Sitzflächen aus schwarzem Leder sind. Der rustikale Dielenboden lässt die Bar insgesamt urig wirken, was durch die Bierfässer, die als Tische verwendet werden, unterstrichen wird. Gegenüber der Bar finden sich große Fenster, die mit Holzsprossen unterteilt sind und den Charakter eines alten Brauhauses haben. An den seitlichen Wänden hängen Schilder von verschiedensten Biermarken und Bilder von Pin-up-Girls aus verschiedenen Jahrzehnten.

Insgesamt schon ein Ort, an dem man etwas länger verweilen könnte, wenn die Laune doch etwas besser wäre.

„Peter? Natürlich bist du es! Peter!"

Als er so im Grübeln ist, hört Peter plötzlich, wie hinter ihm jemand seinen Namen ruft. Überrascht dreht er sich um, aber er kennt die Frau nicht, die freundlich winkt.

„Peter, welche Überraschung! Ich bin es, Larissa. Wir waren in der gleichen Schule, du warst mit meiner kleinen Schwester

Annemarie in derselben Klasse, ich war zwei Klassen über euch. Du kannst dich doch bestimmt an mich erinnern?", dabei zwinkert sie ihm neckisch zu.

„Es gibt einiges, woran du dich erinnern könntest!"

„Wow, Larissa, du hast dich aber sehr verändert!"

Peter bleibt der Mund offenstehen. Aus dem leicht pummeligen Mädchen mit braunen Haaren wurde eine wunderschöne Blondine mit einer Figur, bei der sogar ein Kaplan schwach werden würde.

„Du kannst den Mund wieder zumachen, so sehr habe ich mich auch nicht verändert. Komm, setz dich doch ein bisschen zu mir an meinen Tisch und lass uns über alte Zeiten plaudern."

„Na ja, eigentlich bin ich mit meiner Freundin, nein, äh, meiner Frau, äh, meiner Frau und ihrer Freundin hier ..."

„Wie du siehst, sind sie in ihr Gespräch vertieft und das – entschuldige bitte – hört sich nicht gerade sehr spannend an, die reden doch nur über Fleisch."

„Es ..., es geht ..., es geht ... um Werbung."

Peter kann Larissas Blick nicht widerstehen, so geht er brav wie ein Lamm zur Schlachtbank und setzt sich an Larissas Tisch.

Indessen arbeiten Sophie, Alfred und Lena sehr eifrig an der Werbekampagne. Viele spontane Ideen haben sie gleich wieder verworfen, weil sie entweder zu langweilig waren, zu actionreich oder schon da gewesenen Werbungen zu sehr ähnelten.

Zur neuen Ideenfindung bestellen sie sich eine zweite Runde Longdrinks, da erst bemerken sie, dass Peter nicht mehr am gleichen Tisch sitzt, so sehr waren sie ins Gespräch vertieft. Lena stört das nicht unbedingt.

„Soll er sich doch mit der Tussi unterhalten, dann haben wir wenigstens unsere Ruhe. Seine schlechte Laune kann er ruhig bei ihr abladen."

Die drei stürzen sich wieder in die Arbeit und es scheint nun besser voranzugehen, zumindest haben sie jetzt deutlich mehr Spaß daran und amüsieren sich über die eher einfallslosen Ideen, die sie vorher schon beiseitegeschoben haben.

„Ich stelle mir eine glückliche Fleischhackerfamilie vor, ein Vater, eine Mutter, beide so um die 35 bis 40 Jahre alt. Sie haben zwei Kinder, so 10 bis 12 Jahre alt und sie stehen glücklich in ihrem eigenen Fleischereifachgeschäft und preisen die Würstchen voller Stolz und Zufriedenheit an, als wäre es das Beste im Leben. Und auch die Kinder sollten in einem Satz – am besten im Chor – sagen, dass Willis Würstchen ihre Lieblingsspeise sind. Dann beißen alle gleichzeitig in ein Würstchen und lächeln bis über beide Ohren – und dann Cut."

„Konservativ ist es ja, so wie von Willi Weber gewünscht, Alfred, aber meinst du nicht, dass es etwas lockerer auch gehen würde? Das ist ja total verklemmt: die glückliche Fleischhackerfamilie! So wie in den 80er-Jahren die Zahnpastawerbung mit der Zahnarztfrau. – Wenn man die zum ersten Mal sieht, denkt man doch schon ‚um Gottes willen, wer hat sich denn das ausgedacht?' Es sollte schon ein bisschen realitätsnahe sein."

„Liebe Sophie, bis jetzt ist meine Idee die beste, die wir haben! Wenn dir nicht bald etwas ‚Lockeres' einfällt, werden wir meinen Vorschlag am Montag dem Schmitt und Willi Weber präsentieren, ob es dir gefällt oder nicht!"

„Alfred hat Recht, Sophie, etwas bieder könnte es schon sein, aber kombiniert mit Modernität. Ich denke da zum Beispiel an glückliche Hausfrauen, die gerne altbackene Kleiderschürzen tragen, aber in modernen Häusern wohnen – vielleicht in einer Reihenhaussiedlung oder noch besser in einer etwas nobleren Gegend. Die gut erzogenen Kinder spielen im Garten und fahren Fahrrad in der Siedlung. Die Mütter kochen das Essen und backen täglich einen Kuchen und verkochen anschließend noch Früchte zu Marmelade. Du verstehst, ein komplett altmodisches Bild der Hausfrau, aber in ultramodernem Ambiente, mit der besten und neuesten Ausstattung an Küchengeräten. "

„Ein Lieferservice würde gut zu deiner Idee passen. Wenn es perfekte Hausfrauen sind, sind sie doch den ganzen Tag zu Hause zum Kochen, Backen und Kinder erziehen, was in unserem Fall gut passt, denn wir zeigen in unserem Spot einen gekühlten Lieferwagen, der Willis Würstchen direkt an die Haustüre bringt. Frische Ware, die gleich verarbeitet und gegessen werden kann. Sobald die Würstchen geliefert wurden, bereitet die gute Hausfrau das Abendessen für die Kinder und den fleißigen Mann zu, der sodann mit Anzug und Krawatte völlig erledigt vom Büro nach Hause kommt – und natürlich will er abends nur Willis Würstchen essen."

„Perfekt, da lässt sich ein biederes konservatives Bild kreieren, in dem aber viel Hightech gezeigt wird, angefangen vom E-Herd bis hin zum brandneuen Auto, was für die Zuseher unbewusst die heutige Zeit widerspiegelt und somit ein breiteres Publikum anspricht."

Alfred muss zähneknirschend zugeben, dass diese Idee um Klassen besser ist als seine glückliche Fleischhackerfamilie. Er gibt klein bei und verabschiedet sich nach einiger Zeit. Er fühlt sich fehl am Platz, weil ihn die beiden Frauen nicht mehr beachten. Sie zerkugeln sich vor Lachen bei der Vorstellung, sie selbst würden zu perfekten Hausfrauen mutieren.

Der zweite Cocktail ist fast leer getrunken, als Lena auffällt, dass Peter schon länger als eine Stunde bei der fremden Frau sitzt. Sophie sieht das Unheil kommen, als sie Lenas Blick Richtung Peter folgt.

Kurze Auszeit für mich.

„Ich gehe mal eben an die Bar und hole mir ein Wasser."

Lena hört das nur am Rande, weil sie schon in Gedanken damit beschäftigt ist, eine Todesart für Peter auszuwählen. Sie steht auf und geht zu ihm und der schönen Unbekannten.

„Peter, möchtest du mir deine Bekanntschaft nicht vorstellen?"

„Äh, natürlich, mein ... äh ... Schatz. Larissa, das ist meine, äh Frau ... äh ..."

„Lena, mein Name ist Lena!"

Sie setzt sich, ohne zu zögern, neben Larissa, was dieser nicht zu gefallen scheint.

Sophie steht unterdessen schon an der Bar. Der Barkeeper flirtet mit einem jungen hübschen Mädchen am anderen Ende der Bar, was Sophie einerseits nervig findet, weil er keine Anstalten macht, sich loszureißen, anderseits ist es auch egal, so schnell möchte sie nicht wieder zurück zum Tisch. Wenn Lenas Wut verraucht ist, ist es immer noch früh genug.

Sophie sieht sich in der Bar um, das Ambiente gefällt auch ihr sehr gut. Sie waren so in die Werbung vertieft, dass ihr gar nicht aufgefallen ist, dass es schon nach 23 Uhr und die Bar ziemlich voll geworden war. Als sie nun mit dem linken Arm an der Bar lehnt, wandert ihr Blick durch die Menschenmenge, als sie plötzlich **ihn** bemerkt, genau vor ihr. Jung, groß, etwas muskulös, aber nicht zu sehr, sportlich eben, dunkelbraune Haare in attraktivem Kurzhaarschnitt. – Alles in allem jemand, den man nicht übersehen kann. Da bemerkt sie erst, dass er **sie** ansieht. Schnell sieht sie weg und im gleichen Moment ärgert sie sich über sich selbst. Eigentlich ist sie gar nicht schüchtern, ein bisschen vielleicht. Während sie sich noch über sich selbst ärgert, sieht sie noch mal zu ihm hin und bemerkt, dass er sie immer noch ansieht. Ein ungewollter Reflex zwingt sie jedoch, wieder wegzusehen und sie ärgert sich daraufhin noch viel mehr.

Was der jetzt wohl von mir denkt?! Himmel, Arsch und Zwirn!! Jetzt muss ich schon aus Prinzip noch mal hinschauen, nicht aus Interesse!

Sie wagt also noch einen Blick und konzentriert sich mit aller Kraft.
Wenn er dich noch ansieht, schaust du jetzt nicht weg! Nicht wegschauen! Nicht wegschauen!
Und tatsächlich sieht er sie immer noch an.
All ihre Gedanken sind verschwunden und sie versinkt in seinen Augen, alles andere verschwimmt. Sein Mund, sein Körper, die Stimmen der anderen Gäste, die Musik, die Bar mit all ihren Geräuschen. Es scheint so, als würde nichts mehr existieren, nur mehr die Augen dieses geheimnisvollen Mannes – und welch schöne Augen das sind! Rehbraun, scheinbar endlos tief, umrandet von langen, vollen, schwarzen Wimpern! Sophie kann

sich nicht mehr losreißen. Es existieren nur noch diese Augen. Sie merkt im Unterbewusstsein, dass Zeit vergeht, nur wie viel ist ihr nicht klar. Sekunden, eine volle Minute, vielleicht aber auch schon mehrere Minuten.

Mit einem Mal durchfährt ein Blitz ihren Körper, der neben ihrem Hals einschlägt und auf dem Weg durch den ganzen Körper bis hinunter zu den Zehen ein Prickeln, Vibrieren und Zucken verursacht, dass Sophie sich instinktiv an der Bar festhalten muss, damit sie nicht umgeworfen wird. Trotz alledem können ihre Augen den Blick von ihm nicht lösen, es scheint unmöglich und für einen Augenblick hat sie das Gefühl, dass auch er den Blick von ihr nicht lösen kann. Ganz langsam, wie in Zeitlupe, geht er einen Schritt auf sie zu und neigt dabei seinen Kopf. Auch Sophie neigt ihren Kopf zur Seite und etwas nach vorne, die Augen schon halb geschlossen, die Lippen ganz leicht geöffnet. Nur mehr wenige Zentimeter sind seine Lippen von ihren entfernt, als jemand an Sophies Schulter tippt und sie sich erschrocken umdreht.

Kapitel 5

Max und Eddie
in Jimmys Bar

Max stellt seinen Einkauf auf seinen Küchentisch und dreht das Radio an. Er räumt den frischen Schinken und den Orangensaft in den Kühlschrank, die gekauften Kondome legt er in die obere Schublade seines Nachtkästchens. Auf dem Weg ins Bad zieht er schon das T-Shirt aus und beginnt, sich die Hose aufzuknöpfen. Feinsäuberlich räumt er alles in den Wäschekorb im Bad, schließlich erwartet er noch Besuch – die neue Eroberung, die er sich heute angeln möchte, soll sich nicht in einer typischen Junggesellenbude wiederfinden. Laut Max' persönlichen Erfahrungswerten liegen die Chancen, dass die Frauen über Nacht bleiben, besser, wenn es zumindest halbwegs sauber und aufgeräumt aussieht.

Als Max aus der Dusche steigt und nach dem Handtuch greift, klingelt es an der Tür. Max blickt auf die Uhr, die im Bad oberhalb der Zimmertüre angebracht ist. Es ist 21 Uhr.

Das wird doch nicht schon Eddie sein, eine dreiviertel Stunde zu früh?

Max wickelt sich das Handtuch um die Hüften und geht zur Haustür. Gerade als er sagen will: „Was machst du denn schon hier?", bleiben ihm die Worte im Hals stecken.

„Wir bringen Ihnen den wahren Frieden und die Sicherheit auf Erden. Geben Sie sich Gott hin und Sie werden ins Paradies aufgenommen. Bereuen Sie Ihre Sünden, ändern Sie Ihren Lebenswandel, dann werden Sie gerettet und ewiges Leben erfahren!"

„Es tut mir sehr leid, ich bin heute genauso wenig interessiert wie gestern."

„Es bereitet große Freude, ein Diener Jerosas zu werden und ewiges Leben zu erlangen. Satan benutzt die falsche Religion, um Menschen in die Irre zu führen. Wir dürfen Satan nicht die Oberhand gewinnen lassen!"

„Hören Sie, ich will nicht unhöflich sein, aber ich bin wirklich nicht interessiert!"

Max wartet keine Antwort ab, als er die Türe schließt, aber er hört noch deren Stimmen im Chor: „Alle Menschen werden miteinander in Frieden und Eintracht leben. Dient dem Herrn! Dient dem Herrn!"

Unglaublich, wie hartnäckig die sein können!

Max ist zufrieden mit seinem Spiegelbild: das neue Hemd, die Jeans, die Segelschuhe aus Leder, zum Schluss noch etwas Aftershave. Eine Viertelstunde bleibt ihm noch, bis Eddie kommt. In dieser Zeit dekoriert er den Wohnzimmertisch mit zwei Kerzen, Sektgläsern, einer kleinen Vase mit einer roten Seidenrose und losen Rosenblättern. Den Flaschenkühler, den er schon mit Eis gefüllt hat, stellt er neben den Tisch mit einer Flasche Birnenschaumwein. In die Stereoanlage steckt er einen USB-Stick mit Liebesliedern.

Den kleinen Küchentisch deckt er schon mit Frühstücksgeschirr: zwei weiße Teller, zwei Kaffeetassen, rote Servietten, ebenfalls eine kleine Vase mit einer Seidenrose und dazu zwei rote Duftteelichter. Auch hier streut er ein paar lose Rosenblätter und betrachtet sein Kunstwerk.

Was man nicht alles für Frauen machen muss!

Eddie klingelt pünktlich um 21:45 Uhr.

Perfektes Timing!

Ein letzter Blick in den Spiegel und er öffnet die Tür.

„Auf in Jimmys Bar!"

Barkeeper Joe winkt seinen beiden Stammgästen zu. Eddie deutet mit zwei hochgestreckten Fingern zurück. Er schuldet Max einen Drink für die ungeplante Einzelstunde mit Frau von Wernher. Am Tresen angelangt, stellt ihnen Joe auch schon zwei Flaschen Bier hin. Sie stoßen an und lassen den heutigen Arbeitstag in der Fitnessoase Revue passieren.

Max ist begeistert von der gegenwärtigen exquisiten Auswahl. Besonders gut gefällt ihm eine hübsche Blondine, geschätzte 22 Jahre alt, ca. 55 kg leicht – genau seine Kragenweite! „Eddie, schau mal, eine 22/55. Die wird es heute!"

„Ok, leg los!"

Für Eddie ist es immer ein Erlebnis, Max bei neuen Eroberungsmanövern zuzusehen, es ist fast schon Kunst. Frauen werden mit seinen Worten zu willenlosen Geschöpfen – und die scheinen es auch noch zu genießen! Egal, ob jung, alt, groß, klein, dick oder dünn – er wickelt jede Frau um den kleinen Finger, mit einer lockeren Art, die andere Männer ehrfurchtsvoll zu ihm aufblicken lässt.

Als Joe die neue Flasche Bier bringt, schnappt sie Max Eddie vor der Nase weg. „Kumpel, heute bist du dran! Immerhin stehen nächste Woche weitere Einzelstunden mit Frau von Wernher an."

„Na gut, aber dann sind wir quitt!"

Max lehnt sich an die Bar, beobachtet Eddie und trinkt genüsslich sein Bier, während sein Freund sich langsam an die Hübsche heranpirscht. Er setzt sich zuerst neben sie. So, als wenn er mit sich selbst reden würde, fängt er zu plaudern an, zuerst ohne direkten Blickkontakt.

„Meine Schwester bekommt ein Baby", fängt Eddie etwas schüchtern an.

„In vier Monaten ist es so weit und ich weiß einfach nicht, was ich ihr schenken soll."

Aus den Augenwinkeln heraus kann er sehen, dass er ihre Aufmerksamkeit gewonnen hat. Genauso schüchtern, aber mit kurzem Blickkontakt spricht er weiter.

„Entschuldige, mein Name ist Eddie, ich will dich nicht belästigen, aber ich hoffte, du würdest mir helfen. Meine Schwester ist schwanger, ich will nichts falsch machen, aber ich möchte ihr unbedingt etwas kaufen. Ich soll auch der Taufpate werden. Zuerst dachte ich, ich kaufe einen Windelvorrat für ein Jahr, weil ich mich mit Kinderkleidung und Kuscheltieren nicht auskenne. Einen Kinderwagen braucht sie aber auch oder sollte ich als Taufpate doch das Babybett kaufen?"

„Ein Baby, wie süß! Wird es ein Mädchen oder ein Junge? Wie wird es heißen? Hat es schon Geschwister? Nein, wie aufregend!" Es ist wirklich unglaublich, dass das jedes einzelne Mal funktioniert!

„Entschuldige, ich habe mich nicht vorgestellt – mein Name ist Claudia. Ich liebe Babys über alles. Meine Schwester hat vor sechs Monaten eines bekommen. Ein Mädchen. Sie heißt Christina. Bei der Geburt war sie 52 cm lang und 3225 g schwer. Jetzt ist sie aber schon ziemlich gewachsen. Außerdem hat sie das süßeste Lächeln auf der ganzen Welt."

Claudia zwinkert mit dem rechten Auge. „Ich bin übrigens ihre Taufpatin."

„Heißt das, du würdest mir ein paar Tipps geben?"

„Ich könnte dir erzählen, was ich für meine süße Christina gekauft habe und wie die Taufe war. Das war ja ein Erlebnis, sag ich dir!"

„Damit würdest du mir sehr helfen, da bin ich richtig erleichtert!"

Max, der alles aus kurzer Entfernung beobachtet hat, drängt sich dazwischen, bevor die beiden zu sehr in das Gespräch vertieft sind, denn sonst würde sein Plan nicht funktionieren.

„Eddie, du kannst doch dieses hübsche Wesen nicht für dich alleine beanspruchen!"

Um Claudias empörten Gesichtsausdruck zu entschärfen, sieht er ihr ganz dreist direkt in die Augen.

„Dein Vater ist ein Dieb! Er hat die Sterne vom Himmel geklaut und sie dir in die Augen gelegt!"

Er beobachtet sie nun genau. Das ist der entscheidende Moment, ob der Anmachtrick funktioniert hat oder nicht. Ist sie noch verärgert oder konnte er sie mit seinem Kompliment für sich gewinnen? Ihre Gesichtszüge werden etwas weicher, unsicher blickt sie jedoch zu Eddie. Bevor sie selbst weiß, was sie von der ganzen Sache halten soll, legt Max schon nach, damit sie sich wieder auf ihn konzentriert.

„Entschuldige, macht es dir was aus, wenn ich die anstarre – ich möchte mich in meinen Träumen an dich erinnern!"

Er lächelt, weil er jetzt ihre ganze Aufmerksamkeit hat. Das ist das Zeichen für Eddie, unauffällig zu verschwinden. Auf der anderen Seite der Theke bestellt er sich ein Bier und wundert sich, warum seine überaus gute Laune plötzlich weg ist und er sich etwas verloren fühlt.

Wow, der sieht ja richtig gut aus – knackig, jung, gepflegt – und das entscheidende: Er weiß genau, was er will!

„Du bist so wunderschön! Wo warst du nur mein ganzes Leben lang? Würdest du mir die Richtung zu deinem Herzen zeigen?"

Nervös kichert Claudia. Sie kann ihren Ohren kaum trauen. So viele schöne Worte auf einmal – und alle nur für sie. Das ist ihr noch nie passiert. Aber es muss ja stimmen, sonst würde er so etwas nicht sagen.

„War es für dich auch Liebe auf den ersten Blick? Stell dir eine Welt nur mit Sonnenschein und Liebe vor, dann weißt du, wie es in mir aussieht, wenn du mich ansiehst!"

Claudias Handy klingelt und sie wird aus ihren Glücksgefühlen gerissen.

„Tut mir leid, das ist meine beste Freundin, ich muss kurz mit ihr sprechen. Sie wurde vor ein paar Tagen von ihrem Freund verlassen."

„Das verstehe ich sehr gut, telefoniere mit deiner Freundin, solange es nötig ist, ich werde genau hier voller Sehnsucht auf dich warten."

„Danke für dein Verständnis!"

Claudia schlängelt sich durch die Menschenmenge Richtung Ausgang, um draußen im Freien zu telefonieren. Max zeigt Eddie den hochgestreckten Daumen als Zeichen, dass er fast am Ziel ist. Dieser ist so auf sein Bier konzentriert, dass er Max gar nicht zu sehen scheint. Mit einem Zug leert er die Flasche Bier, stellt sie mit Schwung laut auf den Tresen und geht, ohne sich zu verabschieden.

Was ist denn mit dem los? Egal, morgen in der Arbeit ist sicher wieder alles beim Alten!

Max' Blick schweift durch die Bar. Ganz hinten in der Ecke sitzt eine „alte Bekannte", oder besser gesagt eine „kurze Bekanntschaft" von ihm. Schnell sieht er weg, bevor sie ihn bemerkt. Eine Szene kann er nicht brauchen, wo er bei Claudia schon so weit gekommen ist. Mittlerweile sind zehn Minuten vergangen und Claudia ist immer noch nicht zurück. Eddie hätte schon aufgegeben, aber Max ist immer noch siegessicher und wartet erst mal ab.

Er beobachtet, wie eine hübsche Frau mit blonden, langen Haaren, 29/55, mit knackigem Hintern und einer Handvoll Oberweite auf die Theke zukommt und sich neben ihm an die Bar stellt. *Hm, ein Flirt zum Zeitvertreib ist immer okay.*

Ihm gefällt, was er sieht, schmal geschnittene Jeans, weißes enges T-Shirt, schwarze Stiefeletten – genau sein Typ. Leicht verärgert stellt er fest, dass sie ihn noch gar nicht bemerkt hat. Sein geschulter Blick wandert über ihren Busen ins Gesicht und direkt in ihre Augen. Die junge Frau bemerkt, dass sie beobachtet wird, und ihre Blicke treffen sich, schüchtern schaut sie kurz weg und gleich wieder hin. Sie kann seinem intensiven Blick nicht standhalten und schaut noch einmal weg. Immer noch fasziniert und gebannt, kann Max den Blick nicht von ihr lassen, da schaut sie ihn noch mal an, diesmal aber direkt in die Augen und versinkt nun so wie er in das andere Augenpaar. Plötzlich sind alle seine Gedanken verschwunden, alles andere verstummt mit einem Mal, die Musik, die Stimmen der anderen Gäste, die gesamte Geräuschkulisse. Es scheint, als würde nichts mehr existieren, nur mehr die Augen dieser geheimnisvollen Frau, und welch schöne Augen das sind! Azurblau, scheinbar endlos tief mit langen, schwarzen Wimpern. Immer noch befangen, durchfährt ein Blitz seinen Körper, der einen ungewohnten Schmerz und einen tiefen Eindruck hinterlässt. Es scheint unmöglich, sich von diesen Augen zu lösen und für eine Sekunde spürt er, dass auch sie ihren Blick nicht lösen kann. Ganz langsam neigt sich sein Kopf zu ihr, während er einen Schritt auf sie zugeht. Sie neigt ihren Kopf zur Seite und etwas nach vorne, die Augen halb geschlossen, die Lippen ganz leicht geöffnet. Nur mehr wenige Zentimeter ist sein Kopf von ihrem entfernt, als ihr plötzlich eine andere junge Frau von hinten an die Schulter tippt.

Kapitel 6

Samantha

Mit einem lauten Knall fällt Pauls Bürotür ins Schloss. Er blickt von seinen Bildschirmen auf und da steht sie. Eine junge Frau, die ihm beinahe den Atem raubt. Es dauert einen Augenblick, bis er wieder Luft holen kann und da bemerkt er ihre tiefblauen Augen und die schönen, dunkelbraunen, langen Haare. Die langen Wimpern geben ihrem Blick etwas Sinnliches.

„Ja, bitte, Sie wünschen?"

„Entschuldigung, ich wollte die Tür nicht zuknallen, sie ist mir aus der Hand gerutscht. Tut mir leid. Mein Name ist Samantha, Charles York schickt mich. Du sollst mich hier in der Abteilung einschulen – ich darf doch ‚du' sagen? Ich komme vom Willkommenskomitee, aber ich bin versetzt worden."

„Willkommenskomitee? Was soll denn das sein?"

„Na ja, nur ich sage Willkommenskomitee, alles andere ist ja viel zu negativ, aber bitte, dann die offizielle Bezeichnung: Todesengel. Aber das ist, finde ich, einfach nur schrecklich, denn das hört sich ja so an, als ob ich selbst die Entscheidung über Tod und Leben fällen müsste. Welch fürchterliche Vorstellung! Dabei haben wir bloß die einzelnen Aufträge zugeteilt bekommen und daraufhin die Seelen in den Himmel begleitet. Wie dem auch sei, jetzt bin ich hier, Gott sei Dank!

Du kannst dir gar nicht vorstellen, wie froh ich bin, gerade in diese Abteilung versetzt worden zu sein. Das Seelen-Abholen war mir ja von Anfang an viel zu deprimierend, das hat mich immer schrecklich traurig gemacht, obwohl ich wirklich versucht habe, das Positive hervorzukehren. Schließlich sollte man nicht unbedingt deprimiert sein, wenn die Kunden Angst haben. Hm, ich freue mich wirklich, dir helfen zu dürfen!"

„Da muss ein Missverständnis vorliegen, ich arbeite schon seit Jahren alleine. Vermutlich solltest du zu Andrea gehen, die ist für die Neulinge zuständig, bei ihr wirst du eingeschult."

„Nein, ich bin mir ganz sicher, dass ich bei dir richtig bin. Von Charles York habe ich einen Zettel mit deinem Namen bekommen. Du bist doch Paul, oder?"

„Zeig mal her, das kann gar nicht sein, seit Jahren habe ich keine Anfänger mehr angelernt. Für so etwas habe ich doch gar keine Zeit, schon gar nicht jetzt bei diesem aufwendigen Fall!"

Paul greift nach dem Zettel, den ihm Samantha hinhält. Tatsächlich, schwarz auf weiß steht da sein Name – und was ihn verwundert – handschriftlich von Charles York. Anordnung vom obersten Boss.

Was soll ich bloß davon halten? Normalerweise werden die Lehrlinge direkt von der zentralen Personalverwaltung zu Andrea geschickt. Warum war Samantha bei Charles York? Warum soll ausgerechnet ich sie einschulen?

Anweisung ist Anweisung und Entscheidungen von Charles York anzuzweifeln, steht niemandem zu, auch nicht Paul. Er bemüht sich also um Gelassenheit und bittet Samantha, sich neben ihn zu setzen.

„Na gut, dann fangen wir mal an. Wie du sicher schon weißt, werden in unserer Abteilung die zwei Seelen, die füreinander bestimmt sind, zusammengeführt."

„Oh ja, ich weiß, ich weiß, hier verliebt sich jeder in jeden – wie romantisch! Wann geht's los?"

„Langsam, langsam. Hier wird nichts überstürzt, alles muss sorgfältig vorbereitet und geplant werden. Wir dürfen uns keine Fehler erlauben, das könnte fatale Folgen haben. Und so nebenbei gesagt, hier verliebt sich nicht jeder in jeden, sondern nur die zwei, die ein ganzes Leben miteinander verbringen sollen, streng nach Auftrag."

„Können wir jetzt bitte, bitte anfangen? Ich will alles lernen, alles, sofort!"

Auch das noch, so eine übereifrige, überromantische Anfängerin, die am liebsten alles in zwei Tagen lernen möchte. Das kann ja heiter werden!

„Also, hier auf den Monitoren siehst du unsere Schützlinge des aktuellen Falles. Das sind Sophie und Max, die gerade, wie du sehen kannst, etwas zeitversetzt, auf dem Weg zum Supermarkt sind. Unsere Haupttätigkeit ist das Planen und Organisieren von Begegnungen an verschiedenen Orten zu verschiedenen Zeiten. Die erste Begegnung kann zum Beispiel ein Aneinandervorbeilaufen sein, ohne dass sich die beiden überhaupt bemerken. Das Unterbewusstsein ist so feinfühlig, dass es im Herzen ein winzig kleines Signal auslöst, ähnlich einer roten Lampe, die zu blinken beginnt. Das ist für die Menschen nicht beim ersten Mal spürbar, aber das Signal wird bei jeder Begegnung immer stärker und intensiver. In weiterer Folge verursacht es sogar körperliche Empfindungen, wie zum Beispiel ein Kribbeln oder die berühmten Schmetterlinge im Bauch."

„Aber was ist, wenn das Lämpchen aus Versehen bei einer anderen Person zu blinken beginnt?"

„Nein, ausgeschlossen, wenn das Lämpchen zum ersten Mal blinkt, aktiviert es automatisch einen Code, den nur das passende Gegenüber trägt. Diesen Code gibt es auf der ganzen Welt dann nur zwei Mal. Verwechslung ausgeschlossen!"

„Sieh mal, die beiden sind schon im Supermarkt. Wir müssen etwas unternehmen, schnell, Max ist schon auf dem Weg zur Kasse! Wozu sind denn die vielen Knöpfe, wenn ich einen davon drücke, bleibt er dann stehen? Darf ich?"

„Nein, du darfst keinen der Knöpfe drücken, bevor du nicht weißt, wie sie verwendet werden. Bleib ruhig und lerne!"

Paul schreibt in das Eingabefeld seines Computers „Kondomschublade zu Hause leer" und drückt auf die Entertaste. Sogleich dreht sich Max um und drängt die Menschenschlange, die sich vor der Kassa gebildet hat, zurück und geht in Richtung Hygieneartikelregal.

„Sag bloß, du warst das jetzt und er geht wirklich Kondome holen?"

„Cool, was? Nach einigen Monaten Ausbildung wird dir das auch gelingen, es ist nämlich gar nicht so einfach. Nicht alle Menschen reagieren auf Gedankenblitze."

„Sieh doch nur auf den Bildschirm. Die beiden stehen im gleichen Gang, aber sie sehen sich nicht an. Wie kann das sein? Du hast doch gesagt, das rote Lämpchen im Herzen blinkt nun bei den beiden. Wieso dreht er sich nicht zu ihr um? Wir müssen uns beeilen, gleich hat er die Kondome gefunden und geht wieder weg. Schnell, darf ich ihm den Gedanken schicken, dass er sich umdrehen soll? Bitte, bitte, bitte, darf ich es diesmal schreiben?"

„Nein. Regel Nummer eins: nichts anfassen! Die beiden sind ein ziemlich schwieriger Fall, der schwierigste, den ich bis jetzt überhaupt hatte. Sophie wurde in der Vergangenheit von einem anderen Mann sehr verletzt, daher lässt sie keine Gefühle mehr an sich heran und bemerkt auch jetzt nicht das aufkeimende zarte Gefühl der Liebe in ihrem Innersten. Die Gefühlswahrnehmung ist komplett gestört. Daher müssen wir mehr Geduld haben. Sieh zu und lerne!"

Paul benutzt einen Hebel, einem Joystick ähnlich, der sich zwischen den vielen Knöpfen befindet und wandert damit am Bildschirm umher. Erst kann Samantha nicht erkennen, was er macht, plötzlich fällt eine Flasche Haarshampoo aus dem Regal.

„Wie ist denn das passiert? Keiner der beiden hat das Shampoo berührt! Sag bloß, das warst schon wieder du?"

„Ja klar, das lernst du auch einmal. Es ist nicht so schwierig, Dinge zu bewegen."

Paul ist zufrieden und lehnt sich in seinen großen weißen Ledersessel zurück.

„Verflixt! Eine Erziehung haben die jungen Männer heutzutage. Na egal, dann helfe ich ein bisschen nach!"

Mithilfe des Joysticks packt er Max bei den Schultern. Sanft drückt er den Hebel zuerst nach vorne, dann dreht er ihn und zieht vorsichtig nach unten. Max kann die Berührung nicht spüren, aber ohne es zu wollen, bückt er sich und hebt die Flasche auf. Er gibt sie Sophie, weil er glaubt, sie hätte sie fallen gelassen.

Paul blockiert schnell Sophies Worte, weil er merkt, dass sie das Haarshampoo nicht annehmen will und schreibt in Sophies Monitor ein einfaches „Dankeschön". Paul ist für den Moment zufrieden. Ein weiteres Treffen in Jimmys Bar hat er für heute sowieso noch geplant.

Während Sophie und Max in ihre Wohnungen gehen und sich für den Abend zurechtmachen, haben Paul und Samantha Pause. Sie beobachten die beiden eine Zeit lang gar nicht, und später werfen sie alle paar Minuten einen Blick auf die Monitore, um ihren Einsatz in Jimmys Bar nicht zu verpassen.

„Ja, was wird denn das? Das ist ja die Höhe, jetzt baggert der doch tatsächlich eine andere Frau an, obwohl sich die Liebe seines Lebens im selben Raum befindet! Unglaublich! Das ist doch einfach unerhört! Wir müssen etwas unternehmen! Schnell drück einen deiner Knöpfe, damit er zur Vernunft kommt! Lass es regnen oder von mir aus einen Blitz bei ihm einschlagen!"

Samantha gefällt die Vorstellung, dass Max vom Blitz getroffen werden könnte.

„So ein paar winzig kleine Schmerzen haben noch keinem Mann geschadet, außerdem kann Sophie ihn dann trösten und die beiden verlieben sich. Verlobung nach Blitzschlag – sehr gute Idee!"

Samanthas Augen leuchten voll Tatendrang.

„Also, das Wetter ist von uns generell nicht veränderbar. Manchmal, wenn es unserer Aufgabe hilft, dürfen wir es regnen lassen, mehr geht aber nicht. In unserem Fall geht nicht mal das. Regen in einem geschlossenen Raum? Nein, tut mir leid. Du musst lernen, etwas ruhiger an die Aufgaben heranzugehen. Wer hektisch ist, macht Fehler – und Fehler werden nicht geduldet. Wir würden schreckliche Probleme bekommen!"

„Können wir nicht irgendetwas tun?"

„Natürlich, ich habe beide in diese Bar geführt und wir werden auch versuchen, dass sie sich ineinander verlieben. Dazu müssen wir eine Situation schaffen, in der sie sich gegenüberstehen und so lange wie möglich ansehen. Wie du siehst, werden Lena und Peter gleich streiten, das sind Sophies Freunde. Jetzt können wir in Aktion treten: ,Mineralwasser an der Theke' schicken wir Sophie als Blitzgedanken.

Der zweite Schritt besteht darin, Claudia für ein paar Minuten aus der Bar zu locken, also lassen wir die beste Freundin bei ihr anrufen. Leider hat diese gerade Liebeskummer, dafür sind wir zwar nicht verantwortlich, aber wir nutzen diesen Zustand."

Kaum hat Paul den Satz beendet, klingelt auch schon Claudias Handy und weil es in der Bar so laut ist, telefoniert sie draußen im Freien.

„Das klappt ja wie am Schnürchen, das ist einfach toll!"

Paul kann nicht antworten, weil er Sophie und Max ganz konzentriert beobachtet. Beide schauen sich in der Bar um, bis Max' Blick bei Sophie hängen bleibt – und wenig später ihre Augen auch bei ihm hängen bleiben. Zuerst ganz kurz, doch dann können beide den Blick nicht mehr voneinander abwenden. Es scheint tatsächlich zu funktionieren.

„Sieh dir das an, das ist der schönste Moment bei unserer Arbeit. Die Herzen der beiden haben entdeckt, dass sie zueinander gehören. Das rote Lämpchen rotiert und hört nicht mehr auf, sich zu drehen. Es ist, als würde eine Parade von Tausenden winzigen kleinen roten Wesen über ihre Herzen laufen, mit roten kleinen Fähnchen in der Hand, jubelnd und mit voller Begeisterung. Der Verstand ist bei beiden momentan ausgeschaltet, darum ist der Blick so intensiv und überaus gefühlvoll."

Samantha muss lächeln – aus zwei Gründen: Einerseits freut sie sich für Max und Sophie, andererseits hat sie sehr wohl bemerkt, dass Paul eine romantische Seite hat, die ihm wohl peinlich ist, denn er ist auch schon wieder ernst. Er lehnt sich in seinen weißen Ledersessel und lässt die beiden nicht aus den Augen.

„Ich freu mich so für die beiden, nun hat es endlich doch geklappt. Heißt das also Feierabend für heute? Trinkst du mit mir in der Kantine noch einen Kaffee? Wir werden in der nächsten Zeit viel zusammen sein, da dachte ich, wir sollten uns wohl ein bisschen besser kennenlernen. Was hältst du davon?"

Sam ist traurig, als von Paul keinerlei Reaktion kommt. Nicht einmal eine Absage.

„Ist irgendetwas nicht in Ordnung? Du meine Güte! Claudia kommt wieder zurück in die Bar! Um Gottes willen, schnell der Knopf mit dem Nebel, bevor alles zu spät ist!"

Samantha drückt blitzschnell den Nebelknopf und vollführt einen Freudentanz.

„Juhu, es hat doch noch geklappt! Hey, warum freust du dich nicht? Ja, ich weiß, ich hätte dich fragen müssen, aber das hätte zu lange gedauert. Sei nicht böse auf mich, es hat doch funktioniert!"

Als immer noch keine Reaktion von Paul kommt, folgt sie seinem starren Blick zu den Monitoren und fällt dann vor Entsetzen zurück in ihren Sessel.

„Um Himmels willen, was habe ich bloß getan?"

Kapitel 7

Tausend winzig kleine rote Wesen

„Was ist denn bloß los mit dir?"

Claudia schnappt sich Max' Arm und legt ihn um ihre Schulter, um ihn zu stützen. Er wankt und hält sich den Kopf, weil ihm plötzlich schwarz vor Augen wurde.

„Mein Kopf ... mein Magen ... Mir geht es gar nicht gut", stottert er.

Verstört blickt er umher, um herauszufinden, wo er ist. Total verwirrt sieht er Claudia an.

„Was ist los mit dir? Was hast du getrunken oder genommen, während ich draußen war?"

Sie betrachtet ihn von oben bis unten. Seltsam, aber es wirkt nicht so, als würde der Zustand von zu viel Alkohol oder anderen berauschenden Mitteln kommen. Eigentlich sieht er richtig krank aus, auf jeden Fall muss er irgendwie nach Hause kommen.

Eddie, der war doch gerade noch hier irgendwo, der soll ihn nach Hause bringen!

Während Claudia sich nach Eddie umsieht, lehnt sich Max an ihre Schulter und brummt ein paar Worte, die sie nicht entziffern kann, bloß ein „Wo sind wir hier?" und „Ich will in mein Bett" meint sie erraten zu können.

Da sie Eddie nicht ausmachen kann, beschließt Claudia, Max mit in ihre Wohnung zu nehmen. Wo er wohnt, hat sie ja im Verlaufe ihres Gespräches noch nicht herausfinden können. In seinem Zustand scheint Max keine Gefahr oder Bedrohung in irgendeiner Weise zu sein, weshalb sie ihre Bedenken beiseiteschiebt, ihre Hand um seinen Rücken legt und ihn stützend durch die Bar nach draußen manövriert.

Vor ihrer Wohnung angelangt, lehnt Claudia Max erst einmal an die Wand und sperrt die Haustüre auf. Sie atmet tief ein, bevor sie wieder seinen Arm um ihre Schulter legt und ihn in die Wohnung schleppt. Im Wohnzimmer sinkt sie vor Erschöpfung neben dem Sofa in die Knie, sein Gewicht hat sich auf den letzten Metern stark bemerkbar gemacht. Er plumpst aufs Sofa und schläft sofort ein. Claudia schleppt sich in den breiten Wohnzimmersessel neben der Couch und muss erst einmal verschnaufen. Etwas aufgeregt mustert sie ihn. Da liegt er, ein fremder Mann auf ihrem Sofa, schlafend und immer noch kreidebleich. Als sie sich vorsichtig zu ihm hinunterbeugt, um zu schnuppern, ob er nicht doch nach Alkohol riecht, greift er blitzschnell ihren Arm und stöhnt mit geschlossenen Augen mit letzter Kraft: „Tausend winzig kleine rote Wesen!"

Claudia hält die Luft an und rührt sich nicht vor Schreck.

„Kleine rote Wesen mit Fähnchen, ich hab sie gesehen!"

„Rote Wesen? Fähnchen?", wiederholt Claudia ungläubig.

„Auch die Blumenwiese …"

„Ja, natürlich auch die Blumenwiese", antwortet sie betont fürsorglich.

Genauso schnell wie Max ihren Arm ergriffen hat, lässt er ihn auch wieder los und schläft plötzlich wieder ein. Claudia setzt sich unterdessen wieder in den großen weichen Wohnzimmersessel, schmunzelt über das gerade Gesprochene und beobachtet ihn noch eine Weile, bis auch sie müde einnickt. Ungefähr eine Stunde schlafen beide, bis Max aufwacht und sich vor Magenschmerzen windet. Claudia bemerkt sein leises, aber schmerzvolles Stöhnen, als er versucht, sich aufzusetzen.

„Bleib ruhig liegen", sagt sie sanft, „ich habe dich mit zu mir genommen, weil dir in der Bar plötzlich schwindlig wurde und etwas verwirrt warst du wohl auch."

„Ich habe Kopfschmerzen und schreckliche Magenkrämpfe."

Ihm fällt auf, dass sie sich ernsthaft Sorgen um ihn macht. Ein wohlig warmer Schauer läuft ihm den Rücken hinunter. Es hat sich schon lange niemand mehr um ihn gesorgt.

Claudia freut sich, weil er schon klarer wirkt, frischer aussieht und wieder verständlich sprechen kann.

„Weißt du was, ich koche dir eine gute gesunde Gemüsebrühe, die wird helfen. Leg du dich nur wieder hin, ich wecke dich, wenn die Suppe fertig ist."

Ohne zu widersprechen, legt er sich aufs Sofa und streckt sich genüsslich, während er seine Augen schließt. Claudia geht in die Küche und kocht Wasser für eine Wärmflasche, die sie ihm vorsichtig zum Bauch legt.

Mit geschlossenen Augen murmelt er: „Dankeschön, du bist ein Engel."

Lächelnd geht sie wieder in die Küche, stellt den großen Topf auf den Herd und beginnt Gemüse zu waschen und zu schneiden.

Einige Zeit später kommt sie mit der fertigen Suppe zurück ins Wohnzimmer und stellt sie auf das kleine Tischchen vor dem Sofa.

„Die Suppe ist fertig", sagt sie zuerst ganz leise und berührt ihn vorsichtig am Arm. Als keine Reaktion kommt, spricht sie etwas lauter, damit er munter wird.

„Ich habe dir Suppe gekocht, iss etwas davon, dann wird es deinem Magen schnell besser gehen", ist sie überzeugt.

Max richtet sich langsam auf, stellt die Füße auf den Boden und sieht sich um.

„Ich kenne diese Frau", denkt er und es dauert ein Weilchen, bis ihm einfällt, woher.

„Koste doch gleich mal!"

Während er ihr noch in die Augen sieht, greift er nach der Suppe, wie ihm aufgetragen wurde. Als er den Teller hebt, merkt er erst, wie schrecklich heiß dieser ist und dass seine Hände, wie auch sein ganzer Körper, schlapp sind und etwas zittern. Der Teller kippt und Claudia schreit.

„Um Gottes willen, hast du dich verletzt?"

„Aua!", schreit dann auch Max etwas zeitverzögert, als er die heiße Suppe von seinem Bauch über seinen Unterleib die Beine hinunterrinnen sieht.

„Verdammt nochmal, ist das heiß!"

Am nächsten Morgen streckt sich Max genüsslich in seinem großen, weichen Bett mit seiner großen, weichen Decke und seinem großen, weichen Polster. Die Augen noch nicht geöffnet, beschließt er, noch ein paar Minuten weiter zu dösen. Das Kissen zieht er dazu weiter Richtung Schulter. Seltsame Geräusche stören seinen Versuch, wieder einzuschlafen. Geschirrklimpern?

Mit einem Riesensatz springt er aus den Federn. „Verflucht noch mal, wer ist in meiner Küche?" Ratlos blickt er sich um – das ist nicht sein Bett und auch nicht sein Schlafzimmer.

Er setzt sich auf das Boxspringbett und versucht angestrengt, den letzten Abend zu rekonstruieren. Das meiste fällt ihm wieder ein: Dass Eddie ihn bei seiner Wohnung abgeholt hat und sie zusammen in Jimmys Bar gegangen sind, wie jeden Freitag … dann dieses liebenswerte Mädchen … Claudia.

„Sie hat mich mitgenommen und mir Suppe gemacht …, also bin ich vermutlich immer noch hier."

Auf einem Sideboard an der gegenüberliegenden Wand findet er seine Jeans, sein Hemd, Socken und die Boxershorts. Alles duftet gut und wurde gebügelt. Gut nach blumigem Waschpulverduft riechend folgt er den Geräuschen bis in die Küche.

Vom Schlafzimmer gelangt man direkt ins Wohnzimmer und im Anschluss daran in die Küche, die nicht sehr groß ist, aber doch Platz für einen kleinen Tisch mit zwei Sesseln hat. Im Türrahmen bleibt er stehen und beobachtet Claudia eine Weile, die gerade den Geschirrspüler ausräumt und mit dem Rücken zu ihm arbeitet.

„Sie ist hübsch … gute Wahl!"

Erst als er sich räuspert, dreht sie sich zu ihm um und lächelt ihn an.

„Guten Morgen Max, wie geht es dir heute?"

Weil er nicht antwortet, sondern sie nur mit einem fragenden Blick ansieht, spricht sie weiter. „Gestern Abend haben wir uns in Jimmys Bar kennengelernt."

„Ja, ich erinnere mich, wir haben eine Weile geplaudert, bis dein Handy geklingelt hat und du nach draußen gegangen bist zum Telefonieren. Und dann weiß ich so gut wie nichts mehr. Was ist dann passiert?"

„Nach dem Telefonat bin ich wieder rein in die Bar, direkt an die Theke zu dir. Du wolltest dort auf mich warten, was du auch gemacht hast. Von Weitem habe ich schon gesehen, dass du dich an der Theke festhältst. Als ich bei dir angekommen bin, hast du gewankt. Damit du nicht fällst, habe ich schnell nach deinem Arm gegriffen und ihn um meine Schulter gelegt."

Während sie erzählt, deutet sie mit ihrer rechten Hand auf den Küchentisch, als Zeichen für Max, dass er sich setzen darf. Der Frühstückstisch ist bereits gedeckt: Toast, Croissants, Marmelade, Nutella, Schinken und etwas Käse.

„Ich hielt dich eine Weile fest und dachte, es wäre das Beste, wenn dich Eddie nach Hause bringen würde. Eine Zeit lang hatte ich nach ihm in der Bar Ausschau gehalten, konnte ihn aber nirgendwo entdecken."

Nebenbei gießt sie Kaffee in die beiden Tassen und setzt sich anschließend zu ihm an den Tisch.

Etwas verlegen gibt sie zu: „Eddie war schon weg, da blieb mir nichts anderes übrig, als dich mit zu mir zu nehmen. Das tue ich ja sonst eigentlich nicht, aber in deinem Zustand konnte ich dich nicht alleine in der Bar lassen. Das hätte ich einfach nicht übers Herz gebracht! Du hast mir so schrecklich leidgetan!"

„Wie großmütig von Ihnen!", erwidert Max theatralisch und holt Claudia damit aus ihrer süßen Verlegenheit.

„Wie kann ich das jemals wieder gutmachen, wunderhübsche Maid?"

Mit einem breiten Grinsen lehnt er sich zurück. *Wahrscheinlich habe ich es schon gut gemacht!*

Claudia nimmt einen großen Schluck Kaffee, um etwas Zeit zu gewinnen. Zu gerne würde sie mit ihm ins Theater gehen.

„Na ja, wenn du schon fragst, da wäre eine Kleinigkeit, die du für mich tun könntest."

„Alles, was du willst!"

„Okay, dann sehen wir uns nächsten Samstag."

Ein zweites Date mit derselben Frau, es hätte mich schlimmer treffen können! Muss wohl eine gute Nacht gewesen sein!

Claudia deutet auf die aktuelle Tageszeitung: „Kommenden Samstag wird im Stadttheater ‚Cyrano de Bergerac' aufgeführt. Würdest du mich begleiten? Ich möchte es mir wahnsinnig gerne ansehen!"

Oh mein Gott! Theater! Vielleicht war ich doch nicht so gut?!

„Hast du etwa diesen Samstag gemeint? Oje, da wollte ich ... Da habe ich diesen schrecklich wichtigen Termin ... ähm ... in der Autowerkstatt, mein Auto macht seltsame Geräusche, das muss ich unbedingt reparieren lassen."

„Verstehe, ist schon okay."

Was habe ich mir bloß dabei gedacht? Wie konnte ich nur glauben, dass ein Mann freiwillig ins Theater geht?

Theater – das ist doch was für alte Leute! Wie kann sie das nur gut finden? Alte Menschen, fürchterliche Musik, in altertümlicher Sprache verfasste Liebeserklärungen ... oh mein Gott!

Danach kommt kein richtiges Gespräch mehr auf, obwohl sich beide bemühen. Sie verstehen sich gut, reden über dies und das, aber ein kribbeliges Gefühl kommt nicht auf. Nach dem Frühstück hilft Max, den Tisch abzuräumen, weil er weiß, dass sie seinetwegen etwas bedrückt ist. Danach verabschiedet er sich relativ schnell, was Claudia nicht viel ausmacht. Sie setzt sich einen Moment an den Küchentisch und denkt über den letzten Abend und das Frühstück nach und beschließt, Max als schlechtes Date abzuhaken und ihn schnell zu vergessen, ebenso wie das Theater, in das sie ohne Begleitung nicht gehen möchte.

Nach dem missglückten Frühstück lehnt Max an der Hausmauer vor Claudias Miethaus und atmet erleichtert auf.

„Das hätte ja schlimm ausgehen können, ich habe mich schon jedes Wochenende mit Strickjacke im Theater sitzen gesehen, mit obligatorischer schwarzer Brille und Nick-Knatterton-Kappe, da bin ich grad noch mal davongekommen!"

„Hallo Claudia", tönt es aus ihrem Handy, „was hältst du davon, wenn wir Dienstag mal wieder einen richtigen Mädelstag einlegen? Shoppen, Kaffee trinken und quatschen, ich brauche das jetzt unbedingt. Glaubst du, dass du freibekommst?"
Der Vorschlag ihrer besten Freundin kommt gerade recht. Claudia sieht es als ihre selbstverständliche Pflicht, sich gerade jetzt, wo Susanne vor kurzem von ihrem Freund verlassen wurde, besonders um sie zu kümmern.
„Das ist eine super Idee! Bestimmt kann ich mir Zeitausgleich nehmen. In der letzten Zeit habe ich sowieso viele Überstunden angehäuft."
Claudia ist sich bewusst, dass auch ihr die Ablenkung guttun wird. Alles einfach so abzuhaken und beiseitezuschieben, war noch nie ihre Stärke und wird erfahrungsgemäß auch dieses Mal nicht so einfach sein.
„Wir sehen uns am Dienstag! Ich freu mich!"

Drei Tage später schlendern die beiden Freundinnen von Geschäft zu Geschäft, natürlich mit ausreichenden Pausen in diversen Cafés. Das Ritual ist immer das gleiche: Frühstück bei Alfonso mit Cappuccino, Müsli, Joghurt und frischen Früchten, später am Vormittag genießen sie ein Gläschen Sekt bei Christines Konditorei und am Nachmittag Baguette mit Rotwein bei Sergio. Die Idee, sich heute nur lustige Begebenheiten aus ihrer Vergangenheit zu erzählen, lenkt die beiden Frauen ab und Claudia muss nicht an die Ereignisse des vergangenen Wochenendes denken.

Doch dann kommt es, wie es kommen muss. Die beiden wollen unbedingt als krönenden Abschluss des Tages in das neue Schuhgeschäft gehen. Just neben diesem Geschäft prangt eine riesige Plakatwerbung für das Theaterstück „Cyrano de Bergerac". Das Plakat ist wunderschön gestaltet. Man sieht darauf einen jungen, hübschen Schauspieler in seiner mittelalterlichen Uniform mit Degen. Vor ihm steht eine ebenso hübsche Frau in einem prachtvollen Kleid.

Mit einem Mal ist alles wieder da: Das wortkarge, peinliche Frühstück mit Max, die Absage und das Gefühl, dass sie für einen kurzen Augenblick wirklich dachte, er würde sich mit ihr das Theaterstück ansehen.

„Ein tolles Stück und so romantisch noch dazu. Ich weiß noch genau, wie ich es mir mit Gregor angesehen habe, damals vor zwei Jahren!"

„Ja, ich weiß, du hast das Stück schon gesehen. Weißt du was, eigentlich habe ich gar keine Lust mehr, Schuhe anzuprobieren, ich bin schon ziemlich geschafft. Lass uns nach Hause gehen."

Ein paar Meter vor ihrer Haustür sieht Claudia einen Blumenboten mit einem riesigen Strauß verschiedener gelber und lilafarbiger Blumen. Claudia hat er noch nicht bemerkt, da er die Namen an den Türglocken mit seinem Lieferzettel vergleicht.

„Kann ich Ihnen helfen? Wen suchen Sie denn?"

„Ich, äh, ich suche eine Frau Herman", stammelt der etwas schüchtern wirkende Blumenbote, der höchstens 15 Jahre alt sein kann. So schätzt ihn Claudia zumindest ein.

„Frau Herman, das bin ich!"

Ich kann es gar nicht glauben, noch nie habe ich Blumen bekommen – und dann auch noch von einem Boten gebracht! Von wem werden die sein? Wahrscheinlich sagt er mir gleich, dass es ein Irrtum ist und er eigentlich jemand anderen sucht.

Der Blumenbote ist sichtlich erleichtert. „Oh ja, dann gehören diese Blumen Ihnen. Und dieses Kuvert gehört auch dazu."

„Vielen Dank!"

Claudia ist zwar höflich, verabschiedet sich vom Boten aber rasch und lässt ihn etwas verdutzt vor der Eingangstüre stehen. Das Herz schlägt ihr vor lauter Aufregung bis zum Hals. So langsam wie möglich holt sie ihren Schlüssel aus der Handtasche. Falls der Blumenbote sie noch beobachten sollte, soll er nicht mitbekommen, wie aufgeregt sie wegen ein paar Blumen ist. Obwohl sie sich bemüht, ihre Hände ruhig zu halten, sperrt sie etwas zittrig die Türe auf, schließt diese sofort wieder hinter sich, wirft die Handtasche auf den Boden und legt die Blumen auf den Schuhschrank im Flur. Das Kuvert nimmt sie mit ins Wohnzimmer und setzt sich damit auf ihren Lieblingssessel.

Mit geschlossenen Augen tut sie einen kräftigen Atemzug, öffnet dann die Augen und beginnt, das Kuvert aufzureißen. Sie zieht einen Zettel aus dem Kuvert, faltet ihn auseinander und beginnt zu lesen:

„Liebe Claudia!

Es tut mir leid, dass ich dir nicht die ganze Wahrheit gesagt habe. Ich muss zwar tatsächlich mit meinem Auto in die Werkstatt, aber ich habe noch keinen Termin vereinbart. Ich habe eingesehen, welch ein Idiot ich bin, denn eine so wunderhübsche Frau wie du hat es wirklich nicht verdient, eine Absage zu erhalten, noch dazu nach alldem, was du für mich letztes Wochenende getan hast. Deswegen habe ich zwei Karten für ‚Cyrano de Bergerac‘ besorgt und würde mich geehrt fühlen, wenn du mich dorthin begleiten würdest.

Als Entschuldigung für meine dumme Ausrede habe ich mir noch etwas einfallen lassen. In dem Blumenstrauß, den ich dir geschickt habe, habe ich noch einen kleinen Umschlag versteckt. In diesem findest du noch eine kleine Überraschung.

Ich hoffe zutiefst, dass du meine Entschuldigung annimmst und wir uns kommendes Wochenende im Stadttheater sehen.

Liebe Grüße, Max"

Das ist ja unglaublich! *Wie süß er doch ist! Okay, bis gerade eben habe ich noch anders über ihn gedacht, aber er hat eingesehen, dass er einen Fehler gemacht hat, wahrscheinlich war er einfach überrum-*

pelt. Und dann auch noch so eine romantische Entschuldigung mit handgeschriebenem Brief und Blumenstrauß! Ein wahrer Gentleman! Außerdem versteht er offensichtlich die „Blumensprache"! Ich kann gar nicht anders, als ihm zu verzeihen! Er ist einfach wunderbar!

Vor gar nicht allzu langer Zeit hat Claudia in einer Zeitschrift einen entsprechenden Artikel darüber gelesen und demnach bedeutete dieser Strauß mit seinen Blausternchen und Goldkörbchen ebenfalls „aufrichtige Entschuldigung".

Im Briefkuvert findet Claudia tatsächlich zwei Eintrittskarten fürs Theater.

Kapitel 8

Ein heimlicher Verehrer

Ein typischer Montagmorgen und die typische Montagsmüdigkeit.
Das Wochenende war ganz schön chaotisch. Sophie sitzt in der Arbeit an ihrem Schreibtisch, wo sie ein kleines Päckchen entdeckt. Sie hebt es hoch und dreht es. Das Päckchen ist sehr leicht. *Vermutlich Schokolade*, denkt sie und wirft es in den Mülleimer. *Erstens muss ich abnehmen und zweitens nehme ich keine Liebesbotschaften von Alfred an! Heute werde ich bloß das Allernötigste mit ihm sprechen – also nur Berufliches! Apropos – wo ist er überhaupt? Warum ist er noch nicht im Büro? Wahrscheinlich steht er schon wieder in der Kaffeeküche, anstatt zu arbeiten!*

Sophie ist heute nicht gut auf Alfred zu sprechen, in der Bar hat er sich wirklich nicht kooperativ verhalten und irgendwie ist der ganze Abend nicht gut gelaufen.

Als Herr Schmitt in ihr Büro kommt, versucht sie, ihre schlechte Laune zu unterdrücken und quält sich ein kleines Lächeln ab. Ihr Lächeln verschwindet aber gleich wieder, als er ihr mitteilt, dass sich Alfred für heute krankgemeldet hat.

„Den Vorentwurf für Willis Würstchen habe ich mir heute früh schon angesehen, gefällt mir, Fräulein Lehmann. Nun liegt alles an Ihnen – die Präsentation für Willi Weber müssen Sie ohne Alfred machen, aber das kriegen Sie natürlich hin!"

Er zwinkert ihr zu und verlässt ihr Büro mit den Worten: „Ich verlasse mich auf Sie! Willi Weber muss beeindruckt sein! Ach ja, Herr Weber kommt schon um 15 Uhr statt um 16 Uhr – ist doch kein Problem für Sie!"

Als Herr Schmitt die Türe hinter sich schließt, kramt Sophie das Päckchen wieder aus dem Mülleimer.

Jetzt brauche ich doch ein Stück Schokolade! Präsentation vor-
bereiten, alleine präsentieren und das alles eine Stunde früher als
geplant! Na toll!

„Ist doch kein Problem für Sie", macht sie ihren Chef nach
und rollt dabei mit den Augen, während sie das Geschenkpapier
aufreißt.

Igitt, Orangenbittergeschmack, wer isst denn so was?! Ach was
soll's, das ist jetzt auch egal!

Einige Stück Schokolade später atmet Sophie tief durch und
macht sich an die Arbeit. Sie schafft es dann auch, sich gut zu
konzentrieren und entwirft im Energierausch mehrere Plakate,
die ihrer und Lenas Idee vom Wochenende entsprechen. Eine
Bilderbuchfamilie in klassischem Stil, was Bekleidung und Fri-
suren betrifft, aber in modernem Ambiente in einer noblen Ein-
familienhaussiedlung mit gepflegtem Rasen, einem E-Herd mit
Sprachsteuerung, einer weißen Ledercouch im Wohnzimmer
und Kindern, die gut erzogen und nicht schmutzig sind, nicht
vor dem Fernseher sitzen und Videospiele spielen, sondern sich
im Garten den Ball zuwerfen oder vor dem Haus Fahrradfahren.
Als der Ehemann mit dem neuen SUV die Auffahrt zur Gara-
ge hochfährt, geht sie sofort zur Haustüre, um ihn mit einem
Küsschen zu begrüßen.

Er fragt: „Was gibt's denn heute zum Abendbrot?"

Just in diesem Moment hört man ein Klingeln auf der Straße.
So wie früher die Eiswagen durch die Straßen fuhren, fährt ein
Würstchenwagen durch die Siedlung und macht sich bemerk-
bar, in dem er klingelt.

„Natürlich gibt's heute Willis Würstchen zum Abendessen,
mein Schatz!", sagt die Hausfrau und eilt – wie alle anderen
Hausfrauen aus den Nachbarhäusern – auf das Würstchen-
auto zu und kauft frische „Willis". Der Mann beobachtet von
der Haustüre aus das Geschehen und lächelt von einem Ohr
zum anderen.

Als seine Frau wieder zurückkommt, säuselt er: „Ich bin so
glücklich, dass ich so eine perfekte Ehefrau habe! Willis Würstchen sind meine Lieblingsspeise" und küsst sie noch mal. Dann

laufen die Kinder zu den Eltern und sagen „Mmh, Willis Würstchen, lecker!"

Sophie ist zufrieden, holt sich aus dem Aufenthaltsraum eine Tasse Kaffee und nimmt sie mit zu ihrem Schreibtisch, wo sie die Details der Plakate ein weiteres Mal überprüft. Als sie die Tasse neben ihrem Computer abstellt, bemerkt sie, dass zwischen der Schokoladeschachtel und dem Geschenkpapier ein Kuvert versteckt war. Sie zögert erst, ist aber dann doch zu neugierig, um es nicht zu öffnen.

„Zärtlich singt mein Herz für dich meine Sehnsuchtslieder,
täglich neu und immer mehr dringen sie herüber.

Irgendwann wirst du sie hören, mein Herz wird dich erreichen,
dann spürst du meine Einsamkeit,
schickst mir ein Liebeszeichen."

Sophie lehnt sich in ihren Sessel zurück und überlegt, ob sie wach ist oder träumt. Erst vor wenigen Tagen die Blumen, jetzt ein Liebesgedicht. *Wie romantisch – von wem all diese Dinge wohl sein mögen?*

Ein zweites Mal liest sie die Zeilen, noch nie in ihrem Leben hat ihr ein Mann ein Liebesgedicht geschenkt. Da erst bemerkt sie, dass sich in dem Kuvert noch etwas befindet. Zwei Karten fürs Theater diesen Samstag und noch eine Karte, auf der steht:

„Bereite mir eine Freude mit deiner Anwesenheit und komme zur Premierenfeier ins Theater! Ein Wagen mit Chauffeur wird bereitstehen und dich und deine Begleitung abholen.

In tiefer Verehrung, XXX"

Sophie wählt sofort die Nummer ihrer besten Freundin: „Lena, wir müssen uns unbedingt sehen, du glaubst ja gar nicht, was heute passiert ist! Ich kann dir das nicht am Telefon erzählen, das würde zu lange dauern und in der Kurzform verschwindet die Romantik. Wann ich heute Schluss machen kann, weiß ich aber noch nicht. Willi Weber kommt am Nachmittag, aber sobald die Präsentation beendet ist, komme ich zu dir in den Coffeeshop." Lena ist nicht in der Lage, überhaupt zu Wort zu kommen. *Das muss ja ein Erlebnis gewesen sein!* Gott sei Dank ist im Coffeeshop heute viel los, sodass Lena keine Zeit zum Nachdenken hat. Das erspart ihr das Grübeln darüber, welch aufregende Dinge Sophie heute schon erlebt hat.

Emsig arbeitet Sophie weiter an der Würstchenwerbung, verzichtet sogar auf ihre Mittagspause und holt sich stattdessen noch mal eine Tasse Kaffee. Sie strukturiert die Abläufe sehr genau, korrigiert noch Kleinigkeiten und wird gerade fertig, als Herr Schmitt mit Herrn Weber im Schlepptau zu ihr ins Büro kommt.

„Fräulein Lehmann ist bestimmt schon fertig, nicht wahr, Fräulein Lehmann?", wieder zwinkert ihr Herr Schmitt zu.

Was ist denn mit dem los?, denkt sie sich, lächelt aber professionell. Schließlich möchte sie einen guten Eindruck auf Herrn Weber machen.

„Natürlich bin ich fertig, Chef!

Guten Tag, Herr Weber, mein Name ist Lehmann, wir können sofort mit der Präsentation beginnen, wenn Sie wollen. Darf ich Sie in unseren Konferenzraum führen?"

Ohne eine Antwort abzuwarten, nimmt Sophie die Unterlagen und geht voraus Richtung Konferenzzimmer. Herr Weber ist von ihrer selbstsicheren Art angenehm überrascht und folgt ihr sogleich.

Zu Beginn der Präsentation muss sich Sophie mehrmals räuspern. Ihre Stimme erscheint etwas schwach und rau, mit jedem Wort scheinen ihre Stimmbänder die Kraft wieder zu finden und der Vortrag verläuft ohne weitere Probleme. Das Ende der Rede wird mit Applaus gewürdigt und die beiden Herren sind sich schnell über den Vertragsabschluss einig. Sophie hat es geschafft, sie hat den Auftrag an Land gezogen. Während die anderen sich Sekt eingießen, verabschiedet sie sich höflich und verlässt den Besprechungsraum. Schnell räumt sie ihren Schreibtisch auf und macht sich rasch auf den Weg zu Lena.

Der Coffeeshop ist an diesem Abend ziemlich voll, so erzählt Sophie dann doch nur die Kurzversion ihrer romantischen Ereignisse, die sie heute erlebt hat und liest Lena das Liebesgedicht vor, während diese zwei Cappuccini für ihre Gäste zubereitet. Sie beschließen, weil Sophie am nächsten Tag frei hat, im Coffeeshop zu frühstücken und dabei ausgiebig zu tratschen. Morgens ist nicht ganz so viel los wie am Abend. Sie verabreden sich für 9 Uhr und beschließen am morgigen Dienstag nach dem Frühstück durch die Boutiquen zu schlendern, um eine passende Abendgarderobe für das Theater zu suchen.

„Kann ich es noch mal lesen", überfällt Lena Sophie noch bevor sie sie richtig begrüßt hat.

„Äh, hallo Lena, meinst du das Gedicht von gestern?"

„Ja, natürlich, was denn sonst?"

Betont lange und umständlich kramt Sophie in ihrer Handtasche und zieht schließlich das Kuvert hervor, um es Lena zu geben.

„Das ist ja sooo romantisch! Hast du schon eine Ahnung, von wem es sein könnte? Wen wirst du mitnehmen? Hast du dir schon ungefähr überlegt, was du dir heute kaufen möchtest? Ich habe schon eine Liste der Boutiquen im Kopf, die wir alle abklappern werden. Ach, ich finde das alles ja so aufregend!"

Sophie ist ein bisschen skeptisch. Ob Lena schon wieder Streit mit Peter hatte und das gewaltsam wegschieben möchte? Klar ist ihre Freundin meist gut gelaunt, aber irgendwie ist sie heute doch anders, fast ein bisschen aufgedreht.

Eine Stunde später sind die beiden jungen Frauen schon mitten im Einkaufsfieber. Sophie probiert alles an, was irgendwie infrage kommen würde, ohne auf die Preisschilder zu schauen. Das fällt ihr zwar anfangs ziemlich schwer, doch nachdem Lena mindestens drei Mal erwähnt hat, dass sie schon fast so knauserig ist wie ihr Ex, dieser Bernhard, sieht Sophie die Geldfrage etwas lockerer.

Lena hat ja Recht, sparen ist gut, aber man sollte sich auch mal was gönnen. Außerdem will ich am Samstag umwerfend aussehen! Schließlich bekommt man nicht jeden Tag eine geheimnisvolle, romantische Einladung ins Theater!

Nach ausgiebiger Diskussion, ob Kleid, Hosenanzug oder doch ein Kostüm die passende Garderobe zu diesem Anlass ist, entschließt sich Sophie, nach einem eleganten Kleid Ausschau zu halten. Lena ist mit dieser Entscheidung sichtlich zufrieden, denn sie selbst hat ein Faible für Kleider jeglicher Art.

Während die beiden Freundinnen ein Kleid nach dem anderen bis ins Detail prüfen, steigt Sophie der Duft eines Männerparfums in die Nase. Befangen von dem Duft kann sie nicht anderes, als die Augen zu schließen und den Geruch tief einzuatmen. Der Duft hat etwas Kraftvolles, Unwiderstehliches, das Sophies Knie weich werden lässt. Sie spürt ein Prickeln in der Bauchgegend, die Boutique und die Menschen bewegen sich in die Ferne, werden langsam ausgeblendet, alleine dieser guter Duft ist existent. Ihr wird klar, dass sie etwas Ähnliches schon einmal erlebt hat.

Ich kenne dieses Gefühl, etwas schwindelig und alles andere schiebt sich in den Hintergrund. Die Kleider, die Menschen, die Boutique – mit einem Mal ist alles so weit weg. Es kribbelt in meinem Magen und meine Knie sind weich!

Um nicht umzufallen, lässt Sophie die Augen geschlossen. Für einen kurzen Moment fühlt sie sich in einer anderen Welt wie damals.

In welcher Situation bzw. wo ist mir das schon mal passiert? Himmel, Arsch und Zwirn, wo war das bloß?! Immer, wenn das Gehirn funktionieren soll, tut es das nicht!

Einige Augenblicke später fühlt sich Sophie wieder in der Gegenwart angekommen und öffnet die Augen.

„Lena, riechst du das auch? Wer riecht da so unverschämt gut?"

Schnell dreht sie sich um, leider zu spät, Sophie kann nur mehr den Rücken des Mannes erkennen, der einen schicken schwarzen Mantel trägt.

Jetzt reiß dich aber zusammen! Das ist doch nur ein Parfum!

„Lena, hast du das eben auch gerochen? War das nicht wunderbar?"

„Was soll ich gerochen haben? Ich rieche nichts Außergewöhnliches."

Sie schüttelt energisch den Kopf – jetzt nur keine Ablenkungen! „Konzentrier dich auf die Kleider, wir haben noch kein passendes für dich gefunden. Was hältst du von diesen beiden hier?"

Lena drückt Sophie zwei Kleider in die Hand und deutet auf die Umkleidekabinen. *Wenn Lena gar nichts gerochen hat, war dann wohl alles nur Einbildung? Wahrscheinlich wächst mir die Arbeit zurzeit über den Kopf.*

Stunden später, nachdem ein wunderschönes Cocktailkleid das Rennen gemacht hat, sind die Freundinnen zufrieden. Das Kleid in Mitternachtsblau ist mit feinen Pailletten verziert, die je nach Lichteinfall in bezaubernder Weise funkeln. Passende Pumps und eine neue Clutch sind schnell gefunden und ein absolutes Muss – genauso wie der obligatorische Cappuccino nach dem Einkaufsmarathon.

„Meine Füße bringen mich um, ich freue mich schon auf meine Couch!"

„Aber es hat sich ausgezahlt, das musst du zugeben. Es werden dich am Samstag alle Frauen um dein Outfit beneiden, das schwör ich dir, besonders auch um dieses schnuckelige Handtäschchen!"

Sophie grinst. „Ja, hoffentlich hast du Recht."

„Natürlich hab ich Recht, ich hab immer Recht, hast du das etwa vergessen? Ich sehe dich schon vor meinem inneren Auge, wie du ins Theater hinein schwebst, wie eine göttliche Erscheinung und bei deinem Anblick die Frauen reihenweise in Ohnmacht fallen vor Neid, die Männer dir zu Füßen liegen und alle deine Wünsche erfüllen."

„Wenigstens hast du deinen Humor nicht verloren!"

„Nein, im Ernst, genieße es, wenn dich ein Mann anhimmelt, das musst du auskosten. Ich könnte auch mal wieder so etwas brauchen. Als ich mit Peter zusammengekommen bin, hat er mich angehimmelt und unterstützt. Ich war überzeugt, dass das immer so bleiben würde, doch mittlerweile ist vieles zwischen uns anders geworden."

„Zwischen euch läuft's wohl gerade nicht so gut, hm? Aber wahrscheinlich ist das bloß eine Phase, ihr arbeitet zurzeit beide viel und wenn man gestresst ist, kommt man sich eben schnell in die Haare. Ich würde dem nicht allzu viel Bedeutung zumessen."

„Soll ich dem Kuss auch keine Bedeutung zumessen?"

Sophie hustet und keucht, sie hatte gerade einen großen Schluck Kaffee genommen und sich daran verschluckt.

„Dem Kuss? Welchem Kuss?"

„Kannst du dich an diese Larissa erinnern, die, mit der er den ganzen Abend gequatscht hat? Er hat sie zum Abschied geküsst, aber nicht auf die Wange!"

„Was soll ich bloß sagen? Das hätte ich Peter nicht zugetraut! Was ist bloß los mit ihm? Lena, das tut mir alles furchtbar leid!"

„Es braucht dir nicht leid zu tun, es ist ja nicht deine Schuld! Ich habe keinen blassen Schimmer, wie ich mich jetzt verhalten soll. Ich bin schockiert! Ich fühle mich wie in Trance. Nie im Leben hätte ich gedacht, dass er mich betrügen würde! Peter, mein Peter?! Ich verstehe die Welt nicht mehr! Ich weiß, dass er viel Druck in der Firma hat, darum halte ich ihm auch den Rücken frei. Zu Hause und im Coffeeshop erledige ich alles alleine. Alle seine Pflichten habe ich wortlos – ohne jegliche Beschwerden – übernommen. Ich sehe doch, dass er sein Limit bereits erreicht hat! Und dann tut er mir so etwas an! Ich erkenne ihn gar nicht wieder! Das ist nicht der Mann, in den ich mich verliebt habe!"

„Lass dich in den Arm nehmen, ich weiß, du bräuchtest jetzt einen wirklich guten Ratschlag, aber mir fehlen im Moment die Worte!"

Kapitel 9

Der Theaterabend

Am frühen Samstagnachmittag läutet es an Sophies Wohnungstür. Es ist Lena, die ihr versprochen hat, vorbeizukommen, um ihr bei den Vorbereitungen für den Theaterabend zu helfen.

„Wow, du warst ja heute schon beim Friseur. Die neuen Strähnchen sehen gut aus und erst die Hochsteckfrisur, das solltest du dir öfter machen lassen."

„Ja, findest du?", strahlt Sophie übers ganze Gesicht.

„Sehe ich damit auch nicht zu alt aus? Vielleicht hätte ich mir doch Locken machen lassen sollen, hatte ich eigentlich vor, aber dann hat mich dieser neue Friseur überredet."

„Wenn ich dich nicht schon so lange kennen würde, würde ich glatt denken, du weißt nicht, was du willst", scherzt Lena. „Glaub mir, du siehst einfach toll aus. Die Frisur bringt dein Gesicht so richtig zur Geltung und du siehst kein bisschen alt aus. Außerdem, hast du in letzter Zeit mal Zeitschriften gelesen oder ferngesehen? Dann wüsstest du nämlich, dass Hochsteckfrisuren jetzt der absolute Hit sind. Alle Reichen und Schönen lassen sich ihre Haare hochstecken, und das sicher nicht, weil sie ALT aussehen wollen."

Sophie muss lachen. Lena versteht es doch immer wieder, ihre Selbstzweifel zu zerschlagen und sie aufzumuntern. Sie ist heilfroh, dass ihre Freundin kommen konnte, um mit ihr den Nachmittag zu verbringen, denn sie hofft, dass sie sie wenigstens ein bisschen von ihrer Nervosität ablenken kann. Dabei weiß Sophie eigentlich gar nicht, warum sie so nervös ist. Sie konnte die letzte Nacht schon kaum schlafen und beim Friseur bekam sie Bauchkrämpfe, wie sie sie sonst nur von Prüfungssituationen in der Schule kannte. Dabei will sie doch nur ins Theater. Und an Alfred, den sie schließlich doch als Begleitung auserkoren hatte, lag ihr Gemütszustand bestimmt nicht.

Sophie hatte lange nachgedacht, wen sie mitnehmen sollte, bis sie sich für Alfred entschied, denn irgendwie hatte sie ihm gegenüber doch ein schlechtes Gewissen, nachdem sie ihn am letzten Wochenende in der Bar letztendlich links liegen gelassen hatten. Lena war zwar anfangs gar nicht begeistert von ihrer Idee, Alfred war ja nun wirklich nicht DER Traumtyp, aber nachdem sie auch keinen besseren Vorschlag liefern konnte, musste sie sich wohl oder übel geschlagen geben.

„Hast du eigentlich noch eine Flasche von diesem leckeren Prosecco, den wir neulich bei dir getrunken haben?", reißt Lena Sophie aus ihren Gedanken.

„Ja, warum fragst du? Willst du wissen, wie er heißt?", fragt Sophie mit unschuldiger Miene.

„Ach Blödsinn, mir ist es völlig egal, wie er heißt oder wo er herkommt, das weißt du ganz genau."

Lena zögert nicht lange und öffnet Sophies Kühlschrank.

„Ja, was haben wir denn da?"

Lena greift nach der besagten Flasche und noch bevor Sophie protestieren kann, hat sie auch schon ein Glas köstlich prickelnden Prosecco in der Hand.

„Ich hab aber heute noch fast nichts gegessen", murmelt Sophie.

„Ein Gläschen wird dich schon nicht gleich umhauen. Außerdem müssen wir ja auf deinen unbekannten Verehrer, Herrn XXX, anstoßen."

„Hast du dir eigentlich schon überlegt, woran du ihn erkennen willst?"

„Eigentlich hatte ich noch gar nicht richtig Zeit, darüber nachzudenken. Ich denke, er wird sich schon zu erkennen geben."

„Ja, das ist sicher. Aber WIE, das ist hier die entscheidende Frage. Also ich habe schon ausführlich darüber nachgedacht, welche Zeichen er dir geben könnte."

„Die da wären?"

„Im Grunde war es gar keine blöde Idee, Alfred mitzuneh-men, wenn ich so über das Ganze nachdenke ..."

„Woher dieser plötzliche Sinneswandel?"

„Na ja, nun überleg doch. Wenn du heute Abend im Theater mit einem knackigen, braun gebrannten Schnittchen à la Brad Pitt auftauchst, denkt sich dein Verehrer vielleicht, du bist schon vergeben und er hätte keine Chance gegen ihn. Wenn du hingegen dort mit Alfred antanzt, ist jedem sofort klar, von dem geht keine Gefahr aus, so eine Klassefrau würde sich nie mit so einem ab-geben. Und dann kann alles so seinen gewollten Lauf nehmen ..."

„Jetzt bist du aber gemein, das hat Alfred nicht verdient. Okay, er ist ein wenig verklemmt, sieht auch nicht gerade wie ein Filmstar aus, und ich könnte mir auch wirklich nie eine Be-ziehung mit ihm vorstellen, aber im Großen und Ganzen ist er eigentlich ein ganz netter Kerl."

„Sag ich ja, ein netter Kerl, keine Gefahr für deinen großen Verehrer."

Nach zwei weiteren Gläschen Prosecco und nachdem die beiden Freundinnen ausgiebig über die Eigenheiten von Alfred im Speziellen und den Besonderheiten der Männerwelt im All-gemeinen gelästert haben, springt Sophie plötzlich, wie von der Tarantel gestochen, aus ihrem Lieblingssessel hoch.

„Was ist denn mit dir los? Hab ich irgendwas verpasst?"

„Hast du schon mal auf die Uhr gesehen, wir haben uns total verquatscht. Und ich muss mir erst die Beine rasieren!", kreischt Sophie mit einer für sie ungewöhnlich hohen Stimme.

„Du klingst ja wie ein Schulmädchen, das in der Garderobe draufkommt, dass es seine Hausübungen vergessen hat", Lena muss schon wieder kichern.

„Jetzt hör endlich auf zu lachen, das meine ich ernst. Wie soll sich das jetzt noch alles ausgehen? Ich muss heute Abend perfekt aus-sehen, wirklich perfekt, verstehst du? Ich werde noch wahnsinnig!"

Sophies Stimme überschlägt sich jetzt beinahe vor Nervosi-tät und Hektik.

Lena wird klar, dass sie Sophie wieder etwas runterholen muss, sonst würde sie noch einen Kollaps bekommen und die ganzen Vorbereitungen wären umsonst gewesen. Das darf sie nicht zulassen. Abrupt hört sie auf zu kichern und redet beschwichtigend auf ihre Freundin ein.

Als Sophie wenig später frisch geduscht – mit rasierten Beinen – aus der Dusche steigt, ist sie schon wesentlich ruhiger. Während sie ihren Körper mit Bodylotion eincremt, fällt Lena wieder ein, dass sie ja ihrer Freundin noch Tipps geben wollte, woran sie ihren heimlichen Verehrer erkennen kann.

„Also, um jetzt wieder auf das Wesentliche zurückzukommen, wie willst du heute Abend deinen Verehrer erkennen? Bist du ganz sicher, dass er nicht doch einen Zettel mit einem Erkennungszeichen ins Kuvert gesteckt hat?"

„Ja, da bin ich mir ganz sicher. Ich hab doch das Kuvert ein paar Mal ganz genau durchgesehen, da war nichts mehr."

„Okay, dann lass uns überlegen. Da wäre zum einen die klassische rote Rose oder zumindest eine große, auffällige, rote Blume im Knopfloch. Das ist auch bei Blind Dates üblich, hab ich mal in einer Doku gesehen. Und das heute Abend ist ja quasi ein halbes Blind Date."

Sophie beginnt, im Bad wie wild herumzuhüpfen.

„Eine große, rote Blume im Knopfloch? Na, ich weiß nicht, ist das nicht altmodisch? Oder er sieht damit aus wie ein Bräutigam. Also, ich würde nicht so auffallen wollen."

„Ist dir etwa schon etwas Besseres eingefallen? Dann lass hören. Und außerdem, was soll die Hüpferei überhaupt? Willst du noch schnell abnehmen? Dafür ist es jetzt schon ein wenig spät." Lena ist gespielt beleidigt.

„Das mache ich immer so, da zieht die Lotion viel schneller und besser ein", antwortet Sophie selbstbewusst.

„Ich glaube, dir steigt der Prosecco schon in den Kopf."

„Das mach ich aber wirklich immer so", stößt Sophie unter Lachtränen hervor.

„Ja, ja, schon gut. Aber ich glaube, wir sollten uns lieber noch schnell eine Kleinigkeit vom Pizzadienst kommen lassen, sonst kommst du noch völlig betrunken ins Theater. Das kann ich natürlich nicht verantworten."

Lena gibt sich alle Mühe, um nicht gleich wieder loszulachen. Sie will nicht nur wegen Sophie noch etwas zu essen bestellen, sie merkt, dass auch bei ihr der Alkohol langsam zu wirken beginnt. Sophie ist einverstanden und sie bestellen zwei Bruschettas und eine Pizza „Italia".

Während sie auf den Pizzadienst warten, schlüpft Sophie in ihr neues Cocktailkleid und beginnt, ein zartes Make-up aufzutragen, das aber den Fokus auf ihre schönen blauen Augen lenken soll. Sophie war sich schon lange nicht mehr so unsicher, was das Schminken betrifft. Auch wenn sie sich nicht erklären kann warum, hat sie noch immer das Gefühl, als ob dieser eine Abend etwas ganz Besonderes ist. Ein Abend, der für ihre Zukunft von ganz wesentlicher Bedeutung ist. Da will sie natürlich nichts dem Zufall überlassen.

Lena hat es sich mittlerweile auch schon in Sophies Schlafzimmer gemütlich gemacht und den MP3-Player angeworfen. *Ich brauche auch endlich so ein Ding in meinem Schlafzimmer, ein bisschen Musik kann nie schaden, sei's, um romantische Stimmung zu zaubern, oder wie jetzt gerade etwas Fetziges zu hören, einfach, weil man gerade Lust drauf hat.* Eigentlich hat sie damit gerechnet, jetzt einfach dasitzen zu können und bei guter Musik ihrer Freundin dabei zuzuschauen, wie sie sich fertig anzieht, aber daraus wird nichts.

„Schau mal her, Lena, findest du, dass dieser Lippenstift zu aufdringlich wirkt? Dieser hier ist sicher für abends zu unauffällig, der kommt heute nicht infrage."

Sophie hält Lena ihre zwei Lippenstifte vor die Nase.

„Du nimmst aber auch gar keine Rücksicht. Ich habe heute schon Schwerstarbeit geleistet und jetzt habe ich es mir verdient, mal hier in Ruhe zu sitzen, ohne überlegen zu müssen!"

„Ich habe dich aber nicht zum Prosecco trinken eingeladen! Du bist erst mit deinen Beratungstätigkeiten fertig, wenn ich absolut perfekt gestylt das Haus verlassen kann. Verstanden?"

„Okay, okay", rappelt sich Lena wieder auf, „weil du es bist. Aber eigentlich hast du dir ja schon selbst die Antwort gegeben, dieser hier ist super fürs Büro, aber nicht zum Ausgehen."

„Ich habe ja noch einen mit einer ganz raffinierten Farbe, den hab ich mir erst vor kurzem gekauft. Ich sag's dir, der wäre ideal für heute Abend. Aber wo ist der bloß?"

Erfolglos kramt Sophie in ihren Schminksachen und veranstaltet dabei das totale Chaos.

„Ah, hier bist du ja, ich habe ja gewusst, dass ich dich hier hinein gelegt habe."

Lena schmunzelt. Ab und zu ein kleines Chaos – diese Eigenschaft teilen sich die Freundinnen.

Sophie muss eine kurze Pause einlegen, bevor sie den neuen Lippenstift auftragen kann. Ihre Hände zittern, als würde sie an einer schlimmen Nervenkrankheit leiden. Sie legt ihre Hände auf die Oberschenkel, schließt die Augen und atmet fünfmal tief ein und aus.

„Was ist los?", fragt Lena und sieht Sophie mit zusammengekniffenen Augen an. „Geht's dir gut?"

Das Zittern ist ihr natürlich nicht verborgen geblieben. Am Alkohol kann es nicht liegen, denn nach der langen Zeit, die sie Sophie nun schon kennt, sei es stocknüchtern oder nach dem einen oder anderen Drink in einer gemütlichen Bar, war ihr noch nie ein solches Zittern bei ihr aufgefallen.

„Nein, nein, alles in Ordnung, geht schon wieder. Ich glaube, ich habe letzte Woche zu viel gearbeitet, ich hatte so viel zu schreiben und das unter ziemlichem Zeitdruck, das rächt sich jetzt am Wochenende, wo meine Finger mal nichts zu tippen haben."

„Aha", antwortet Lena.

„Aber vielleicht solltest trotzdem du den Lippenstift auftragen, nicht, dass ich am Ende doch aussehe wie ein Indianer mit Kriegsbemalung."

„Klar, gib her!"

Lena führt den Lippenstift mit ruhiger Hand, als sie unerwartet eine tiefe Männerstimme begrüßt.

„Hallo!"

Die Frauen fahren erschrocken hoch, atmen aber schnell erleichtert auf, denn es ist der Pizzalieferant.

Welch äußerst netter Anblick! Ein Bild von einem Mann!

„Ich hoffe, ich habe euch nicht zu sehr erschreckt?"

„Ich habe geklingelt, aber ich glaube, die Glocke ist kaputt, man hört nur mehr ein seltsames, leises Didldü-ööh und da die Tür nur angelehnt war, bin ich hereingekommen. Ich bin der Musik nachgegangen, nachdem sich nach mehrmaligem Rufen niemand gemeldet hat. Ich hoffe, ihr haltet mich deswegen jetzt nicht für kriminell, normalerweise gehe ich nicht einfach so in fremde Wohnungen."

„Nein, nein, das geht schon in Ordnung, wir haben die Tür extra wegen dir offengelassen, nicht wahr, Sophie?", flunkert Lena.

In Wahrheit überlegt sie angestrengt, ob sie es war, die die Wohnungstür nicht geschlossen hat, dabei verschließt sie normalerweise immer alles zusätzlich und doppelt, alte Angewohnheit von ihr.

Sophie stößt erneut einen entsetzten Schrei aus. Sie hat sich eher zufällig in Richtung Spiegel gedreht und muss feststellen, dass sie etwas vom Lippenstift auf ihrer Wange hat. Lena reagiert nicht auf den Aufschrei. Stattdessen stößt sie Sophie, den Blick immer noch auf den Pizzalieferanten gerichtet, seitlich in die Rippen.

„Du, Sophie, das ist Doni", freut sie sich wie ein kleines Kind.

„Doni in deiner Wohnung, ich glaub es einfach nicht! In deinem Schlafzimmer! Also wenn das kein Zeichen von oben ist, dann weiß ich auch nicht", kichert sie.

Sophie sieht Lena mit verständnislosem Gesicht an. Während sie weiter daran arbeitet, die Lippenstiftspuren auf ihrer Wange zu beseitigen, murmelt sie: „Ich kenne aber keinen Toni!"

„Nicht Toni, Doni! Du weißt schon, du hast ihn zwar noch nie gesehen, aber ich habe dir von ihm erzählt – kannst du dich erinnern, DER Doni?", plappert Lena weiter, als könne sie der Pizzalieferant gar nicht hören.

„Ach so, Doni, das hättest du ja gleich sagen können!", erinnert sich Sophie mit einem Mal.

Lena hatte ihr schon mehrmals von einem Kunden vorgeschwärmt, der ein ganz besonderes Sahneschnittchen zu sein schien. Leider kam der nur zu Zeiten in den Coffeeshop, wenn Sophie gerade nicht dort war. Nicht, dass sie das besonders gestört hätte, schließlich will sie ja sowieso keine Beziehung. Und auch wenn sie doch ein ganz klein bisschen neugierig gewesen wäre, einfach, wie er wirklich aussieht, so war es doch besser, ihm nicht im Coffeeshop zu begegnen, denn Sophie ist Lenas Verkupplungsversuche schon lange leid.

Irgendwann schließlich gab Lena dem schönen Unbekannten, da sie ja selbst nicht wusste, wie er heißt, den Spitznamen Doni als Abkürzung für den lateinischen Begriff „Adonis".

Der Pizzabote, fasziniert davon, dass die zwei Frauen über ihn diskutieren, als wäre er unsichtbar, meldet sich nun doch zu Wort:

„Äh, ich glaube, ihr verwechselt mich da mit jemandem, ich heiße Julian, nicht Toni."

Sophie hat den Schaden in ihrem Gesicht wieder gutgemacht und sich selbst fertig geschminkt. Sie betrachtet sich eingehend im Spiegel und muss feststellen, dass sie mit dem Ergebnis sehr zufrieden ist. Die Situation mit Julian hat sie gut abgelenkt, sodass auch das nervöse Zittern verschwunden ist. Allmählich freut sie sich richtig auf einen schönen Theaterabend.

Ein paar lebensnotwendige Dinge, die Frau für einen Ausgehabend braucht, wirft sie in ihre nagelneue Clutch und schlüpft in ihre eleganten High Heels. Sophie weiß schon jetzt, dass ihre Füße spätestens in der Pause brennen werden und dass sie kommende Woche nur flache, bequeme Sneakers tragen können wird, bis sich ihre Füße wieder halbwegs erholt haben. Aber wer schön sein will, muss leiden, das ist eine uralte Frauenweisheit, das weiß Sophie.

„Wow, sieh sie dir an, Doni, sieht sie nicht umwerfend aus? Welcher Mann würde sich nicht so eine wunderschöne Frau an seiner Seite wünschen? Sind dir übrigens schon die Schuhe aufgefallen, Mörderdinger, aber sie sehen einfach toll aus, findest du nicht auch, Doni?", quatscht Lena den Pizzaboten voll.

„Lena!", zischt Sophie wütend. „Was soll das?"

Doch Lena lässt sich nicht mehr aufhalten, sie ist voll in ihrem Element und preist Sophie an, als würde sie einen Preis für die Marktfrau des Jahres gewinnen wollen.

„Weißt du, Doni, entschuldige bitte, deinen anderen Namen kann ich mir nicht merken", fährt Lena unbeirrt fort, „Sophie ist nämlich Single, also noch zu haben, du weißt, was ich meine. Sie glaubt, sie braucht keine Beziehung, dabei weiß sie gar nicht, was sie versäumt. Und schließlich wird sie ja auch nicht jünger. Sie ist anfangs ein bisschen schüchtern, aber das legt sich schnell, du wirst sehen. Nur weil sie in ihren bisherigen Beziehungen immer auf die Falschen reingefallen ist, will sie jetzt nicht mehr.

Also da war dieser Giovanni, der hat –"

Weiter kommt sie nicht mehr, denn Sophie hat sie unsanft am Arm gepackt und aus dem Schlafzimmer in Richtung Küche geschleift. Dort bekommt sie von Sophie eine kurze, aber sehr bestimmte Standpauke.

„Lena, du hörst jetzt auf der Stelle auf mit deinen Verkupplungsversuchen. Das ist nur peinlich. Und außerdem, falls du es schon vergessen haben solltest, ich habe in Kürze bereits eine Verabredung, noch dazu eine sehr romantische. Also, wie du siehst, brauchst du dir um mich keine Sorgen zu machen. Wenn der Richtige für mich kommt, und das entscheide ganz alleine ich, ob er auch wirklich der Richtige ist, werde ich schon das Nötige unternehmen."

Jetzt, wo Sophie ein bisschen Dampf ablassen konnte, fühlt sie sich gleich viel besser. Sie weiß ja, dass ihre Freundin es gut meint mit ihr und dass sie, vor allem wenn sie schon ein oder zwei Gläschen getrunken hat, nicht mehr so genau überlegt, was sie sagt, aber heute ist sie eindeutig übers Ziel hinausgeschossen. Das musste ihr jetzt gesagt werden!

Augenblicke später plagen Sophie schon Gewissensbisse und ein Blick in Lenas verdutztes Gesicht verrät ihr, dass diese auch nicht recht weiß, was sie von der Situation halten soll. So deutlich hat ihr ihre Freundin noch nie gesagt, dass sie von ihren Verkupplungsbemühungen gar nichts hält. Ganz im Gegenteil, bis zum heutigen Tag hat Sophie immer nur milde gelächelt, wenn Lena mal wieder darauf gedrängt hat, dass sie sich das eine oder andere Sahneschnittchen genauer ansehen oder sogar ansprechen soll. Obwohl das mit dem Ansprechen für Sophie sowieso NIE infrage gekommen wäre. Sie ist der Ansicht, wenn ein Mann Interesse an ihr hat, muss ER sie ansprechen und nicht umgekehrt. Lena hat sie diesbezüglich auch schon mehrfach damit aufgezogen, nur spaßhalber natürlich, aber Sophie bleibt bei ihrer Meinung, auch wenn es altmodisch erscheinen mag. Sophie kann mit der Angst, abgewiesen zu werden, einfach nicht umgehen.

„Tut mir leid, das war natürlich nicht so gemeint, entschuldige bitte."

Sophie umarmt ihre Freundin als Wiedergutmachung.

„Du weißt, wie verloren ich ohne dich wäre!"

Lena lächelt. „Ja, das stimmt, so schusselig wie du manchmal bist, möchte ich mir gar nicht vorstellen, wo du jetzt ohne mich wärst", scherzt sie.

„Aber wenn ich mich zusammenreiße und die Klappe halte, dann darf Doni noch dableiben und mit uns essen, oder?", fragt Lena mit unschuldigem Dackelaugenblick. „Ich find den nämlich echt süß", flüstert sie Sophie noch leise ins Ohr.

Sophie bemerkt, dass Doni – also Julian – ihnen bereits in die Küche gefolgt ist.

Schnell reagiert sie. „Lena, du kannst den armen Mann nicht noch länger aufhalten, wir haben schon genug seiner kostbaren Zeit in Anspruch genommen. Er hat bestimmt noch jede Menge Lieferungen zu machen und wir wollen doch nicht, dass er wegen uns eine Rüge von seinem Chef bekommt."

Während sie auf der Suche nach ihrer Geldbörse eine Lade nach der anderen öffnet, fragt Sophie den Pizzaboten: „Wie viel bekommen Sie denn eigentlich von uns?"

Wo habe ich bloß diese blöde Geldbörse? Ich bin mir sicher, ich habe sie aus der Handtasche rausgenommen. Warum bin ich nur so schlampig, jetzt denkt er auch noch, die weiß nicht einmal, wo sie ihre Sachen hat. Komme, was wolle – morgen schaffe ich hier Ordnung!" Als Sophie ihre Geldtasche endlich gefunden hat und sich zu Doni umdreht, überreicht ihm Lena gerade ein Glas Prosecco.

„Aber für ein schnelles Gläschen Prosecco mit zwei so hübschen Damen, wie wir es sind, hast du doch bestimmt Zeit, oder?" Sophie verdreht die Augen.

Was ist denn heute mit ihr los?

Julian grinst und Sophie fühlt sich in ihrer Annahme bestätigt.

Da haben wir's, so wie der grinst, überlegt er wahrscheinlich gerade, ob wir einfach blau sind oder doch aus dem Irrenhaus entflohen.

„Im Gegenteil, ich fühle mich geehrt, mit euch Prosecco trinken zu dürfen, das kommt äußerst selten vor, dass ich eingeladen werde und wenn, dann nicht von zwei besonders charmanten Mädels, wie ihr es seid. Außerdem habe ich Glück, meine Schicht ist in diesen Minuten zu Ende, ihr wart meine letzte Lieferung für heute."

„Juhu", jubelt Lena begeistert und gibt Sophie einen etwas unsanften Stoß mit ihrem Ellbogen, „ist das nicht toll, Sophie? Ein Abendessen mit Doni!"

„Aber ich möchte euch wirklich nicht stören", spricht der hübsche Julian und schaut in Sophies Richtung, „ich bleibe nur, wenn es dir auch recht ist."

„Mir? Ob es mir recht ist? Ja, ja, sicher, setz dich doch. Entschuldige bitte, ich war gerade in Gedanken."

„Versteh schon", antwortet er grinsend.

Was bitte schön, gibt's denn da jetzt zu grinsen? Und was meint er bloß mit ‚ich versteh schon'? Langsam wird er mir unheimlich. Kann der vielleicht irgendwie Gedanken lesen? Na ja, egal, er tut Lena offensichtlich ganz gut. Also nicht über alles nachgrübeln und den Abend genießen, es wird schon alles kommen, wie's kommen muss.

Während die drei die zwei Bruschettas und die riesige Pizza verspeisen, erzählen Sophie und Lena Julian die ganze Geschichte mit dem heimlichen Verehrer und der geheimnisvollen Einladung ins Theater und packen die Gelegenheit beim Schopf, um ihn zu fragen, wie er sich denn bemerkbar machen würde.

„Hm, das ist eine gute Frage, ich persönlich habe bis jetzt, wenn ich in eine Frau verliebt war, ihr das immer gesagt. Ich würde so ein heimliches Dahinschmachten gar nicht aushalten und außerdem wäre mir das zu viel Risiko, dass mir in der Zwischenzeit ein anderer die Frau wegschnappt. Ich meine die Einladung ins Theater, Abholung mit einer Limousine und so, da hat sich der Unbekannte ganz schön was einfallen lassen und romantisch ist das Ganze auch, das schon. Aber wie gesagt, für mich wäre das nichts, ich bin eher fürs Geradeheraussagen und mir ist es auch für mich selbst wichtig, zu wissen, woran ich bin."

Sophie ist überrascht.

„Und wenn die Frau, in die du verliebt bist, dich dann abblitzen lässt, was machst du dann?"

„Wenn ich wirklich verliebt bin und diese Frau unbedingt haben möchte, gebe ich natürlich nicht so schnell auf. Ich würde ihr ‚Nein‘ zwar respektieren, man sollte die Meinung einer Frau schließlich immer respektieren, aber ich würde für sie kämpfen und nichts unversucht lassen. Das hat bisher eigentlich immer ganz gut funktioniert."

Mit einem verschmitzten Grinsen zwinkert Julian Sophie zu.

Sophie dreht sich schnell weg.

Flirtet dieser Pizzabote gerade mit mir oder bilde ich mir das nur ein? Sind das die Nebenwirkungen vom langen Singleleben, dass man sich Flirtversuche einbildet? Hat Lena etwas davon mitbekommen? Vorsichtig sieht sie in ihre Richtung. *Nein, Lena scheint nichts bemerkt zu haben. Vielleicht hat mir ja doch mein Verstand einen Streich gespielt?*

Lena und Julian sind wieder aufs anfängliche Thema zurückgekommen.

„Also lasst mich mal überlegen, wenn ich mich aus welchem Grund auch immer bei einem Blind Date bemerkbar machen müsste, dann würde ich die Angebetete wohl so lange angrinsen, bis sie mich bemerken muss. Oder ich würde ihr ganz oft und auffällig zuzwinkern. Ja, ich glaube, das wären so meine

Methoden. Wobei ich selber ja, wie bereits gesagt, andere Annäherungsversuche bevorzuge."

Während draußen auf der Straße ein Auto hupt, unterhalten sich die drei weiter sehr angeregt über das doch sehr unterschiedliche Flirtverhalten von Mann und Frau. Wieder hupt ein Auto, diesmal sehr lange.

„Was ist denn da draußen schon wieder los! Möchte mal wissen, welcher Blödmann um diese Zeit in der Gegend herumhupen muss. Da ist wohl einer besonders ungeduldig."

Als sie ihre Gardine etwas zur Seite schiebt, um besser hinuntersehen zu können, fängt sie jedoch augenblicklich laut zu fluchen an.

„Scheiße, Lena, ich glaube, das da unten ist meine Limousine. Ich habe die Zeit ganz vergessen!"

„Nur keine Panik, ganz ruhig. Du schnappst deinen Mantel und ich rufe dem Fahrer in der Zwischenzeit hinunter, dass du gleich da bist."

Lena ist – wie fast immer – die Ruhe in Person, sie ist stressige Situationen gewöhnt. Als ob sie Sophies Gedanken lesen könnte, fügt sie noch schnell hinzu:

„Ums Aufräumen brauchst du dir jetzt keine Gedanken zu machen, das übernehme ich und deine Wohnung werde ich auch absperren. Warum stehst du noch herum, hopp, hopp, raus mit dir, das wird bestimmt ein unvergesslicher Abend, und wenn sich den einer verdient hat, dann du! Viel Spaß! Genieße es!"

Mit einer herzlichen Umarmung verabschiedet sie ihre beste Freundin.

Sophie greift nach ihrem Mantel und saust – so schnell es eben mit hohen Schuhen möglich ist – die Treppe hinunter.

Nur nicht stolpern! Das könnte ich jetzt gar nicht gebrauchen!

An der Haustüre im Erdgeschoß angelangt, flucht sie wie ein Berserker.

„Himmel, Arsch und Zwirn! Meine Handtasche! Verdammt! Das kann ja nur mir passieren!"

Abrupt macht sie auf dem Absatz kehrt, um noch mal hinaufzulaufen. Da kommt Julian schon die Treppe heruntergerannt und hält ihr die Clutch hin.

„Ich glaube, die hast du vergessen."

„Danke, sehr lieb von dir."

Mit der Clutch in der Hand läuft sie Richtung Limousine und hält kurz inne, als sie die Autotüre öffnet. Julian steht noch im Hausflur und sein selbstbewusstes Lächeln lässt ihr einen kleinen Schauer über den Rücken laufen.

Ein kleines Lächeln und doch erweckt es in Sophie ein wohliges Gefühl. *Manchmal ist das Leben schon nett und vielleicht werde ich doch irgendwann meinen Traummann finden, oder besser gesagt, er mich.* Das erste Mal seit langem glaubt sie auch selbst daran und versucht nicht nur, sich das krampfhaft einzureden.

„Sophie, jetzt komm schon, wir werden noch zu spät ins Theater kommen!", ruft Alfred, der bereits in der Limousine Platz genommen hat.

„Hallo Alfred, von mir aus kann's losgehen", trällert Sophie, und obwohl sie nie singt, nicht einmal heimlich unter der Dusche, verspürt sie eine fast unbändige Lust, ein Lied zu singen. Wäre sie nicht überzeugt davon, dass sie das keiner Menschenseele zumuten kann, würde sie das jetzt glatt tun.

„Viel Glück, Sophie", ruft Julian ihr noch nach, aber die Limousine fährt bereits ab.

Kapitel 10

Cyrano de Bergerac

„Warum hast du bloß dieses verschrumpelte Opernglas mitgenommen? Man kann alles gut erkennen, es ist nicht notwendig, das alte Ding zu benutzen!", ärgert sich Frau Schmitt, weil ihr Mann das uralte Stück schon wieder ins Theater geschmuggelt hat.

„Aber Liebchen, du weißt doch, dass ich so alles viel besser erkennen kann. Ich habe einen Blick fürs Detail, das bringt mein Beruf als Werbefachmann mit sich! Es ist wichtig für mich, alles genau erkennen zu können! Außerdem ist es ein Erbstück von Onkel Otto, das in Ehren gehalten werden will! Dazu gehört eben auch, dass man es benutzt und zwar da, wo es hingehört – im Theater oder in der Oper!"

„Ach was, du starrst doch nur die jungen, hübschen Schauspielerinnen auf der Bühne an."

Schmitt seufzt niedergeschlagen, gerade so laut, dass seine Frau es hören kann. Nicht umsonst, schließlich will er ihr das Gefühl geben, dass ihre Anschuldigung unbegründet ist.

Heute ignoriert sie jedoch seinen Seufzer.

„Sieh nur genau hin, auch wenn sie um Jahre jünger sind, so viel Schminke wie die im Gesicht haben, sehen die bestimmt so alt aus wie wir beide, wenn sie ungeschminkt sind!"

Ilse Schmitt ist verärgert. Sie weiß genau, dass ihr Mann den jungen Frauen gerne hinterher sieht, manchmal etwas zu lange.

Ilse betrachtet ihren Mann von der Seite, der sich völlig auf das Theaterstück zu konzentrieren scheint. Um die Augen haben sich schon eine Menge Falten gebildet, auch um die Mundpartie. Auf der Stirn halten sie sich noch in Grenzen, wie das bei älteren Männern wohl die Regel zu sein scheint.

Ja, man kennt es ihm an, dass er keine dreißig mehr ist, aber wie bei allen Männern um die 55 sehen die noch aus wie knapp über vierzig. Die Natur ist zu ihnen gnädig, nur warum? Bei manchen scheint das Alter sogar eine gewisse Attraktivität erst hervorzubringen. Da stört auch ein kleiner bis mittelgroßer Bauchansatz nicht, im Gegenteil, der gehört irgendwie dazu. Dazu kommt das Selbstbewusstsein und Selbstvertrauen, was mit zunehmendem Alter von alleine dazukommt und damit ein gewisses Charisma hervorruft, denn welche Frau will keinen Mann, der genau weiß, was er will?!

Sie seufzt.

Vor 25 Jahren, als wir uns kennenlernten, hat er mich noch so angesehen, wie er jetzt durchs Opernglas die hübsche Hauptdarstellerin, die die Roxanne mimt, ansieht. Tja, die besten Tage meines Aussehens und auch die meiner Ehe sind vorbei, das weiß ich und doch habe ich keinen Grund, mich zu beschweren. Das Leben ist nicht mehr so aufregend wie mit 25, aber es ist ein gutes Leben, auch wenn ich mir die Hälfte meiner Falten wegwünschen würde, wenn ich es könnte.

Ich würde gerne mehr Zeit mit meinem Mann verbringen. Die Beziehung ist nicht mehr so aufregend wie in den ersten Ehejahren, bevor der Alltag sich eingeschlichen hat, aber Oskar ist ein guter Mann. Er wurde in 25 Jahren nicht einmal gewalttätig, im Gegenteil, er hat mich immer gut behandelt, auch wenn er all die Jahre sehr wenig Zeit für mich hatte. Dafür ließ er mir viele Freiheiten – ich renovierte das Haus nach meinem Geschmack, erzog unsere beiden Kinder, dirigierte den Haushalt und begann nach und nach mit steigendem Alter der Kinder, mir angemessene Freizeitbeschäftigungen zu suchen, wie es sich für eine Frau in meiner Stellung nun mal gehört. Ich gärtnerte viel im Garten unseres großen Anwesens, und ich fand bald Gefallen daran, eine eigene Sorte Rosen zu züchten.

Es kam für Ilse Schmitt nie infrage, ein Kindermädchen zu engagieren, wie es in ihren Kreisen üblich war. Eine Haushaltshilfe jedoch hatte sie schon, da Oskar Schmitt Gefallen daran fand, Geschäftspartner oder solche, die es noch werden sollten, spontan nach Hause einzuladen, um den einen oder anderen Deal bei einem guten Essen unter Dach und Fach zu bringen. Da war es unerlässlich, dass sich jemand den ganzen Tag um das Haus und den Haushalt kümmerte.

Abends, wenn die Kinder im Bett waren und Oskar Schmitt länger arbeiten musste, sah sie Kunstsendungen im Fernsehen und bald schon wuchs in ihr der Wunsch, selbst malen zu können. Sie besuchte einen Malkurs und arbeitete hart und oft bis spät in die Nacht, um ihre Maltechnik zu verfeinern. Nach und nach konnte sie einige eigene Werke im Haus aufhängen. Damit hat sie sich einen großen Traum erfüllt und immer, wenn Besucher ihre Bilder bewundern, macht sie das stolz.

Ihre Liebe zum Theater respektiert er, auch wenn es die Zeit nicht sehr oft zulässt, Theaterstücke anzusehen. Erstaunlicherweise war es diesmal Oskars Idee, ins Theater zu gehen. Den Grund dafür hat Oskar seiner Frau nicht verraten, aber *einem geschenkten Gaul schaut man nicht ins Maul*, dachte Ilse und freute sich.

Ilse Schmitt liebt das Theater und besonders die Kaiserzeit, in der das Gebäude erbaut wurde. Jedes Mal, wenn sie sich im Schauspielhaus befindet, versucht sie, sich in die damalige Zeit hineinzuversetzen. Mit viel Fantasie kann sie sich vorstellen, wie die prachtvollen Kleider der Damen geraschelt haben und sich damals die Männer huldvoll vor den noblen Damen zur Begrüßung verbeugten und dabei ihren Hut schwenkten. Am schönsten ist für Ilse der Moment, wenn in den wunderschönen, mit rotem Samt ausgepolsterten Logen in den kleinen Lustern das Licht gedimmt wird und im ganzen Theatersaal die goldenen Verzierungen in zeitloser Eleganz erstrahlen.

Ilse lehnt sich nach vorne an die Begrenzung der Loge, die sich in der ersten Etage des Theaters befindet und lauscht zufrieden den Darstellern.

Oskar Schmitt lehnt sich indessen zurück in seinen mit rotem Samt gepolsterten Sessel und ist auch zufrieden, allerdings scheint er in der Dunkelheit des Theaters etwas zu suchen.

Paul lehnt sich in seinem großen, weißen Ledersessel zurück. Er hat eine Tasse frisch gebrühten Kaffee in der Hand, der herrlich duftet und er hat seine Monitore im Blick. Heute ist die Welt wieder so halbwegs in Ordnung. In den letzten Tagen herrschte in der Abteilung das pure Chaos. Samantha hat Paul ganz schön großen Ärger eingebrockt, denn nur in absoluten Notsituationen ist es den Engeln gestattet, den Nebelknopf zu drücken. Paul wurde zu Charles York gerufen, um zu erklären, warum der Nebel fahrlässig eingesetzt wurde. Mit großer Mühe konnte Paul seinen Chef davon überzogen, dass es ein Versehen war und er selbst an den Knopf angekommen war und ihn nicht absichtlich gedrückt hat. Samantha hat fürchterlich geweint, so hatte Paul bei Charles York die ganze Schuld auf sich genommen.

Seitdem, und das ist nun schon eine Woche her, hat Paul nicht ein Wort mit Samantha gesprochen. So wütend war er auf sie – und trotzdem hat er sie nicht verraten.

Heute sitzt Samantha – so wie in den letzten Tagen auch – in sicherer Entfernung zu den Monitoren und Schaltern auf einem kleinen Stuhl neben Paul. Strikte Anweisung: Sie darf keine Knöpfe mehr drücken! Sie darf überhaupt nichts drücken, geschweige denn irgendetwas anfassen!

Samanthas Traurigkeit der letzten Tage schlägt etwas in Verzweiflung und Wut um.

Okay, ich weiß ja, dass ich Mist gebaut habe, aber eine ganze Woche lang kein Wort mit mir zu sprechen und mich zu ignorieren, ist einfach nicht fair. Mr. Paul Perfekt hat doch sicher auch schon mal einen Fehler gemacht – nur würde er das nie im Leben zugeben.

Anstatt ihn zur Rede zu stellen, hat sie sich sehr ruhig verhalten, um ihm zu zeigen, wie leid es ihr tut. Sie wollte seine Arbeit nicht zerstören. Als sie den dicken, roten Notfallknopf drückte, als sich Sophie und Max in der Bar gegenüberstanden, hatte sie doch Claudia und Giovanni nicht kommen sehen. Das daraus resultierende Chaos war dann unabwendbar. Paul hatte kurz aufgeschrien und alle möglichen Knöpfe gedrückt, aber vergebens. Nichts half mehr. Max stand in einem regelrechten Nebelsog, der ihn total umhüllte – für einen Moment war gar nichts mehr von ihm zu sehen. Sophie trat einen Schritt zurück, als Giovanni sie von hinten an die Schulter tippte, so bekam sie nur wenig vom Nebel ab und hatte dadurch nicht mit Nebenwirkungen zu kämpfen.

Max, der dann total verwirrt war und richtig krank aussah – leider eine der möglichen Nebenwirkungen –, wurde von Claudia in ihre Wohnung mitgenommen und Sophie verließ mit Giovanni die Bar. Giovanni! Schlimmer hätte es nicht mehr kommen können! Als Giovanni draußen in der Dunkelheit vor der Bar auf die Knie fiel, Sophie um Verzeihung bat und sie dann auch noch lange und zärtlich küsste, konnte Paul nicht mehr auf seinen Bildschirm sehen. Schweigend verließ er den Raum und kam erst eine Stunde später immer noch stumm zurück.

Samantha beobachtete Paul in den darauffolgenden Stunden sehr genau, er saß schweigend vor den Monitoren, bewegungslos, fast starr. Nur wenige Male konnte sie eine Bewegung beobachten, aber das war dann nur ein sorgenvolles Kopfschütteln. Sein kreidebleiches Gesicht ließ erahnen, wie verzweifelt er war, denn die wochenlange Arbeit, die sich ohnehin sehr schwierig gestaltete, war umsonst gewesen.

In den Tagen nach dem verheerenden Missgeschick kämpfte Paul mit sich selbst. Noch nie hatte er Charles York so wütend erlebt! Dabei hätte er einfach sagen können, dass er es gar nicht war, sondern Samantha. Irgendetwas hielt ihn aber davon ab, nur was? Etwas Besonderes ist Samantha nun wirklich nicht. Sie ist zwar atemberaubend schön, aber viel zu quirlig, unüberlegt und impulsiv. Sie denkt einfach nicht nach, handelt nur nach Gefühl, so etwas kann er hier nicht gebrauchen.

„Wenn dieser Fall abgeschlossen ist, muss ich sie unbedingt loswerden. Das ist doch kein Dauerzustand!", beschließt er.

In mühevoller Kleinstarbeit versuchte Paul in den letzten Tagen neue Begegnungen zu schaffen.

Als Max in Claudias Wohnung munter wurde, begann für ihn die Arbeit von Neuem. In Claudia keimten bereits erste winzige Gefühle für Max auf, die Paul blockieren musste. Als sie ihn fragte, ob er mit ihr ins Theater gehen wolle, legte Paul Max eine ziemlich miserable Ausrede in den Mund, natürlich hatte er dabei ein schlechtes Gewissen, aber ungewöhnliche Situationen erfordern ungewöhnliche Maßnahmen. Er hatte einfach keine Wahl. Auch wenn Claudia ein wirklich nettes Mädchen ist, für sie ist jemand anders als Lebenspartner vorgesehen.

Womit Paul aber nicht gerechnet hatte, war, dass Max sich wenige Tage später bei Claudia entschuldigte und sie ins Theater einlud, weil er ein schlechtes Gewissen wegen der Ausrede hatte.

Kurz darauf bekam Sophie zufälligerweise – ohne Pauls Hilfe – eine Einladung ins Theater für den gleichen Abend, und so beschloss Paul, diesen Umstand für sich zu nutzen. Er schuf die erste Begegnung nach dem Abend in der Bar zwischen Max und Sophie im Einkaufszentrum. Als Lena und Sophie beim Shopping waren, schickte er Max auch ins Shopping-Center, um sich einen schwarzen Anzug für den Theaterabend zu besorgen. Als er ganz knapp hinter Sophie vorbeiging, konnte sie seinen Duft wahrnehmen. Das war mehr, als sich Paul erhoffen konnte, denn als er den Fall übernommen hatte, waren Sophies Gefühls- und Sinneswahrnehmungen noch total gestört, teilweise sogar funktionsunfähig.

„In wenigen Minuten ist Pause zwischen dem ersten und zweiten Akt. Es ist nur eine Pause vorgesehen, es ist also unsere einzige Chance. Was wirst du unternehmen? Wird sie ihn anrempeln oder er sie? Wer schüttet wem ein Glas Prosecco über die vornehme Garderobe? Hoffentlich sie ihm, sie ist einfach zu schön in ihrem Cocktailkleid und den eleganten, teuren Schuhen! Nein, das geht nicht, unmöglich. Aber Max hat ja sowieso nur einen Anzug an, das wäre schon okay. Oder ... oder ... vielleicht solltest du ihm einfach den Gedanken schicken, dass er schnurstracks auf sie zugeht und sie einfach küsst. Das wäre ja so romantisch – geküsst von einem schönen Unbekannten. Das hat doch was! Würde ich auch gerne mal erleben", stellt Sam fest und stellt sich selbst im Theater vor, bestimmt hätte sie ein aufregendes rotes Kleid. Rot ist Sams Lieblingsfarbe.

Okay, träumt sie weiter, rot wäre vielleicht etwas auffällig, aber was soll's, wenn mir schon so etwas wahnsinnig Aufregendes, Romantisches passiert, können die anderen Leute ruhig schauen. Sollen die doch neidig sein! Das passiert einem ja nicht alle Tage!

In Gedanken schließt sie schon die Augen für den Kuss, als sie Blicke auf sich spürt und in derselben Sekunde bereut sie schon, dass die Pferde wieder mal mit ihr durchgegangen sind.

Oje, oje, ich trau mich gar nicht, Paul in die Augen zu sehen. Ist das peinlich!

„Hoffnung ist unsere größte Macht", antwortet Paul bemüht ruhig mit einem strengen Blick, der verbergen soll, dass er am liebsten laut lachen würde.

Irgendwie ist sie süß, denkt er und überlegt, warum er das denkt.

Jeden Tag der vergangenen letzten Woche wollte er sie mindestens drei Mal auf den Mond schießen. Aber trotzdem muss er gegen den Drang ankämpfen, sie anzusehen und dabei zu lächeln, so schiebt er vorläufig seine Gedanken weg.

„Und das heißt?", ist Samantha ratlos.

„Wir werden erst mal sehen, ob sie es nicht doch von alleine hinkriegen."

Sam ist verwirrt und würde am liebsten protestieren – erst die viele Arbeit: Bis ins kleinste Detail hat Paul alles geplant und die beiden immer wieder anstupsen müssen – und jetzt auf einmal sollen sie alles alleine hinbekommen?

Also ich weiß ja nicht, ob ich verwirrt bin oder doch wohl eher du, Sam beißt sich schnell auf die Zunge. Wenn sie das laut sagen würde, was sie gerade gedacht hat, provoziert sie einen Streit, den sie sich nicht leisten kann, sonst ist es wohl endgültig aus mit der Freundschaft, die sie und Paul noch gar nicht haben.

Paul bemerkt Sams verständnislosen Gesichtsausdruck, unbeeindruckt davon spricht er aber weiter.

„Wir können den Menschen Gefühle nicht aufzwingen. Wir können sie nur vorsichtig leiten, wenn das notwendig ist. Am Anfang war es das auch bei Sophie und Max, nur die Gegebenheiten haben sich verändert.

Die mühevolle Kleinarbeit, die im Vorfeld schon für Sophie geleistet wurde, bevor wir Max ins Spiel gebracht haben, fängt nun an, Früchte zu tragen."

„Was meinst du damit? Vorarbeit ... bevor sie Max zum ersten Mal begegnet ist? Was hast du mit ihr gemacht?"

„Komm her, ich zeige es dir. Du hast dich bestimmt schon gewundert, warum ich den Monitor, der etwas abseits der anderen steht, noch nie benutzt habe."

Aufgeregt, aber außergewöhnlich still setzt sich Sam neben Paul zu den Monitoren.

„Dieser Monitor zeigt uns die Vergangenheit, bei Bedarf können wir bis zur Geburt eines Menschen zurückspulen. Das ist bei Sophie natürlich nicht notwendig. Als sich Sophie von Giovanni getrennt hat, hat meine Arbeit begonnen. Da war schon klar, dass Sophie eine Mauer um sich herum aufbauen und sich immer mehr verschließen würde."

„Warum hast du das dann nicht verhindert, wenn du es schon vorher gewusst hast?"

„Das durfte ich nicht. Du kannst einem Vogel das Fliegen beibringen, aber du kannst ihn nicht dazu zwingen, die Flügel zu benutzen. Verstehst du, was ich meine?"

„Ich glaube schon. Wenn jemand traurig sein will, hat er auch das Recht, traurig zu sein!"

„Richtig. Wenn Menschen unglücklich sein wollen, ist es ihre eigene freie Entscheidung! In diese Entscheidungen, die das Leben oder die Lebenseinstellung betreffen, dürfen wir nicht eingreifen. Schade ist, dass durch solche Entscheidungen die Gefühlswahrnehmung mindestens gestört, wenn nicht sogar total blockiert wird. Einerseits hilft es zwar kurzfristig dem Betroffenen, weil negative Gefühle nicht mehr bis ins Herz treffen, andererseits kommen die positiven, glücklichen Gefühle auch nicht mehr bis ins Innerste durch. So ist man nie hundertprozentig glücklich oder hundertprozentig traurig!"

„Na ja, auf hundertprozentig traurig kann man ja schon mal verzichten."

„Nein, eigentlich nicht", erklärt Paul sanft, „traurig zu sein ist wichtig, ja sogar lebensnotwendig. Um ein glückliches Leben zu führen, dürfen die Menschen ihre negativen und traurigen Gefühle nicht einfach wegschieben und ignorieren. Nur wenn man traurige Erlebnisse richtig verarbeitet – und dazu gehört nun mal das Traurigsein, das Weinen, das Wütendsein – dann und nur dann verschwindet das dumpfe Gefühl und das Herz kann sich wieder vollständig öffnen."

Sam ist überwältigt, einerseits ist Paul nüchtern und kontrolliert, wenn er über die allgemeinen Vorschriften spricht, aber sobald es ums Herz geht, wird seine Stimme sanft und warm und dann sind da nur mehr seine blauen Augen.

Samantha seufzt.

„Das hast du schön gesagt", sagt Sam mit einer liebevollen weichen Stimme. *Wo kommt die denn bloß her?*, fragt sie sich selbst. Ihre Stimme ist doch an und für sich laut und quirlig.

Paul grinst – und Sam bekommt einen roten Kopf.

„So habe ich das doch gar nicht gemeint", sagt sie schnell und will das Thema wechseln – wenn ihr bloß ein anderes Thema einfallen würde. Irgendwie scheint ihr Kopf auf einmal ziemlich leer und sie weiß gar nicht recht, was mit ihr los ist.

Oh mein Gott, erst kann ich mich – wieder mal – nicht beherrschen und quatsche einfach drauf los. Und das, nachdem ich letzte Woche auf den „heiligen" Nebelknopf gedrückt habe – wenn das mal nicht peinlich ist – und jetzt bin ich auf einmal so gefühlsduselig. Als wenn das nicht genug wäre, kann ich nicht mal das Thema wechseln, weil dann bin ich natürlich auch noch sprachlos. Wo ist denn bloß das große schwarze Loch, in das ich verschwinden kann?

Vorsichtig wagt sie einen Blick zu Paul. Der grinst immer noch. Samantha hat noch immer einen hochroten Kopf, aber nun lächelt auch sie, doch eher aus Verlegenheit. Aber etwas Gutes hat es doch. Irgendwie hat es die Anspannung gelöst, die seit dem Nebelvorfall zwischen den beiden geherrscht hat.

„Bei Sophie hat es sehr lange gedauert, bis sie selbst gemerkt hat, wie es um ihr Innerstes bestellt ist. Giovanni hat letztendlich den Stein ins Rollen gebracht, als er sie letzte Woche in Jimmys Bar angesprochen hat. Schon als er draußen vor der Bar anfing, sich zu entschuldigen, wusste Sophie, dass sie sich eigentlich im Inneren schon von ihm gelöst hat. Es tat nicht mehr weh, ihn anzusehen, sich mit ihm auseinanderzusetzen. Im Gegenteil: Sie fand ihn sogar lächerlich, als er vor ihr auf dem Boden kniete, um ewige Liebe und Treue zu schwören und Vergebung zu erflehen. Als er sie dann auch noch küsste, war ihr vollkommen klar, dass nicht auch nur ein winziges Gefühl für Giovanni vorhanden war."

„Ich fand es cool, als sie ihn ohne Worte stehen ließ. Wie ein Esel stand er da – mit offenem Mund, total sprachlos. Und das ist wohl ein seltener Zustand bei einem so temperamentvollen, heißblütigen Italiener!"

Paul nützt Sams Atempause, um sie zu unterbrechen, damit er endlich wieder auf das eigentliche Thema zurückkommen kann.

„Weißt du Sam, es ist harte, langwierige Arbeit, ein Herz dazu zu bewegen, sich zu öffnen. Es benötigt dafür behutsame Schritte, winzige kleine Zeichen, die oft gar nicht bewusst wahrgenommen werden."

„Aber wie können diese Zeichen was bewirken, wenn sie gar nicht wahrgenommen werden?"

„Mit einem, zwei, drei oder vier Schritten öffnet sich ein Herz nicht, es braucht viele, sehr viele winzige Schritte.

Ich werde dir ein Beispiel nennen, das Sophie betrifft: Ein paar Wochen nach der Trennung von Giovanni, als Sophie es geschafft hat, mehr als zwei Tage durchgehend nicht zu weinen, war der Zeitpunkt gekommen, die erste Begegnung zu schaffen. Sophie fuhr in der Straßenbahn, um ihre Mutter, die außerhalb der Stadt wohnt, zu besuchen. Halbwegs gut gelaunt stieg sie am Schubertplatz in die Straßenbahn ein, aber nach der zweiten Haltestation hing sie wieder traurigen und schmerzhaften Erinnerungen hinterher. Da setzte ich ein älteres Ehepaar – Susi und Erwin – Sophie gegenüber. Die beiden turtelten wie am ersten Tag ihrer Liebe und es war ein Genuss, ihnen dabei zuzusehen. Da verschwand für wenige Augenblicke die Traurigkeit aus Sophies Gesicht und ein winziges Stückchen Schwermut aus ihrem Herzen."

„Ich verstehe, umso mehr schöne Momente, die dem Herz und der Seele guttun, geschaffen werden, umso mehr kommt es unter der Schicht aus Schmerz und Trauer heraus."

„Ja, genau, bis es vollständig frei ist. Als Giovanni Sophie vor der Bar küsste, dürfte der letzte schwere Brocken von Sophies Herzen gefallen sein. Weil da der Verstand und die Seele einstimmig der Meinung waren, dass keine romantischen Gefühle mehr für ihn vorhanden sind."

„Okay, aber wie geht es heute weiter?"

„Wir beobachten vorerst, ob sie sich in der Pause begegnen. Alles andere überlassen wir dem Schicksal, nicht wahr?", zwinkert Paul Samantha zu.

Gespannt beobachten sie, wie Max und Claudia, Sophie und Alfred, Oskar und Ilse Schmitt ihre Logen verlassen und sich auf unterschiedlichen Wegen in den Empfangsbereich begeben, wo eine lange weiße Bar mit goldenen Verzierungen auf die Theatergäste wartet.

Sophie ist gut gelaunt. Auf dem Weg durch den schmalen Gang sieht sie sich die imposanten Wandgemälde an. Die Bilder scheinen sehr alt zu sein, jedes einzelne hat einen pompösen, goldenen Rahmen und zeigt Männer wie Frauen in barocken Kleidern. Vor einem der Bilder bleibt sie so abrupt stehen, dass Alfred es gar nicht bemerkt und ohne sie weiterläuft. Der Mann hinter ihr rennt Sophie allerdings fast über den Haufen und sie hat große Mühe, nicht hinzufallen. Der Prosecco von heute Nachmittag trägt wohl noch ein bisschen zu ihrem Wanken bei.

Sophie kichert.

„Entschuldigen Sie vielmals, junge Dame, ich habe Sie doch nicht verletzt?" Sophie dreht sich um und sieht einen besorgten älteren Herrn vor sich. Sie schätzt ihn auf circa 60 Jahre und er ist gutaussehend. Sophie überlegt, wie er wohl mit 30 ausgesehen hat. *In den hätte ich mich womöglich verlieben können, damals vor 30 Jahren*, denkt sie.

„Nichts passiert", stottert Sophie. Weil sie einen leicht chaotischen Eindruck hinterlässt, nimmt der Mann Sophies Unterarm, ohne sie zu fragen, hakt sich ein und geleitet sie langsam und elegant die wenigen Treppen hinunter Richtung Bar.

Sophie würde am liebsten schon wieder kichern, sie unterdrückt aber das Glucksen. Aber irgendwie – Ja, wie fühlt sie sich eigentlich? – beschützt, behütet, sicher, im Arm dieses stattlichen, gutaussehenden Mannes. Ob er ihre heimliche Verabredung ist? Derweil Sophie in Gedanken weilt und die Vor- und Nachteile einer Beziehung zu einem älteren Mann abwägt, sind sie auch schon in der Lobby angelangt.

Plötzlich verbeugt sich der Herr, an dessen Arm sie sich gerade noch so sicher gefühlt hat, vor ihr, vor all den Leuten, sodass sich Sophie schon wie im Märchen fühlt.

„Verzeihung. Ich habe mich Ihnen noch nicht vorgestellt. Mein Name ist Tobias Müller. Habe die Ehre."

Im Märchen sagt doch niemand „Habe die Ehre", und der Märchentraum ist wie eine Seifenblase zerplatzt, sie lässt sich aber nichts anmerken und erwidert höflich:

„Guten Abend, Herr Müller, mein Name ist Sophie Lehmann."

„Freut mich Fräulein Lehmann. Dürfte ich Sie auf ein Gläschen Wein einladen?"

„Leider muss ich ablehnen, Herr Müller. Meine Begleitung wird schon auf der Suche nach mir sein. Aber haben Sie recht herzlichen Dank für das sichere Geleit auf der Treppe."

„Empfehle mich, die Dame", Herr Müller klingt etwas enttäuscht. Nicht oft wird es ihm erlaubt, die Begleitung – wenn auch nur kurzfristig – einer so jungen hübschen Frau zu sein. Da hatte er sich noch mehr erhofft.

„Empfehle mich, Herr Müller", erwidert Sophie höflich und macht sich dann auf die Suche nach Alfred.

„Da bist du ja, wo hast du nur gesteckt? Auf einmal warst du verschwunden!"

„Sei nicht so vorwurfsvoll. Es tut mir ja auch leid, aber oben im Gang vor den Logen, da war auf einmal dieses Bild. Ich könnte schwören, die Dame auf dem Gemälde sieht aus wie meine Tante Bessy."

„Ach ja, wie Tante Bessy, sieh mal einer an."

„Ja, wie Tante Bessy!"

„Ist ja gut, ich glaube es dir. Komm, lass uns was zu trinken holen! Was möchtest du denn?"

„Ich möchte gerne ein Mineralwasser mit einer Zitronenscheibe."

„Das kommt nicht infrage!", ruft eine laute Männerstimme hinter ihr.

Sophie dreht sich so schnell um, dass sie beinahe erneut das Gleichgewicht verliert.

Scheiß Prosecco, denkt sie noch und *das kann unmöglich die Stimme meines Chefs sein!*

„Fräulein Lehmann, Herr Barker, das ist ja ein Zufall!"

Alfred steht wie eine Eins, wenn er den Chef sieht, auch in unerwarteten Situationen:

„Grüß Gott, Herr Schmitt, welch ein Zufall" und zu seiner Frau sehr galant: „Wunderschönen guten Abend, Frau Schmitt. Sie sehen hinreißend aus, welch schönes Kleid!"

Hinter Alfreds Rücken rollt Sophie mit den Augen. *Na ja, was soll's?*, denkt sie, so manches Donnerwetter konnte Alfred mit seiner einschmeichelnden Art schon abwenden, was ihr manchmal auch zugutekommt.

„Guten Abend, Sophie und Alfred. Welch eine Überraschung!",
ist Ilse Schmitt begeistert. „Mit Ihnen beiden hätte ich wirklich
nicht gerechnet, aber ich freue mich sehr! Gehen Sie denn öfter
ins Theater?", dann hält sie kurz inne. „Nein, wie aufregend, jetzt
komme ich erst darauf – Oskar, das hättest du mir doch sagen
müssen, dass Alfred und Sophie ein Paar sind! Ich hätte Ihnen
Blumen geschickt, welch eine Freude! Ich werde es gleich am
Montag nachholen!", sprudelt Ilse Schmitt voller Tatendrang.

„Tut mir leid, Frau Schmitt", antwortet Sophie fast ein bisschen kleinlaut, „ich muss Sie leider enttäuschen, es ist nicht
das, wonach es aussieht. Alfred war so nett, mich zu begleiten,
aber wir sind kein Paar!"

Die Enttäuschung ist Ilse Schmitt ins Gesicht geschrieben.
Schon lange dachte sie, dass Alfred und Sophie das perfekte
Paar abgeben würden.

„Oh, wie schade!", Ilse Schmitt ringt nach mehr Worten, aber
sie ist für einen kurzen Moment sprachlos. Ihr Mann übergeht
die peinliche Stille, indem er Merlot für alle bestellt.

Alfred und Herr Schmitt beginnen, über das Geschäft zu
sprechen und Sophie verwickelt Ilse Schmitt in ein Gespräch
über ihre selbst gezüchteten Rosen. Frau Schmitt erzählt gerne
von ihren Blumen und ihrem Garten und es genügt, alle paar
Momente mal zu nicken und ein bewunderndes „Ah" und „Oh"
einzuwerfen, so kann Sophie ihren Blick unauffällig im Raum
umherschweifen lassen, um ihren heimlichen Verehrer zu entdecken.

Kapitel 11

Der Rat der älteren Sophie

Ganz schön schwierig, den Richtigen herauszufinden!
Die einen sind zu jung, die anderen zu alt. Die meisten der Menschen hier hat sie überhaupt noch nie gesehen, aber, findet Sophie, es müsste doch jemand sein, dem sie zumindest schon einmal begegnet ist. Sonst würde das Ganze ja gar keinen Sinn ergeben. Wer schickt schon jemandem eine Einladung, wenn er ihn oder sie noch nie im Leben gesehen hat?

Also konzentriert sich Sophie darauf, Leute ausfindig zu machen, die sie zu kennen glaubt.

Vorsichtig schaut sie über Alfreds Schulter und entdeckt einen Mann, der ständig zwinkert. Fieberhaft überlegt sie, ob sie diesen Mann kennt, aber beim besten Willen fällt ihr keine Begegnung mit ihm ein. Sophie beschließt, ihn im Hinterkopf zu behalten, aber doch noch weiter zu suchen. Obwohl das Zwinkern ja doch der Hinweis sein könnte.

Über Alfreds andere Schulter schaut Sophie auch auf die andere Seite der Lobby. Da fällt ihr ein Mann mittleren Alters auf, der eine gelbe Krawatte mit auffälliger Musterung trägt.

Hm, gepflegt sieht er aus, schicker Anzug, na gut, hässliche Krawatte, aber alle Neune bringt man wohl nie zusammen. Solange es nur eine hässliche Krawatte ist, damit kann ich leben. Und das Beste ist: Den kenne ich, denkt Sophie, *ich habe diesen Mann schon mal gesehen, nur wo?*

Derweil sie ihn mustert, überlegt sie fieberhaft, woher sie ihn kennt. Er macht eine halbe Umdrehung um die eigene Achse, um der Kellnerin ein Glas Wein abzunehmen.

Hinterseite fabelhaft, stellt Sophie fest, *gar nicht schlecht, knackiger Po und er scheint wen zu suchen, er wartet auf jemanden. Vielleicht wartet er auf mich?*

Da winkt er plötzlich in Sophies Richtung. Soll sie sich freuen oder Panik bekommen? Sophie fängt etwas zu zittern an, atmet tief durch und beschließt, sich zu freuen. Sie lächelt zaghaft, traut sich aber dann doch zurückzuwinken.

„Frau Schmitt, darf ich mich einen Moment entschuldigen? Ich habe jemanden entdeckt, den ich gerne begrüßen möchte." Noch bevor Sophie diesen Satz zu Ende sprechen kann, rammt ihr eine Person, die sich an ihr vorbeidrängeln möchte, den Ellbogen in ihre rechte Seite. Beinahe wäre sie durch die Wucht in Frau Schmitts Arme geworfen worden. Sophie flucht und wundert sich, dass der Tollpatsch die gleiche hässliche Krawatte trägt, wie der Mann, der ihr gerade noch zugewunken hat.

Der Drängler murmelt ein beinahe unverständliches: „Tut mir leid, ich habe nicht aufgepasst!" und als Sophie keine Antwort gibt, will er noch mal wissen, wie es ihr geht und erklärt: „Ich habe von Weitem schon meine Begleitung dort hinten an der Bar entdeckt, da habe ich Sie leider nicht gesehen. Ist alles in Ordnung?"

„Nein, gar nichts ist in Ordnung!", würde Sophie am liebsten schreien. Da sie aber Jahre Zeit hatte, ihre Gefühle zu verleugnen, schluckt sie die Enttäuschung runter und bringt ziemlich glaubhaft hervor:

„Morgen werde ich wohl noch an Sie denken müssen, weil ich dann einen blauen Fleck haben werde. Aber ist schon okay."

Sie sieht ihm noch zu, wie er in Richtung Bar zu dem Mann geht, dem sie peinlicherweise gerade noch zugewunken hat und von dem sie geglaubt hat, er könnte ihr Verehrer sein.

Ja klar, denkt Sophie, *jetzt weiß ich auch, woher ich die beiden kenne. Das ist das nette schwule Pärchen, das jeden Samstagmorgen zum Frühstücken in den Coffeeshop kommt.*

Nachdem sich die beiden Männer zur Begrüßung auf die Wange geküsst haben, beschließt Sophie, sich nicht den Mut nehmen zu lassen. Schließlich war es nicht ihre Idee, hierherzukommen. Irgendwer wollte, dass sie heute Abend hier ist.

„Wissen Sie, meine Liebe", sagt Frau Schmitt gerade, die mittlerweile vom Gespräch von den Rosen schon zum Malen gewechselt hat, „Kunst kann jeder definieren, wie er selber möchte. Kunst ist Fantasie. Kunst ist, seine Seele zu offenbaren, den Sonnenschein ins Herz zu lassen."

Den Sonnenschein ins Herz zu lassen, denkt Sophie, *das hört sich irgendwie so leicht an, als wenn Gefühle Flügel hätten und einfach mal so dein Herz berühren und streicheln könnten.*

„Mein Liebchen", mischt sich nun Oskar Schmitt ein, „der mit einem Ohr die Unterhaltung mitgehört hat, „warum lädst du Fräulein Lehmann nicht zu deinem Fünf-Uhr-Tee am Sonntag ein, da wolltest du deinen Freundinnen sowieso deine neuen Bilder präsentieren. Das wäre doch eine gute Gelegenheit!"

„Du hast Recht, Oskar, das wäre wirklich eine gute Gelegenheit."

Ja, das wäre es, denkt Oskar Schmitt spitzbübisch.

Und zu Sophie sagt Ilse: „Sie müssen unbedingt kommen, Sophie, ich akzeptiere kein Nein."

„Na, wenn das so ist", ist Sophie nur mäßig begeistert, antwortet aber höflich: „Ich würde mich sehr freuen."

Dann wendet sich Ilse Schmitt Alfred zu, sie möchte schließlich zu allen gleich höflich sein.

„Wie geht es voran mit den Renovierungsarbeiten in Ihrer Wohnung, Alfred? Mein Mann erzählt, dass Sie jede freie Minute mit Malerarbeiten und Boden verlegen beschäftigt sind."

Alfred ist in seinem Element, wenn ihm jemand die Gelegenheit gibt, etwas erzählen zu dürfen. Sonst ist er ja eher zurückhaltend, aber wenn er direkt angesprochen wird, gibt es kein Halten für ihn. Andererseits – wenn das nicht so wäre, hätte er ja den Beruf verfehlt – denn in der Werbung muss man einfach mit Worten umgehen können.

Die Kellnerin bringt zum Stehtisch den Merlot, den Herr Schmitt bestellt hat, woraufhin alle miteinander anstoßen. Zufrieden blickt Oskar Schmitt in die Runde. Sophie nippt an ihrem Glas, verschluckt sich und hustet so heftig, dass sie die volle Aufmerksamkeit der anderen Theaterbesucher auf sich zieht. Nach Luft ringend hastet sie wie von der Tarantel gestochen, Richtung WC.

Während sie läuft, lässt das Husten zwar etwas nach, aber ihr ist einfach nur übel. Vielleicht möchte der Merlot auf gleichem Wege wieder raus, wie er hineingekommen ist? Mit langsameren Schritten geht sie weiter Richtung Waschraum, als sie jemand von hinten mit zwei Händen an der Hüfte packt. Die Stimme hinter ihr sagt:

„Da bist du ja, ich habe dich schon überall gesucht!"

„Was soll denn das?", ist Sophie empört. Während sie sich zu ihm umdreht, überlegt sie noch, ob sie dem unverschämten Kerl eine Standpauke verpassen will oder doch lieber eine Ohrfeige. Sie holt Luft, aber bevor noch ein Wort herauskommt, erstarren ihre Lippen.

Diese Augen kenne ich doch!, denken beide gleichzeitig.

Max versinkt sofort in Sophies blauen Augen. Für ihn besteht kein Zweifel. Sie ist es tatsächlich!

Und plötzlich scheint es so, als würde die Zeit – genauso wie damals in Jimmys Bar – stehen bleiben. Max sieht nur mehr die tiefen, blauen Augen, die weichen, wunderschön geschwungenen Lippen, die sanften Wangen, die zarte Haut.

Wie wunderschön sie aussieht! Ich darf sie nicht noch einmal gehen lassen!, steht für Max fest, aber dann ist er doch etwas zaghaft. Er spürt, dass Sophie etwas ganz Besonderes ist, da kann er seine üblichen Anmachsprüche nicht bringen.

„Hallo, ich bin Max", will er vorsichtig beginnen.

„Es tut mir so leid", bringt Sophie gerade noch heraus, jetzt ist ihr total übel, außerdem muss sie sofort auf der Stelle ein paar Minuten alleine sein. Sie flüchtet in den nächsten Gang um die Ecke, wo sich die Waschräume befinden, stürzt in ein WC-Abteil, klappt den Deckel hinunter, setzt sich hin und kramt wild in ihrer Clutch nach dem Handy.

Max steht da wie ein begossener Pudel. *Was war denn das?*

Ehe er noch weiter darüber nachdenken kann, wieso und was gerade passiert ist, spürt er einen Arm auf seiner Schulter.

„Hier bist du ja, ich habe dir ein Glas Wein mitgebracht", ist Claudia erleichtert, dass sie ihn unter den vielen Menschen doch endlich wieder gefunden hat.

„Sieh mal, da hinten ist noch ein freier Tisch, sollen wir dorthin gehen?"

Ohne seine Antwort abzuwarten, hakt sie sich bei Max ein und geht mit ihm in Richtung des Tisches.

„Du bist ja auf einmal so still."

Max schaut Claudia nur verständnislos an.

„Du bist auf einmal so still", wiederholt sie, „geht es dir nicht gut? Du bist ganz weiß im Gesicht."

„Ach, es ist gar nichts, es geht schon wieder."

„Ich kenne dir doch an, dass etwas nicht stimmt. Du kannst es mir ruhig sagen."

„Nein, das möchte ich nicht, ich befürchte, ich würde dich schon wieder verletzen. Dabei finde ich dich sehr nett und ich möchte wirklich, dass wir Freunde sind."

Selten passiert es, dass Max einen sentimentalen Moment hat – und das auch noch in der Öffentlichkeit. Es kommt ihm aber heute irgendwie normal vor. Ob das daran liegt, dass sich sein Körper im Inneren mit einem Mal so warm anfühlt und zu kribbeln begonnen hat? So ein wohliges Kribbeln, als wenn man an einem eiskalten Wintertag lange draußen war und sich dann zu Hause im warmen Wohnzimmer in eine Decke auf dem Sofa einwickelt.

Oder an solchen Tagen, wo man den ganzen Tag friert, sich abends in heißes Badewasser legt und die eingefrorenen Zehen anfangen zu kribbeln, wenn sie sich langsam erwärmen.

Max würde Claudia wirklich gerne zur Freundin haben, das war nicht nur so dahingesagt. Aber er hatte noch nie eine platonische Beziehung zu einer Frau, aber wenn, dann wäre Claudia die Richtige.

„Wenn du wirklich mein Freund sein möchtest, dann nur, wenn du ehrlich zu mir bist. Ich habe schon gemerkt, dass du nicht in mich verliebt bist. Falls es das ist, was du sagen möchtest. Zwischen uns hat es zwar nicht gefunkt, aber ich finde dich nett und möchte, dass wir uns weiterhin treffen – als Freunde."

„Du hast Recht. Ich hatte Bedenken, das so zu sagen, weil ich dir nicht wehtun wollte. Es ist immer eine schwierige Situation, wenn einer verliebt ist, der andere aber nicht."

„Dann wäre ja alles geklärt, lass uns anstoßen – auf eine gute Freundschaft für die Ewigkeit", ist auch Claudia erleichtert, dass die Verhältnisse geklärt sind.

Sie unterhalten sich noch, trinken dabei Wein und Max versucht, so unauffällig wie möglich nach Sophie Ausschau zu halten.

Währenddessen sitzt Sophie schluchzend auf dem Toilettendeckel, das Handy am linken Ohr und Lena am anderen Ende der Leitung.

„Jetzt beruhige dich mal, Sophie, ich kann überhaupt nichts verstehen, wenn du so weinst! Atme ein paar Mal tief durch und dann erzählst du mir alles, was passiert ist!"

„Er ist nicht da, dafür ist ER da, und er hat mich am Hintern begrapscht! Was für eine Schweinerei!", schluchzt Sophie und ist fürchterlich empört.

„So und jetzt alles noch mal der Reihe nach. Wenn du sagst, er ist nicht da, meinst du mit Sicherheit den Mann, der die Einladung geschickt hat, oder? Aber wer ist sonst da und wer um Himmels willen hat dir auf den Arsch gegriffen?", ist Lena solidarisch empört, aber auch total verwirrt.

„Der, der die Einladung geschickt hat, ist sicher nicht da. Der hätte sich schon blicken lassen, aber mich will ja eh keiner!", weint sie schon wieder.

„Meine Süße, hör doch mal auf zu weinen, ich weiß ja, das ist schwierig, aber ich kann dir nicht gut zureden, wenn ich nur die Hälfte verstehe."

Sophie versucht, ihr Weinen zu unterdrücken, so gut es eben geht.

„ER ist stattdessen da. Ich habe IHN gesehen!"

„WER ist da?"

„Sophie, wer ist da?", fragt Lena nochmals, als Sophie keine Antwort gibt und Lena stattdessen schon wieder das Schluchzen hört.

„ER – der Typ aus der Bar!"

„Der Typ aus der Bar, der dich fast geküsst hätte? Bist du dir sicher?", ringt nun auch Lena mit Worten. Da fällt auch ihr nichts mehr ein.

„Ja, ich bin mir hundertprozentig sicher. Kein Zweifel! Ich war auf dem Weg hierher zur Toilette, ich bin gerannt, weil ich so schnell wie möglich wegwollte, als er mir auf den Arsch gegriffen hat."

Schon wieder laufen ihr die Tränen über die Wangen hinunter.

„Der Typ aus der Bar hat dir auf den Arsch gegriffen? Was ist denn das für ein Perverser? Also den kannst du vergessen!"

„Nein, doch nicht er."

„Wer denn?"

„Herr Schmitt", sagt Sophie kleinlaut, als wenn es ihre Schuld wäre.

„Der Schmitt – dein Chef – hat dich am Arsch begrapscht? Du meine Güte, das darf doch nicht wahr sein! Der alte Knacker? Hast du ihm wenigstens gleich vor allen Leuten eine Ohrfeige gegeben?"

„Nein, natürlich nicht! Das kann man doch nicht machen!"

„Aber er darf dir auf den Arsch greifen, oder was? Darf man das vielleicht machen? Was sagt denn da seine Frau dazu?"

„Nein, natürlich darf er das nicht. Seine Frau hat das gar nicht mitbekommen. Herr Schmitt hat für uns alle Rotwein bestellt, wir haben angestoßen. Und als Frau Schmitt mit Alfred ins Gespräch vertieft war, nippte ich an meinem Glas, dabei hat er mir auf den Hintern gegriffen. Ich habe mich verschluckt, habe gehustet, als wenn ich Asthma hätte. Fast alle Leute in der Lobby haben mich angestarrt. Vor lauter Husten wurde mir total übel, außerdem musste ich Abstand zwischen mich und das Arschloch bringen, so bin ich losgelaufen Richtung Waschraum. Auf halbem Weg war mir so übel, dass ich nicht mehr rennen konnte, so hielt ich mir den Bauch und ging etwas langsamer weiter, als plötzlich zwei Hände von hinten um meine Hüften greifen und eine Stimme hinter mir sagt: ‚Da bist du ja endlich', oder so. Da habe ich mich umgedreht. Ich war ziemlich überdreht und aufgeregt, da hätte ich ihm fast eine geknallt. Aber als ich in diese Augen – in seine Augen – sah, wusste ich, dass ER es war. Und es war genauso wie damals in der Bar – dieser endlose Blick, wo Zeit und Raum verschwinden und du nur diese wundervollen, tiefen, braunen Augen siehst und alles um dich herum vergessen ist."

„Nein, wie romantisch! Aber warum sitzt du auf der Toilette, während er irgendwo im Theater ist? Solltest du nicht bei ihm sein?", hat sich Lena wieder gefangen.

„Weil ich mich beinahe übergeben hätte. Mir war total übel. Du weißt ja, der Prosecco heute Nachmittag, das Essen habe ich auch runtergeschlungen – du warst ja dabei. Sag mal, ist dir nicht übel?

Na ja, ist jetzt auch egal. Auf jeden Fall war er so süß, er sagte: ‚Hallo, ich bin Max', und ich dämliche Pute sagte, dass es mir leidtäte und dann bin ich weggelaufen."

„Ach, Dusselchen, ich hab dich trotzdem lieb. Alles wird gut werden, wirst schon sehen ... Wenn ihr füreinander bestimmt seid, und das seid ihr offensichtlich, wird sich alles von alleine ergeben und ihr begegnet euch auch ein drittes Mal!"

„Ich bin mir da nicht so sicher!" Sophie fängt wieder zu weinen an.

„Ich weiß das aber ganz bestimmt", ist Lena nicht davon abzubringen, „ich habe da neulich erst ein Buch gelesen, ich glaub, ich habe dir davon erzählt. War nicht so ganz meine Schiene, weil es mittendrin auf einmal so religiös wurde. Aber als ich es fertig gelesen hatte, war auf einmal der Gedanke, dass alles im Leben seine Richtigkeit und seinen Sinn hat, so sehr in mir gefestigt, dass ich wieder angefangen habe, mit Peter zu sprechen. Ich habe ihm sogar den Kuss mit Larissa verziehen!"

„Wirklich? Das hast du getan, nachdem du zu Recht so wütend auf ihn warst? Ich bin sehr stolz auf dich! Ich weiß, dass das für dich sehr schwierig gewesen sein muss."

„War es gar nicht so sehr. Wenn du davon überzeugt bist, dass alles so kommt, wie es kommen muss, ist auf einmal alles ganz einfach! Aber nun lenk mal nicht von dir ab! Darüber können wir morgen auch noch reden. Jetzt bist du am wichtigsten!"

Lena lauscht am Telefonhörer, ob Sophie immer noch weint. Das Schluchzen ist mittlerweile sehr leise geworden, da spricht Lena weiter:

„Sieh mal, du hattest doch bis jetzt einen ganz netten Abend – abgesehen von dem Hinterngrapscher. Aber es hätte doch alles noch schlimmer kommen können."

„Es kann immer noch schlimmer kommen", ist Sophie trotzig, aber Lena ignoriert das Trotzige und überspielt es gekonnt, denn sie weiß genau, dass Sophie es ironisch gemeint hat: „Genau, das ist die richtige Einstellung: Es hätte noch viel schlimmer kommen können."

Sophie muss grinsen: *Wie schafft sie das bloß jedes Mal, dass sie meine schlechte Laune einfach übergeht? Lena kennt mich echt verdammt gut, aber nach den vielen Jahren ist es ja auch keine Überraschung!*

„Also du wirst jetzt – ohne Widerrede – aus der Toilettenbox rauskommen, dich vor den Spiegel stellen, deine Tränen aus deinem wunderhübschen Gesicht wischen und dein Make-up erneuern, das sicher total verschmiert ist. Danach wirst du dich in den Spiegel sehen und mit dir zufrieden sein – das ist ein Befehl! Denn ich möchte, dass du dir die Theatervorstellung zu Ende ansiehst. Dafür haben wir dich heute hübsch gemacht, also genieße es doch!"

Sophie atmet tief durch. Natürlich hat Lena Recht, sie sollte sich jetzt auf die Vorstellung konzentrieren. Nur daran hat sie die ganze Woche gedacht. Bei ihrem Glück hat sie ja vorher schon geahnt, dass kein Traummann auf sie im Theater warten würde.

„Du hast ja Recht, Lena, schön langsam sollte ich daran gewöhnt sein, dass in meinem Leben alles um viele Ecken herumläuft und niemals geradeaus. Ich lege jetzt auf, ich muss mich beeilen, damit ich den Anfang des zweiten Aktes nicht verpasse. Ich hab dich lieb!"

„Du weißt, du kannst mich jederzeit anrufen, wenn du mich brauchst! Ich drück dich ganz fest!"

Sophie steht auf, um die Toilettenbox zu verlassen, muss sich aber an der Wand noch mal abstützen. Am liebsten würde sie jetzt nach Hause laufen und sich unter ihrer Decke verkriechen. So oft schon ist sie in Situationen, die für sie unangenehm oder peinlich waren, einfach gegangen. Das Flüchten hat bis jetzt immer gut funktioniert und so ist sie eigentlich ganz zufrieden damit.

Zum Beispiel damals in Sophies allererster Arbeitsstelle, da war sie 19 Jahre alt und hat monatelang einen Arbeitskollegen angehimmelt. Da war sie auch schon in einer Werbeagentur angestellt, aber noch als Sekretärin. Tag für Tag hat sie ihn beobachtet, hat sich ausgemalt, wie es wohl wäre, eine Beziehung mit ihm zu haben, mit ihm spazieren zu gehen oder ins Kino oder auf dem Sofa zu kuscheln und morgens miteinander zu frühstücken. Leider war er zu schüchtern, um den ersten Schritt zu tun, so bekam sie jeden Tag ein liebevolles Lächeln, scheinbar unbeabsichtigte vorsichtige kleine Berührungen und unverbindliche Einladungen zum Kaffee in der Pause. Nach gut einem halben Jahr fasste sich Sophie ein Herz und nahm ihren ganzen Mut zusammen, als sie ihn um eine Unterredung bat, in der sie ihm ihre Gefühle gestand.

Am nächsten Tag ging Sophie schnurstracks zu ihrer damaligen Chefin und hat gekündigt. Danach packte sie ihre Sachen zusammen und war weg. Den Kollegen von damals hatte sie nie wieder gesehen. Wollte sie auch nicht. Als sie ihm sagte, dass sie in ihn verliebt wäre, hat er sie nur mit großen Augen angesehen und kein Wort herausgebracht. Welch Schmach für Sophie! Zum allerersten Mal in ihrem Leben hatte sie den ersten Schritt gemacht – und wurde so enttäuscht. Wenn er wenigstens gesagt hätte „Ich mag dich nicht", aber er hat nur dagestanden und nichts gesagt! Alles wäre besser gewesen, sogar eine Beleidigung, alles, nur nicht stumm dazustehen. Sophie hatte Mühe, nicht zu weinen, schluckte alles hinunter und ließ ihn ohne ein weiteres Wort stehen. Wenn sie heute darüber nachdenkt, war es vielleicht nicht richtig, einfach zu gehen. Wahrscheinlich war er nur so schüchtern, dass er über ihr offenes Gespräch erschrocken war und so gar nicht damit gerechnet hatte.

„Was soll's! Das ist so typisch für mein Leben! Und trotzdem geht es immer irgendwie weiter, auch wenn es nicht das Leben ist, das ich mir erträumen würde!"

Sophie kommt jetzt aus dem WC-Abteil heraus, während sie mit sich selber spricht.

„Das hört sich aber schon ein bisschen trübsinnig an", hört sie eine Stimme neben sich. Sie war so sehr mit sich selber beschäftigt, dass ihr nicht mal der Gedanke gekommen wäre, dass noch jemand in der Toilette sein könnte.

Eine Dame kommt auf Sophie zu, sie ist schon alt, mindestens 70 Jahre, aber ihre Erscheinung ist elegant und man kann sich gut vorstellen, wie hübsch sie mit 20 gewesen sein muss.

„Es tut mir leid, ich habe ihr Telefonat mit angehört! Erlauben Sie mir, Ihnen einen Rat zu geben?"

Ohne eine Zustimmung abzuwarten, fährt die alte Dame fort: „Verlieren Sie nicht den Mut! Die Menschen, denen immer alles sofort gelingt, sind nicht die glücklichsten auf der Welt. Sie mögen etwas zufriedener sein, aber sie sind nicht die glücklichsten! Sehen Sie, ich musste 30 Jahre auf die Liebe meines Lebens warten. Meinen Mann Max habe ich kennengelernt, als ich 16 Jahre alt war. Max war damals 17. Unsere Eltern haben unsere Freundschaft nicht gutgeheißen, sie erlaubten uns nicht zu heiraten. Max' Familie war wohlhabend, meine Eltern hingegen waren arm. Solch eine Verbindung war unmöglich zu unserer Zeit. Max wurde zum Studium nach England geschickt und obwohl wir immer versuchten, uns nicht aus den Augen zu verlieren, waren unsere Möglichkeiten begrenzt, es blieben uns ja nur Briefe. Zwei Mal ist Max umgezogen, meine Familie zog mit mir auch in eine andere Stadt, da haben wir uns immer noch Briefe geschrieben. Als Max dann Monate später erneut umziehen musste, verloren sich unsere Wege.

Erst Jahre später – es war mein 46. Geburtstag – stand Max vor meiner Tür und klingelte. Ich konnte mein Glück kaum ermessen, obwohl ich in meinem Herzen immer wusste, dass nur er mein Ehemann werden würde."

„Sie meinen, Sie haben in den fast 30 Jahren, wo sie ihn nicht gesehen haben, auch keinen anderen geheiratet?"

„Nein, denn ich war mir immer sicher, dass ich mit Max eine Beziehung haben würde, egal, wie lange ich warten müsste!"

„Oh wie schön! Das ist ja so romantisch! Aber wie haben Sie sich gefunden?", Sophie lässt ihren Arm sinken, gerade noch hatte sie sich die Tränen aus dem Gesicht gewischt, während sie der alten Dame zugehört hatte.

„Max beendete sein Studium in England, er war Rechtsanwalt und musste in die Rechtsanwaltskanzlei seines Onkels in London einsteigen, hat aber nebenbei immer nach mir gesucht. Viele Jahre hat er vergebens gesucht, er fand mich letztendlich über das Internet. Wissen Sie, ich bin ja sonst nicht so für die moderne Technik, aber dass es mir meinen Max wieder gebracht hat, rechne ich dem Internet hoch an!"

„Ihnen wird es genau so ergehen, meine Liebe", spricht sie weiter, „ich meine nicht, dass Sie auch 30 Jahre auf die Liebe ihres Lebens warten müssen. Aber wie ich vorhin hören konnte, haben Sie ihren Traumprinzen schon zwei Mal verpasst. Glauben Sie mir, er wird Ihnen wieder begegnen!"

„Aber wie können Sie da so sicher sein, mein Leben ist total verquer, nichts passiert so, wie ich es gerne hätte. Außerdem bin ich ein Unglücksrabe, so viel Pech wie ich hat kein anderer Mensch!", bricht es aus Sophie heraus, obwohl sie über ihre Gefühle und Gedanken mit niemandem außer Lena spricht, schon gar nicht mit Fremden.

„Genau das meine ich ja, den Menschen, denen alles sofort zufliegt, die sind vielleicht zufriedener, aber nicht glücklicher. Aber Sie, meine Liebe, Sie werden einmal so glücklich werden, wie ich es immer noch bin. Wir beide wissen die wahre Liebe zu schätzen und sie für immer im Herzen zu bewahren, wenn wir sie geschenkt bekommen haben!"

Sophie ist etwas erstaunt, aber auch gerührt und vielleicht ein bisschen erschrocken. Viele Gedanken schwirren ihr im Kopf herum, gerne würde sie die mysteriöse Frau noch viele Sachen fragen, sie lässt es aber dann, denn irgendwas hat dieser letzte Satz in ihrem Herzen berührt, dass sie sich bewahren und nicht durch eine unwichtige Frage zerstören möchte.

„Ich danke Ihnen, ..."

„Mein Name ist Sophie."

„Meiner auch, welch ein Zufall!"

Die ältere Sophie zwinkert mit dem rechten Auge und lächelt Sophie noch zu, bevor sie den Waschraum verlässt.

Bei Sophies letztem Satz wurde ihr so warm ums Herz. *Welch schönes Gefühl*, denkt Sophie und *welch ausgesprochen nette Person*. Trotzdem schüttelt sie erstaunt den Kopf: *Dass so etwas ausgerechnet mir passiert!*

Ihre Laune hat sich drastisch verbessert. Nachdem sie sich wieder hübsch gemacht hat, verlässt sie guten Mutes den Waschraum.

Auf dem Weg zu Alfred, der immer noch mit Oskar und Ilse Schmitt an einem Tisch steht, versucht sie, nach Max Ausschau zu halten. Vielleicht sieht sie ihn doch noch mal.

„Da bist du ja endlich!", ist Alfred etwas schlecht gelaunt. „Was hast du die ganze Zeit gemacht?"

„Es tut mir leid, mir ist heute nicht so gut, es ist wohl der Magen", entschuldigt sich Sophie bei allen.

„Nun werden Sie keine Gelegenheit mehr haben, den wunderbaren Rotwein zu trinken, die Pause ist so gut wie vorbei", ist Oskar Schmitt etwas beleidigt.

„Aber Oskar!", ist Ilse Schmitt empört, „das ist doch völlig gleichgültig, Hauptsache ist, dass es Fräulein Lehmann wieder besser geht. Sie sieh doch an, sie ist beinahe so blass, als hätte sie einen Geist gesehen!"

„Geht's denn wieder, Fräulein Lehmann?"

„Danke Frau Schmitt, es geht schon wieder. Ich befürchte nur, ich werde morgen nicht zu Ihrem Fünf-Uhr-Tee kommen können. Es wird wohl das Beste sein, wenn ich mich morgen zu Hause auskuriere."

„Das ist wirklich schade, aber es ist wichtiger, dass Sie völlig gesund sind. Natürlich bleiben Sie morgen zu Hause!"

Während sie die Bar verlassen und sich auf den Weg zu den Logen begeben, wirft Frau Schmitt ihrem Mann einen vorwurfsvollen Blick zu. Sie versteht nicht, warum Oskar heute so unsensibel ist.

„Entschuldige bitte, das tut mir schrecklich leid. Ich weiß gar nicht, was in mich gefahren ist!" Fassungslos steht Paul vor Sam. Mit seiner nüchternen Art versucht er in Gedanken zu rekonstruieren, was gerade passiert ist.

Gerade noch saßen beide vor den Bildschirmen, um die illustre Gesellschaft im Theater zu beobachten. Alles lief so weit ganz gut, planmäßig ging Sophie Richtung Waschraum und Max stand mitten auf dem Weg dorthin. Alles perfekt. Bis auf einmal Sophie die Nerven verlor und verschwand.

„Aber", so dachte Paul, „die Gewissheit, die das Herz empfindet, dass die einzig wahre Liebe nur Bruchstücke entfernt ist, wandert in kleinen Gedanken nun auch Richtung Verstand. So gesehen war es eigentlich eine gelungene Begegnung, wenn auch leider nur sehr kurz."

Mittlerweile hat er aber mit Max und Sophie schon so viel mitgemacht, dass er weiß, in schnellen Schritten geht bei den beiden gar nichts.

Paul war ganz zufrieden mit der Situation und beobachtete relativ entspannt weiter. Auch der Gefühlsausbruch von Sophie auf der Toilette war keine Überraschung für ihn. Schließlich kennt niemand sie so gut wie Paul. Das musste ja kommen. Selbstzweifel stehen bei Sophie leider immer zuerst auf der Tagesordnung.

Aber diese werden mit der Zeit auch verschwinden, wenn Sophies Leben mit Max in geordneten Bahnen verläuft, weiß Paul.

In diesem Moment schnieft es hinter ihm. Samantha, die seitlich und etwas zurückgesetzt hinter Paul sitzt, hat zu weinen begonnen.

„Entschuldige bitte", schnieft Sam, „Sophie tat mir in der Toilette wahnsinnig leid, als sie dasaß und weinte, da konnte ich meine Tränen gerade noch zurückhalten. Als du ihr aber die alte Dame geschickt hast, konnte ich nicht mehr. Es tut mir leid!"

Als keine Reaktion von Paul kommt, versucht sie, den Kloß, den sie im Hals hat, hinunterzuschlucken, schafft es aber nicht. Immer noch weinend, versucht sie zu erklären:

„Als die alte Sophie ihre Geschichte erzählte, war das so ergreifend, verstehst du nicht – sie hat so lange auf ihre Liebe gewartet und war sich so sicher, dass sie keinen anderen Mann geheiratet hat. Dann auch noch die gleichen Vornamen. ... Und das Gefühl, das sie unserer Sophie vermittelt hat, die innere Ruhe und Gewissheit, dass alles so werden wird, wie es sein soll, verstehst du nicht, ich habe es nicht einfach nur gehört, ich habe es gefühlt!"

Wieder laufen Tränen an Samanthas Wangen herunter.

„Ich habe es gefühlt", wiederholt sie ganz sanft mit weicher, warmherziger Stimme und sieht Paul dabei direkt in die Augen.

So herrscht einen Moment Stille, bis Paul einen Schritt auf Samantha zugeht, sich vor ihren Stuhl hinkniet, ihr Gesicht in seine Hände nimmt, während er ihr direkt in ihre wundervollen blauen Augen sieht. Langsam neigt er seinen Kopf und lässt seine linke Hand behutsam in ihren Nacken gleiten, zieht sie sanft zu sich heran und küsst sie zärtlich und gefühlvoll.

Kurz vor Ende der Theatervorstellung versucht Alfred etwas unbeholfen, seinen linken Arm um Sophies Schulter zu legen und seine rechte Hand auf ihr Knie. Alle schüchternen Versuche, Sophie mit Blicken auf seinen Gemütszustand hinzuweisen, sind fehlgeschlagen, also Frontalangriff.

Ach, du meine Güte, ich wusste doch, dass er die Einladung als Rendezvous ansehen würde. Und das, nachdem ich in der Pause Frau Schmitt unmissverständlich erklärt habe, dass wir kein Paar sind! Das hat er doch gehört!

„Alfred", beginnt Sophie mit sanfter Stimme, um ihm klarzumachen, dass aus den beiden wohl nie mehr als Freundschaft werden würde.

In der Hoffnung, eine Liebeserklärung von Sophie zu bekommen, setzt er – seiner Meinung nach – das gefühlvollste Lächeln auf, das er hat, klimpert gekonnt mit den Wimpern und sieht Sophie freudig gespannt an.

„Alfred", beginnt sie noch mal, es fällt ihr ziemlich schwer, ihm eine Absage zu erteilen. Schließlich ist sie auch schon so oft von der Liebe enttäuscht worden und weiß sehr gut, wie schmerzvoll sich das anfühlt.

„Alfred, ich muss mit dir reden", beginnt sie ein drittes Mal und atmet tief durch.

Gerade als sie erneut zu sprechen beginnen möchte, bemerkt sie, dass die Vorstellung gerade zu Ende ist. Die Luster werden wieder mit Licht gefüllt, die Darsteller stehen Hand in Hand auf der Bühne und verneigen sich unter tosendem Applaus. Cyrano nimmt ein Mikrofon in die Hand und tritt zwei Schritte nach vorne. Die anderen Schauspieler stehen noch Hand in Hand in einer Reihe hinter ihm. Ein wundervolles Bild ergibt sich durch die wunderschönen alten Gewänder, deren edle Stoffe im hellen Scheinwerferlicht glänzen. Nachdem der Jubel etwas leiser geworden ist, beginnt er zu sprechen.

„Meine Damen und Herren, vielen Dank für Ihren großartigen Applaus!

Es ist uns eine Ehre, dass Sie heute unser Publikum waren! Mit großer Freude schlüpfen wir viele Abende in die Charaktere unserer Gascogner Helden, die mutig im Krieg kämpften und die Liebe zu huldigen wussten. Auf wunderbare Weise verstand es Cyrano, Worten Flügel zu verleihen und daraus innige Liebe werden zu lassen.

Wir hoffen, dass auch Sie heute Abend den Zauber der Worte in Ihr Herz schweben lassen konnten."

Erneut erfüllt stürmischer Beifall den Raum.

Welch wunderbarer Balsam für die Seele, denkt Cyrano und bedankt sich nochmals für den wiederkehrenden Jubel.

„Herzlichen Dank, verehrtes Publikum!

Bitte bleiben Sie noch wenige Minuten auf Ihren Plätzen. Auch wenn unser schönes Stück zu Ende ist, haben wir noch eine Mission zu erfüllen. Ich bin gebeten worden, eine junge Dame aus dem Publikum auf die Bühne zu holen. Ihr Name ist Sophie Lehmann.

Bitte, liebe Sophie Lehmann, kommen Sie jetzt zu mir auf die Bühne!", hallt es aus Cyranos Mikrofon.

Oh, mein Gott, denkt Sophie, *ich träume. Ich träume. Nie im Leben hat der gerade gesagt, ich soll auf die Bühne kommen. Ich träume ganz bestimmt!*

„Aua", schreit sie, „warum tust du mir weh?"

Alfred hat Sophie in die Seite gestupst. „Na, weil du auf die Bühne kommen sollst. Geh schon!"

„Bist du wahnsinnig, was für eine Blamage."

„Bitte Fräulein Lehmann, kommen Sie zu uns herunter auf die Bühne. Es erwartet Sie eine wundervolle Überraschung!", ertönt noch mal die Stimme des Cyrano durchs Mikrofon.

Die anderen Besucher des Theaters tuscheln schon, blicken sich um, wer wohl aufstehen und Richtung Tribüne gehen wird.

Das Raunen wird immer lauter, nachdem nach wenigen Minuten immer noch nicht die besagte Frau Lehmann auf dem Weg zur Bühne ist.

„Geh schon!", wird Alfred richtig ungeduldig.

Der hat gut reden, denkt Sophie und steht wie ferngesteuert auf und macht sich auf den Weg. Als die anderen Zuseher merken, dass sich endlich was tut und eine junge hübsche Frau durch die Gänge Richtung Bühne schreitet, ertönt erneut tosender Applaus. Sogar Pfiffe hört man zwischen dem lauten Beifall.

Ich träume. Das kann nicht in Wirklichkeit passieren! Sophie ist verzweifelt, aber so erschrocken, dass ihre Miene wie versteinert ist und niemand bemerkt, dass sie am liebsten losheulen würde.

Warum bloß passieren immer mir solche Dinge? Was habe ich bloß in meinem Leben verbrochen? Oh mein Gott, wie ist das peinlich!

Der Weg zur Bühne ist weit, erst musste sie den langen Gang von den Logen zurück ins Erdgeschoß nehmen und dort muss sie von ganz hinten durch den ganzen Saal, um zur Bühne zu gelangen. Die Leute klatschen immer noch voller Begeisterung und in Erwartung der Dinge, die heute Abend wohl noch passieren würden.

Niemand kennt Sophie die Verzweiflung an, die in ihrem Inneren tobt.

Was soll das Ganze überhaupt? Was soll ich dort oben auf der Bühne? Okay, denk in Ruhe darüber nach. Warum sollte dich jemand auf der Bühne haben wollen? Normalerweise, wenn eine Frau nach einer Vorstellung auf die Bühne gehen soll, versucht Sophie den Dingen auf den Grund zu gehen, *dann ... oh mein Gott! Bisher habe ich das nur bei Heiratsanträgen gesehen!* Auf einmal fällt es ihr wie Schuppen von den Augen, in Sekundenschnelle fliegen Bilder durch ihren Kopf, erst die Blumen, die Schokolade, die geheimnisvolle Einladung ins Theater, die Limousine, es kann nur ihr heimlicher Verehrer sein. *Aber ich möchte doch keinen Heiratsantrag von einem Unbekannten bekommen!*

Sophie steht wenige Meter vor der Treppe, die auf die Bühne hinaufführt. Rechts in der Seitenloge sitzen ebenfalls Menschen, der ganze Saal ist voll von Menschen, die immer noch klatschen. *Wie verrückt,* denkt sie, kurz bevor ihr schwarz vor den Augen wird und sie gegen die Wand der Seitenlogen taumelt.

Sie muss für wenige Sekunden die Augen geschlossen halten, um sich zu sammeln, und als sie sie wieder aufmacht, steht auch schon Cyrano neben ihr und zieht sie sanft, aber bestimmt auf die Bühne.

Der Applaus wird weniger, bis er völlig verstummt, alle warten gespannt, was weiter geschehen wird.

Mit einer huldvollen Verbeugung, wie er es Minuten zuvor im Stück gespielt hat, begrüßt Cyrano Sophie auf der Bühne.

„Es ist mir eine große Ehre", beginnt er „Sie, Frau Lehmann, auf unserer Bühne begrüßen zu dürfen. Viele Ereignisse haben dazu geführt, dass Sie heute Abend bei uns zu Gast sind", fährt er fort, aber Sophie kann nur einzelne Wörter verstehen. Sie steht da wie ein Besen, stocksteif, schon wieder wird ihr schwarz vor den Augen. Nein, sie kann jetzt nicht ohnmächtig werden, das wäre doch zu beschämend. Andererseits wäre sie dann raus aus der Situation. Bestimmt würde man sie sofort hinter die Bühne tragen, ihr ein Glas Wasser reichen und ihr einige Minuten Zeit geben, sich zu erholen. Dann könnte sie nach Hause gehen.

Ein verlockender Gedanke. Obwohl, wenn sie dumm fallen und sich den Kopf aufschlagen würde, müsste man ihr die schönen Haare wegrasieren und ihr eine Platzwunde im Krankenhaus nähen. Das wäre noch viel peinlicher, erst kriegt sie ihren Heiratsantrag nicht mit – der ohne Zweifel viel romantischer wäre als die der großen Masse der Bevölkerung – und enden würde er mit einer kahlen Stelle am Kopf im Krankenhaus. *Nein, ist sie streng zu sich selbst, du ziehst das jetzt durch! Egal, ob dir schwindelig ist oder nicht und egal, ob du dich blamierst oder nicht! Basta!* Tatsächlich lässt der Schwindel etwas nach und Sophie kann sich wieder auf die Worte von Cyrano konzentrieren.

„… und darum, liebe Sophie, als Anerkennung und großes Lob, als großer Gewinn, der du für die Firma und deinen Chef Herrn Schmitt bist, überreiche ich dir in seinem Namen diesen Blumenstrauß, verbunden mit einem Gutschein für ein romantisches Wochenende für zwei Personen in Frankreich. Mögest du noch viele Jahre gute Dienste für die Werbeagentur leisten und mögen dir nie die brillanten Ideen für weitere Aufträge ausgehen!"

Etwas zaghaft klatscht das Publikum ein letztes Mal für diesen Abend. Keiner weiß so genau, was man davon halten soll. Die Leute haben sich wohl mehr erwartet als eine kleine schüchterne Werbemaus, die von ihrem Chef geehrt wird.

Kapitel 12

Wut oder Nicht-Wut – das ist hier die Frage

„Ach, komm, jetzt sieh mal nicht gleich wieder schwarz! So ein Desaster, wie du sagst, war es nun auch wieder nicht!", versucht Lena Sophie am Tag nach dem Theaterabend zu trösten.

„Ach ja, was bitte schön, war denn kein Desaster? Dass ich den Wahnsinnstypen von Jimmys Bar wieder getroffen habe und zwei Minuten später davon gelaufen bin oder als ich total verloren auf der Bühne stand und tausend Menschen im Publikum geglaubt haben, jetzt kommt der romantischste Heiratsantrag auf der Welt und dann stehe nur ich da und kriege Blumen von Cyrano im Namen meines Chefs? Natürlich ist mein Leben vorbei. Nie wieder kann ich mich irgendwo sehen lassen. Was ist, wenn mich zum Beispiel im Supermarkt jemand erkennt? Oder mitten auf der Straße oder in der Straßenbahn?", sie schluchzt. „Mein Leben ist vorbei, ab jetzt muss ich mich zu Hause einsperren!"

Sophie versteckt ihr Gesicht hinter ihren Händen, um die Tränen zu verbergen und schüttelt ungläubig den Kopf.

Dass solche Dinge auch immer ihr passieren müssen, denkt Lena, *das ist schon nicht mehr seltsam, sondern schon richtig auffällig und schon gar nicht mehr zufällig.*

Sie lässt sich jedoch ihre Gedanken nicht anmerken und versucht, wie schon so oft, einzulenken und das Positive an der Geschichte zu suchen. Wie es sich für die beste Freundin gehört.

„Jetzt hör doch mal zu", beginnt Lena von Neuem, „jetzt bist du doch auch in der Öffentlichkeit. Du hast es geschafft, zu mir in den Coffeeshop zu kommen und niemand hat dich auf dem Weg hierher angesprochen, oder?"

Sophie schüttelt kurz und kaum bemerkbar den Kopf, um ein Nein auszudrücken, während sie sich die Nase putzt, denn immer, wenn die Tränen rinnen, rinnt auch die Nase. Als wenn eins nicht genug wäre!

„Ich sehe es ja ein, dass du niedergeschlagen bist, aber so ein Drama ist es auch wieder nicht. Immerhin hast du den Typen aus Jimmys Bar wieder gesehen. Ich gebe ja zu, dass dir öfter als einem gewöhnlichen Menschen, sagen wir mal, außergewöhnliche Dinge passieren. Und ich weiß, dass du das hasst und dir sicherlich manchmal wünschst, dein Leben wäre mehr so wie meines, nämlich so gar nicht spannend. Aber ich kann dir sagen, dass ein Leben, das nie aufregend ist, wirklich nicht aufregend ist. Verstehst du? Mir passieren vielleicht nicht so viele peinliche Sachen wie dir, dafür begegne ich aber auch nicht so bemerkenswerten Menschen wie der alten Sophie in der Toilette, die dir ihre Lebensgeschichte erzählte, ohne dich zu kennen. Da kannst du dich wirklich glücklich schätzen. Das ist eine mysteriöse Begegnung, die du bestimmt dein Leben lang nicht vergessen und mit Sicherheit noch deinen Enkeln erzählen wirst.

Scheiß auf den peinlichen Moment, als du auf der Bühne gestanden hast. Die Begegnung mit der alten Sophie wiegt das doch drei Mal auf! Außerdem hast du einen tollen Reisegutschein bekommen. Schluss mit Trübsal blasen, ich wünschte, mir wäre in den letzten Wochen nur eines der schönen Dinge passiert, die du in nur einem Abend erlebt hast!"

Wenige Stunden später, zu Hause auf ihrem geliebten alten Ohrensessel, denkt Sophie über Lenas Worte nach. *Natürlich hat sie Recht. Nur weil ein Abend mal nicht so läuft, wie man es sich vorgestellt hat, ist nicht gleich das ganze Leben vorbei.*

Vom Kopf her ist das völlig klar, aber warum bin ich trotzdem so verwirrt und konfus? Warum war das für mich so peinlich, als mich Cyrano auf die Bühne geholt hat? Warum fühlte ich mich dort so alleine gelassen vor den Hunderten von Menschen? Das Raunen der Menschenmenge, das durch die Reihen ging, als ihnen bewusst wurde, dass hier kein Heiratsantrag stattfinden würde, warum versetzte mir das einen Stich in der Brust? Verletzt es mich, dass ich deren Erwartungen nicht erfüllen konnte? Aber es waren doch nicht

*meine Erwartungen, es war auch nicht mein Traum. Ich konnte es
doch gar nicht beeinflussen!*

*Ein ganz normaler Mensch müsste sich selbst doch begreiflich
machen können, dass man Situationen, die man nicht selbst her-
beigeführt hat und die man nicht ändern kann, akzeptieren muss.
Warum können sich Gefühle nicht einfach dem Verstand anpas-
sen? Dann wäre das ganze Leben um so viel leichter! Dann wäre ich
wohl auch nicht vor Max davongelaufen!*

Sophie schließt die Augen und versucht, wie schon so oft in
den vergangenen Stunden, die Bilder der Begegnung mit Max
in ihrem Kopf wieder lebendig werden zu lassen. So lehnt sie in
ihrem Ohrensessel mit geschlossenen Augen und einem sanften Lächeln auf den Lippen. Bis ins kleinste Detail sieht sie ihn
in ihrer Erinnerung: groß, breite Schultern, rehbraune Augen,
dunkelbraune Haare, schwarzer Anzug, weißes Hemd.

Mmh, Sophie streckt sich, lässt die Augen dabei aber zu, um
sich weiter in Gedanken fallen zu lassen, *richtig elegant hat er
ausgesehen! Zum Verlieben!*

Mit einem wohlig warmen Kribbeln im Bauch schläft Sophie
auf ihrem Lieblingssessel ein.

Die nächsten Tage laufen wie mechanisch ab. Sophie steht morgens auf, springt unter die Dusche, findet wie immer nichts
Passendes zum Anziehen, schlüpft in circa sechs verschiedene Outfits, nur um herauszufinden, dass das erste Outfit die
beste Wahl war. Auf einem Fuß humpelt sie in die Küche, erst
auf dem rechten, dann auf dem linken, weil sie während des
Gehens in ihre High Heels schlüpft. Von der Küche aus geht sie
auf ihren kleinen, aber mit Blumen übersäten Balkon, um vom
Nachbarbalkon die aktuelle Tageszeitung auszuborgen, die der
Zeitungsjunge in den frühen Morgenstunden vom Fahrrad aus
hinaufwirft. Dazu muss sie sich sehr weit über das Geländer
beugen. *Aber so, so denkt sie, werden die müden Muskeln in aller
Herrgottsfrühe gleich gestreckt – Frühsport erledigt!*

Bis vor wenigen Monaten hat sich Sophie ihre Zeitung noch selbst am Kiosk auf dem Weg zur Arbeit gekauft. Aber seit Hendrik vor einem dreiviertel Jahr neben ihr eingezogen ist, ist das nicht mehr nötig. Hendrik arbeitet in einer Bank, da ist es *lebensnotwendig*, wie er ihr gleich in den ersten Tagen nach seinem Einzug erklärte, immer *up to date* zu sein.

Up to date möchte Sophie natürlich auch sein, also erst das Horoskop, dann die Klatsch- und Tratschseite – hoffentlich keine Versöhnung zwischen Brad Pittburg und Angelina Julius? Nimmt Enrico Iglesiano sein Outing zurück oder ist er nun ganz verrückt geworden? Bleibt George Stanley mit seiner Amalia verheiratet oder steht schon die Scheidung bevor?

Fragen über Fragen, die sich Tausende Frauen täglich stellen müssen. Manchmal kann das Leben wirklich anstrengend sein!

„Sophiee?"

„Oje, bin ich heute so spät dran – oder er so früh?"

Sophie hat gerade erst das Horoskop gelesen, als sie Hendriks Stimme hört.

„Ich bin schon in der Aarbeit!", ruft sie fröhlich.

„Warum kann ich dich dann hören?", kommt eine genervte Stimme zurück.

Schnell blättert Sophie auf die Klatschseite, unbedingt muss sie noch wissen, ob sich George Stanley von seiner Amalia getrennt hat.

„Sophie, bitte, ich muss gleich in die Bank und würde furchtbar gerne noch die Zeitung lesen! Ich ruf dich an, wenn sich George Stanley von seiner Frau getrennt hat! Ehrlich!"

Sophie tritt hinaus auf den Balkon.

„Das interessiert mich doch überhaupt nicht!"

„Tut es doch", entgegnet ihr der Nachbar, der offensichtlich gerade aus der Dusche gestiegen ist, weil er nur mit einem Handtuch bekleidet ist.

„Nein, tut es nicht!"

Hendrik grinst Sophie herausfordernd und überlegen an. Er liebt es, Sophie zu necken. Schließlich ist sie leichte Beute, weil sie ja doch zu wenig selbstbewusst ist, um sich durchzusetzen. Bevor er weiterspricht, gibt er ihr Gelegenheit, seinen sonnengebräunten, durchtrainierten Körper zu bewundern, in dem er sich wie beiläufig etwas zur Seite dreht und eine imaginäre Fliege verscheucht.

Oh Gott, verschone mich, jeden Tag das Gleiche mit diesem eitlen Macho!, denkt sich Sophie und verdreht dabei die Augen.

„Sophie, ich kenne dich schon fast ein Jahr. Ich weiß doch, dass du jeden einzelnen kleinen und großen Skandal der Prominenten verfolgst, um dich selbst von deinem eigenen Liebesleben abzulenken, das zu hundert Prozent nicht vorhanden ist!"

„Hapfmh", Sophie schnaubt und wirft ihm einen giftigen Blick zu.

„Was du dir schon wieder einbildest, du Möchtegernpsychiater! Mein Liebesleben ist vollkommen in Ordnung! Es ist genau so, wie ich es möchte! Du glaubst wohl, immer alles besser zu wissen? Nur damit du's weißt, du liegst falsch, TOTAL falsch. Kümmere dich um deine eigenen Probleme, du, du, du ... Nudist!"

Hendrik prustet los, er kann sich vor Lachen kaum mehr halten. Mit der einen Hand hält er sich am Geländer fest, mit der anderen hält er sich den Bauch. Mehrmals versucht er, ihr etwas zu sagen, schafft es vor lauter Lachen aber nicht. Er findet Sophies Wutausbruch einfach urkomisch. Sie ist so ein hübsches, niedliches Mädchen, sie kann nicht einmal böse schauen, auch wenn sie es möchte, und wenn sie dann doch einmal richtig wütend wird, ist es einfach nur komisch.

Sophie schnaubt vor Wut. So ein aufgeblasener Kerl! Hendrik fordert sie fast täglich heraus und immer möchte sie die Coole sein, die einfach mit lacht und so tut, als würde es ihr nichts ausmachen. Heute funktioniert es leider nicht.

„Also, dann zieh dich mal an, du trinkst nämlich deinen Frühstückskaffee unten im Garten!"

„Warum im Garten?"

„Na unten im Garten bei deiner Zeitung!"

Sophie wirft die Zeitung wütend über den Balkon. Danach atmet sie tief durch und stellt zu ihrem eigenen Erstaunen fest, dass das gutgetan hat.

Den verdutzten Hendrik lässt sie einfach stehen, ihm ist das Lachen im Hals stecken geblieben. Anscheinend hat er nicht damit gerechnet, dass sie sich auch einmal durchsetzen würde.

Als Sophie ein paar Minuten später ihre Wohnung abschließt und sich auf den Weg in die Arbeit macht, kommt ihr die Erkenntnis, dass sie jahrelang nicht mehr richtig wütend werden konnte.

Kapitel 13

Das Schicksal findet seinen Weg alleine

„Siehst du", sagt Paul zu Sam, „das ist unser großer Durchbruch. Sophie ist bewusst geworden, dass ihre Mauer nicht nur Gefühle nicht hineingelassen hat, sondern auch keine Gefühle herausgekommen sind.

Jetzt, wo diese Erkenntnis in ihr Bewusstsein vorgedrungen ist, wird sie nach und nach die ganze Vielfalt der Gefühle zulassen können."

„Das ist ein enormer Fortschritt, nicht wahr?"

„Ja, das ist es!"

„Wie geht es nun weiter?"

„Sophie kommt mit sich alleine ganz gut zurecht. Sie ist zwar etwas niedergeschlagen, aber nur, weil sie befürchtet, dass sie Max nicht mehr wiedersehen wird."

„Aber wir beide wissen es besser bzw. du. Wann werden sie sich also das nächste Mal begegnen?", fragt Sam so unschuldig wie möglich, sie möchte ja nicht neugierig klingen.

„Abwarten. Zunächst beobachten wir Max."

„In Ordnung. Wie können wir ihm helfen? Der bräuchte doch ein bisschen Zuversicht. Was der alles unternommen hat in den letzten Tagen und alles ohne Erfolg. Schau ihn dir doch an, er sieht völlig fertig aus!"

Deprimiert sitz Max an der Theke des Fitnessklubs. Er hat seinen rechten Arm am Tresen aufgestützt und legt seinen schweren Kopf mit den entmutigten Gedanken in die hochgereckte Hand.

„Jetzt muss deine Arbeit erst mal Früchte tragen", versucht Eddie Max Mut zu machen, während er Vitamincocktails für seine Kunden mixt.

„Bleib cool, es ist doch alles erst im Laufen!"

„Das weiß ich ja, Eddie, aber verstehst du denn nicht? – Ich muss sie unbedingt wiedersehen! *Ich – muss – sie – unbedingt – wieder – sehen!*"

„Ja, schon klar. Ich helfe dir auch dabei, das weißt du doch! Das ziehen wir zusammen durch!"

„Was können wir noch machen? Überleg mal!"

„Ich weiß nicht", antwortet Eddie, „noch bevor die Theatervorstellung zu Ende war, hast du sie sofort gesucht, oder?"

„Ja klar, ich war mindestens 15 Minuten vor Schluss schon in der Garderobe, um meinen Mantel zu holen. Ich wollte in der Lobby warten, bis alle Theatergäste die Eingangshalle passieren. Von dort hörte ich den Schlussapplaus, der gar nicht enden wollte. Danach kamen ein paar Leute, die das Theater verließen, aber nur ganz wenige. Irgendetwas ging drinnen im Saal noch vor sich, ich konnte aber nicht herausfinden, was das war. Erst wurde es wieder still, danach wieder Applaus, wenige Minuten später nochmals Beifall. Dann kam der große Ansturm von Theatergästen, die nach Hause wollten. Ich konnte alle Theaterbesucher sehen, weil ich genau in der Mitte zwischen Eingangshalle und Garderobe stand. Nur sie – meine unbekannte Schöne – konnte ich nicht ausmachen. Als die Leute an der Mantelausgabe weniger und überschaubar wurden, ging ich noch mal in den Theatersaal hinein und sah, wie Cyrano eine Frau mit einem dunkelblauen Kleid hinter die Bühne führte. Zuerst dachte ich, sie wäre es, aber bevor ich sie wirklich erkennen konnte, waren die beiden auch schon verschwunden. Ich lief Richtung Tribüne, wollte mich vergewissern, wer die Frau war, als mich ein Bühnenarbeiter am Arm fasste und meinte, er könne mich nicht hinter die Bühne lassen. Da dürfen nur Theaterleute hin, hat er in unverständlichem Deutsch herausgebracht."

„Was hast du dann gemacht?"

„Ich versuchte, ihn zu überzeugen, merkte aber schnell, dass das sinnlos war, weil er meine Sprache nicht verstehen konnte. Dann bin ich so schnell ich konnte zurück in die Lobby gelaufen, beim Haupteingang hinaus und zur Rückseite des Theaters, wo sich der äußere Bühneneingang bzw. -ausgang befindet. Wenige

Meter vor dem Ziel sah ich, wie eine Frau in ein Taxi stieg und davonfuhr. Entmutigt ging ich zurück zum Haupteingang, wo zu meiner Verwunderung Claudia stand, die auf mich wartete – mit einem Mantel in der Hand."

„Claudia?"

„Ja, Claudia. Weißt du, sie ist total nett. Wir fuhren danach zusammen ins American-Diner, das nur wenige Straßen vom Theater entfernt ist, wir haben etwas gegessen und ich habe ihr alles über diese Frau erzählt, die ich nicht kenne und nur zwei Mal in meinem Leben gesehen habe."

„Dann gehört ihr der Mantel, den mir die Garderobenfrau einfach so in die Hand gedrückt hat", hat sie dann gesagt. Zuerst habe ich nicht verstanden, aber dann erzählte sie mir, dass sie die letzte in der Garderobe war. Alle Theatergäste waren gegangen und Claudia holte ihren eigenen Mantel. Die Garderobenfrau aber hat ihr einen weiteren Damenmantel in die Hand gedrückt. Sie sagte zwar, dass er ihr nicht gehöre, aber die Garderobendame sagte nur: ‚Ich wissen, ich wissen, du nehmen, wichtig, sehr wichtig für weiteres Leben!', da war Claudia so verdutzt und sprachlos, dass sie den Mantel tatsächlich mitgenommen hat."

„Das ist ja verrückt!"

„Ja, es ist verrückt – und nicht nur das mit dem Mantel und der Garderobenfrau, sondern auch, dass ich diese Frau, die ich gar nicht kenne, sofort in meine Arme schließen und sie nie wieder loslassen würde, wenn ich sie noch einmal sehen dürfte. Und das, obwohl ich nicht einmal weiß, wie sie heißt, wer sie ist. Ich weiß nichts von ihr, ich weiß nur, dass ich noch nie so ein starkes Gefühl für irgendjemand hatte. Ich bin doch verrückt, oder?"

„Du bist nicht verrückt, sondern nur ein bisschen verzweifelt und vielleicht auch ein bisschen verliebt, aber das kriegen wir schon hin! Was hat Claudia eigentlich dazu gesagt? Ich dachte, sie wäre in dich verliebt?"

„Nein, sie ist nicht in mich verliebt, wir hatten das schon vorher am Abend geklärt. Sie hat es mir einfach so ganz direkt gesagt. Claudia ist wirklich eine ganz nette Person! Ich glaube, ich kenne jemanden, der ihr gefallen könnte."

„Was fällt dir ein, dieses nette Mädel mit irgendeinem dahergelaufenen Typen zu verkuppeln …"

„Beruhig dich mal wieder, ich hatte gedacht, dass du ihr vielleicht gefallen könntest", zwinkert Max Eddie zu.

„Alles klar, rede ruhig weiter", erwidert Eddie mit einem zu betont gelangweilten Ton in der Stimme.

Ja, das ist mein Freund Eddie, grinst Max in sich hinein.

„Hey, Claudia, da bist du ja", begrüßt Max Claudia, die gerade durch die riesige Glastür der Fitnessoase hereinkommt. „Ich möchte dir meinen besten Kumpel Eddie vorstellen. Eddie, das ist Claudia."

„Hallo, Claudia. Ich glaube, wir kennen uns bereits. Haben wir uns nicht in Jimmys Bar schon mal gesehen?"

„Ja klar, jetzt erkenne ich dich auch wieder, wir hatten uns doch über Babys unterhalten, nicht wahr? Hat deine Schwester ihr Baby schon bekommen?"

„Nein, noch nicht, danke der Nachfrage."

Als Claudia ihren Blick durchs Fitnessstudio schweifen lässt, flüstert er ihm hinter ihrem Rücken zu: „Danke der Nachfrage? Spinnst du? So wird das doch nichts!"

Und zu Claudia dann wieder laut, um das Thema zu wechseln: „Wie wär's, wenn wir in Eddies Büro gehen, dort können wir drei ungestört reden."

„Ja klar, aber ich würde gerne einen von den Fruchtcocktails probieren, die Eddie gerade so professionell zubereitet."

Claudia sieht Eddie in die Augen und obwohl dieser in Liebesdingen etwas unbeholfen ist, schafft er es, den Shaker durch die Luft zu wirbeln und ihn wieder zu fangen. Im Nu hat er einen leckeren Cocktail gemixt, dessen Garnierung doch ein klein wenig aufwendiger aussieht als die der anderen Gäste. Als hätte er eben den Mount Everest in nur einer Stunde bestiegen, schenkt er ihr ein selbstbewusstes Lächeln, das vom einen bis zum anderen Ohr reicht.

Sieh mal einer an, denkt Max, *erst „Danke der Nachfrage", dann einen Drink mixen so cool wie Tomas Bruise in ‚Cocktail'.*

„Ich würde dir den Cocktail gerne in meinem Büro servieren."

„Max, ich habe gute Neuigkeiten für dich", strahlt Claudia
übers ganze Gesicht, als alle drei um Eddies Schreibtisch Platz
genommen haben.
„Ich habe einen Freund beim Radio, der mir einen Gefallen
schuldig ist."
Sie grinst wie ein Honigkuchenpferd. „Kannst du damit was
anfangen?"
„Ja, super", platzt es aus Eddie heraus, „du könntest damit
einen Aufruf machen, dass sich deine Traumfrau bei dir meldet."
„Und wie stellst du dir das vor? Wie würdest du das formu-
lieren?"
„Tja, ich weiß auch nicht ... vielleicht ... hm", Eddie überlegt,
„ja vielleicht so: ‚Schöne Unbekannte aus dem Theater gesucht,
Vorstellung letzten Samstag Cyrano de Bergerac, bitte melde
dich in Eddies Fitnessoase.'"
„Nein, auf gar keinen Fall. Das hört sich an wie: ‚Menschen
fressender Löwe aus Tierheim entlaufen, bitte um Meldung in
jeder Polizeidienststelle.'
Die Idee mit dem Radio ist zwar gut, weil es viele Leute in
sehr kurzer Zeit erreicht, aber einen guten Spruch zu finden,
ist so gut wie unmöglich."
Claudia kringelt sich nebenbei vor Lachen.
„Entschuldige Max, ich weiß, für dich ist es gerade gar nicht
zum Lachen, aber das hat sich jetzt so witzig angehört. Also,
lass uns weiter überlegen, wie wir deine Löwin finden können."
„Was hast du selbst schon gemacht?", fragt Eddie.
„Ich habe Plakate drucken lassen und sie an einigen Stellen
in der Stadt aufhängen lassen."
„Und was steht drauf auf den Plakaten", wollen Eddie und
Claudia wissen.
„Das, meine Lieben, verrate ich euch nicht, das müsst ihr
euch selbst ansehen. Außerdem habe ich in allen regionalen
Zeitungen dasselbe Inserat drucken lassen."
„Und das willst du uns wahrscheinlich auch nicht verraten",
vermutet Claudia, „steckt in dir vielleicht ein alter Romantiker,
von dem niemand was weiß?"

„Er muss es uns nicht verraten, Claudia, ich habe nämlich fast alle regionalen Tageszeitungen hier in der Fitnessoase für meine Gäste."

Eddie verlässt kurz das Büro, um mehrere Zeitungen aus der Eingangshalle zu holen. Hier befinden sich einige weich gepolsterte Sessel, die die Gäste benutzen können, um eventuelle Wartezeiten zu überbrücken oder einfach vor oder nach der Trainingseinheit bei einem Fruchtdrink die Zeitung zu lesen. Schnell ist er wieder zurück und drückt Claudia eine Zeitung in die Hand. „Du suchst in dieser, ich nehme die hier."

„Okay, fang von hinten an zu blättern, die Anzeigen sind meistens am Ende jeder Zeitung."

Hektisch rascheln sie mit dem Zeitungspapier. Claudia lässt ihre Zeitung auf den Boden fallen, kniet sich daneben auf den Teppich, damit sich die großen Blätter besser entfalten können. Sie kichern, als wäre es ein Wettkampf, wer als Erstes die Anzeige entdecken wird.

Als beide betont still werden, beobachtet Max ihre Gesichter. Er möchte die Wirkung der Anzeige auf die beiden sehen.

„An meine schöne Unbekannte:
Das Schicksal findet seinen Weg alleine!
Max."

„Wow!"

„Ja, wow. Du meine Güte, ist das schön!"

Eddie und Claudia sind überwältigt.

„Das ist ja so romantisch. Ich wünschte, mir würde jemand so eine geheimnisvolle, romantische Botschaft schicken!"

Max und Eddie sehen sich an. Eddie ist immer noch sprachlos, aber die beiden verstehen sich auch ohne Worte. Der Blick sagt alles, die beiden sind platt, weil Claudias Augen tatsächlich etwas glasig werden.

„Max, du bist ein Genie – ein romantisches Genie."

Und nach einer kurzen künstlerischen Pause: „Ja, du bist wirklich romantisch – ob du das nun hören willst oder nicht. Ich weiß, du wärst gerne ein Gigolo, ein richtiger Casanova, den alle Frauen vergöttern, aber hinter dieser frauenverschlingenden Fassade steckt wohl auch ein romantischer, gefühlvoller Mensch."

„Ach was, das hättet ihr Frauen wohl gerne – dass sich hinter jedem Mann eine weitere geheimnisvolle, aber insbesondere romantische Seite befindet. Sobald *ihr uns* näher kennenlernt, versucht ihr an der Fassade zu kratzen und seid dann zu Tode betrübt, wenn dann nichts Goldenes oder Glänzendes zum Vorschein kommt. Tut mir leid, dich enttäuschen zu müssen, nur wenige Männer haben so eine aufregende gefühlvolle Seite."

„Was heißt da ‚ihr Frauen‘, ich bin *eine* Frau und wir haben uns am Samstag im Diner stundenlang unterhalten, da denke ich schon, dass ich einen guten Eindruck von dir gewonnen habe. Also darf ich mir wohl meine Meinung bilden."

Claudia grinst Max übers ganze Gesicht an. Tatsächlich ist er verlegen und er möchte auf gar keinen Fall zugeben, dass er wirklich eine gefühlvolle Seite hat.

„Du, Paul, was hältst du davon, wenn wir Max den Gedanken schicken, dass Sophie bei einer Werbeagentur arbeitet. Dann könnte er jede Agentur in der Stadt anrufen und würde sie bald finden. Dort holt er sie dann ab – wie Richard Gere in ‚Ein Offizier und Gentleman‘ und trägt sie dann hinaus auf sein Schloss ... äh, in sein Zuhause", meint Sam. „Was meinst du? Sag schon, das wäre doch was!"

„Das wäre auf jeden Fall sehr dezent und unauffällig!"

„Na ja, dezent hin oder her, alleine kriegt er es doch nicht hin!"

„Unterschätze nie die Fantasie eines Mannes, der unbedingt haben will, was er nicht kriegen kann!"

Ungläubig sieht Sam Paul an. Ist das gerade tatsächlich aus seinem Mund gekommen und dann noch mit seiner männlichen, tiefen Stimme, etwas rauchig, aber gefühlsbetont und selbstbewusst? Diese Stimmlage und die ausdrucksstarken Worte verursachen ein Kribbeln in ihrer Magengegend.

Komisch, ich habe doch gerade erst vor einer Stunde etwas gegessen!, denkt Sam.

„Hast du Hunger? Ich gehe zum Automaten und hole mir ein paar Kekse, willst du auch was, Paul?"

„Nein danke, für mich nichts. Ich muss nachher noch zu Charles York. Ich esse erst danach."

„Hat er dich zu ihm bestellt? Wegen unseres Falls? Werden wir etwa eine Rüge bekommen, weil es nicht schnell genug vorwärts geht? Vielleicht solltest du dir das mit dem Gedankenblitz ‚Werbeagentur' noch mal überlegen?"

Paul bleibt ein Lachen im Halse stecken. *Ihre trockene und doch quirlige Art ist irgendwie unfreiwillig komisch!*, stellt er fest.

„Nein, ich werde nur eine Meldung über den aktuellen Stand der Dinge abgeben. Nichts weiter."

„Ist das wirklich notwendig?"

„Ja, in unserem Fall schon. Du weißt schon, Nebelknopf und so."

„Okay, verstehe schon. Dann warte ich, bis zu zurückkommst, und hole mir dann erst was zum Essen. Nicht, dass wir auch noch Probleme bekommen, weil unser Büro ein paar Minuten leer ist."

„Nein, geh ruhig, das ist schon in Ordnung."

„Meinst du wirklich?"

„Ja klar, geh schon."

„Okay. Also bis gleich!"

Samantha verlässt das Büro in Richtung Süßigkeitenautomat.

Paul atmet einmal tief durch. Ihm ist nicht wohl dabei, dass er Sam angeschwindelt hat, aber es war ja nur eine kleine Notlüge. Das, was er mit Charles York zu besprechen hat, möchte er ihr einstweilen noch vorenthalten, um sie nicht zu beunruhigen.

Kapitel 14

Groß, noch größer, riesig

„Das ist nicht dein Ernst. Das kann nicht dein Ernst sein. Sag, dass du das nicht gemacht hast."

„Wow. Wow. Wow. Wow. Wow."

Max, Eddie und Claudia stehen auf dem Schubertplatz, in dessen Mitte ein Brunnen steht, ein riesiger Nussbaum links davon, darunter mehrere Bänke, die zum Verweilen einladen und ein kleiner, schattiger Spielplatz für Kleinkinder.

„Das kann doch nicht wahr sein. Das ist nicht wahr. Das ist einfach nicht wahr. Das kann nicht sein. Das ist nicht dein Ernst. Sag mir, dass das nicht dein Ernst ist!"

„Nun krieg dich mal wieder ein, Eddie! Jetzt, wo ich es so vor mir sehe, muss ich zwar zugeben, es ist nicht gerade winzig. Es ist nicht mal klein, vielleicht ist es eine winzig kleine Spur zu groß."

Minutenlang stehen die drei schweigend vor dem Rathaus, das sich rechts hinter dem Brunnen befindet. Zurzeit ist es mit einem Baugerüst umhüllt, da Renovierungsarbeiten an der Fassade stattfinden.

„Vielleicht ist es eine winzig kleine Spur zu groß. – Das hast du aber schön gesagt, Max", meint Eddie.

Im selben Moment prustet Claudia los vor Lachen. Eddie lacht mit, nachdem der erste Schrecken überwunden ist.

Max lässt sich auf die Bank hinter ihm fallen und starrt immer noch schweigend auf das Rathaus, das mit Baugerüst und Bauplane verhüllt ist und durch ein überdimensional riesiges Plakat verschönert wurde.

„Wie – konnte – das – nur – passieren?", stammelt Max.

„Also, jetzt fang mal nicht so an, ich konnte dich hören, als du am Telefon diese Plakate bestellt hast. Wie war das noch gleich, zehn Plakate in normaler Größe und ,das für das Baugerüst beim

Rathaus kann ruhig groß und noch größer und riesig, einfach so groß, dass es gut hinpasst. – Sie wissen schon, einfach groß.' Genau so hast du es dem Verkäufer am Telefon gesagt bzw. gestammelt. Das war ja nicht einmal ein richtiger Satz. Ich habe es genau gehört."

„Bist du dir sicher? So habe ich das aber nicht in Erinnerung. Ich sagte doch so etwas wie ‚dezent‘, so, dass es schön in die Mitte passt!"

„Das wolltest du vielleicht sagen, du warst total von der Rolle. Du warst wie im Rausch! Aber es hat ja auch was Gutes: Dieses Plakat kann sie bestimmt nicht übersehen. Vielleicht liest sie ja nicht jeden Tag die Zeitung, dann brauchst du keine Angst haben, dass sie deine Anzeige nicht sehen wird. Also, das kann sie nicht übersehen! Bestimmt nicht!"

„Kommt", schlägt Claudia vor, „auf den Schrecken gehen wir rüber in Lenas Coffeeshop. Ich lade euch auf einen Iced-Cappuccino ein."

„Bin dabei", ruft Eddie, lässt Claudia wieder bei sich einhaken und sie schlendern Richtung Café, als würden sie einen romantischen Strandspaziergang machen.

Weil Max immer noch unter Schock steht, bemerkt er erst, dass Eddie und Claudia weg sind, als sie schon auf die andere Seite des Schubertplatzes geschlendert sind und die Türe von Lenas Coffeeshop erreicht haben. Eilig geht er zu ihnen, als sie rufen: „Wo bleibst du denn?"

„Ich komme schon", sagt Max, der total fertig aussieht.

„Danke, dass ich heute zu dir kommen durfte, Sophie."

„Klar doch. Aber wer sperrt heute am Abend den Coffeeshop zu?"

„Maria. Ich habe statt ihr die Frühschicht übernommen und sie bleibt bis Ladenschluss. Ich habe sie darum gebeten."

„Okay. Ich kann dir aber trotzdem nicht ganz folgen. Erst gestern hast du mir gesagt, meiner Beschreibung nach könnte Max der schöne Unbekannte sein, der gelegentlich in den Coffeeshop kommt und den du mir immer schon mal zeigen wolltest. ‚Du weißt schon', hast du gestern wörtlich zu mir gesagt, ‚der, dem du an der Türe begegnet bist, als du dir deine schönen neuen High Heels ruiniert hast.' ‚Deshalb ist es unbedingt notwendig', hast du mir dann weiter erklärt, dass ich jeden Tag verlässlich – ohne Ausnahme – ins Café komme, um die Wahrscheinlichkeit zu erhöhen, dass wir uns bei dir erneut treffen. Du warst ganz schön nervig gestern, so nebenbei gesagt. Ich will ihn ja auch unbedingt, unbedingt, unbedingt treffen, aber du bist ja schon wieder im Verkupplungswahn – mit Betonung auf WAHN. So – und nun rück raus mit der Sprache. Was ist los mit dir? Warum durfte ich heute nicht zu dir kommen? Der Wahrscheinlichkeit nach könnte es nämlich ziemlich gut möglich sein, dass Max gerade im Coffeeshop sitzt, während wir beide hier bei mir zu Hause sitzen und nicht, wie jeden Tag um diese Zeit im Coffeeshop. Also spuck's aus, was ist los?"

Lena seufzt. Mit allem hat Sophie Recht. Sie ist viel zu verkupplungssüchtig, aber sie will doch nur den perfekten Mann für ihre beste Freundin, damit ihr perfektes Leben endlich beginnen kann. So ein richtig perfektes Leben, nicht so wie das ihre.

„He, Süße, was ist los?", ist Sophie besorgt, so still und gedankenverloren ist Lena selten.

„Ich musste heute zur dir kommen, weil ich mit dir reden muss, ohne meine Angestellten und ohne die Gäste vom Coffeeshop. Niemand darf es hören."

„Was soll niemand hören?"

„Ich glaube", stammelt Lena und die ersten Tränen rinnen die Wangen herunter, „ich glaube, Peter betrügt mich!"

„Ach Lena, das kann doch nicht sein. Das bildest du dir nur ein. Peter, der tut doch nichts selbstständig, gar nichts, auch nicht dich betrügen. Nein, das kann nicht sein. Außerdem ist er schüchtern, der traut sich doch keine anderen Frauen anzusprechen. Überleg doch mal, wie schüchtern er war, als ihr beide euch kennengelernt habt. Wenn du ihn damals nicht angesprochen und zum Tanzen aufgefordert hättest, wäre das nie was geworden!"

„Jetzt hör mal, gegenüber anderen Frauen ist er vielleicht schüchtern, anderen fremden Frauen. Aber Larissa ist nicht fremd, nicht für ihn."

„Larissa? Welche Larissa?"

„DIE LARISSA!"

„Was Larissa? Ach so, du meinst DIE Larissa aus Jimmys Bar. Jetzt verstehe ich! Oh, oh!"

„Ja genau, oh, oh! Auch wenn er total schüchtern ist, sie ist es bestimmt nicht. Die nimmt sich, was sie haben will! Und er wehrt sich bestimmt nicht, so wie alle – okay fast alle – Männer halt sind. Zur richtigen Zeit am richtigen Ort und du kannst mit ihnen alles anstellen, was du willst. Und genau so einer ist auch Peter!"

„Nein, nie im Leben würde er dich betrügen. Das glaube ich nicht, auch nicht mit Larissa."

„Nein, nicht vorsätzlich, da hast du Recht. Das würde er sicher nicht tun. Aber wenn sie es geschickt genug einfädelt, und gerissen ist sie ja, dann kann er ihr sicher nicht widerstehen!"

„Gibt es denn irgendwelche Anzeichen dafür, dass die beiden ein Verhältnis haben könnten?"

„Ja! Seit sie ihn in Jimmys Bar geküsst hat, kommt er jeden Tag später von der Arbeit nach Hause. Zuerst ist es mir gar nicht so aufgefallen. Er musste ja schon längere Zeit Überstunden machen. Da hat er es oft gar nicht in den Coffeeshop zur Ladenschlusszeit geschafft. Aber wir sind zumindest danach immer gleichzeitig nach Hause gekommen. Seit letzter Woche aber kommt er erst spät abends nach Hause, nie vor 21 Uhr, Hunger hat er dann auch keinen mehr, also muss er auch irgendwo mit irgendwem essen. Bestimmt mit Larissa!"

„Also, ich weiß nicht. Das spricht ja schon gegen ihn, dass er später als gewohnt nach Hause kommt, aber Peter? Dein Peter? Ich kann mir das nur schwer vorstellen!"

„Außerdem ist er total abwesend. Das ist auch nicht normal. Er ist doch eher streitlustig, wir liegen uns öfter in den Haaren, das weißt du doch. In letzter Zeit aber gar nicht, nicht ein Streit, Nada, gar nichts. Er ist total auf Harmonie aus –, wenn das kein absolut sicheres Zeichen ist, dass er fremdgeht!"

Sophie geht in ihre kleine Küche und holt eine Flasche Captain Morgan.

„Komm, auf den Schrecken trinken wir ein Schlückchen!"

„Ich kann doch keinen Rum trinken, ich vertrag doch nichts. Ach was soll's, gib schon her das Zeug!"

„Lena, was willst du unternehmen, beziehungsweise willst du überhaupt was unternehmen?", will Sophie wissen, während sie das zweite Gläschen einschenkt.

Lena kippt es mit einem Schluck runter, stellt es mit Schwung auf den kleinen Wohnzimmertisch und antwortet: „Ich weiß es nicht! Soll ich was unternehmen? Was meinst du?"

„Ich weiß es auch nicht. Es ist schließlich dein schüchterner Peter. Ich verstehe einfach die Welt nicht mehr."

„Was soll ich bloß tun?"

„Komm, einen trinken wir noch."

Nach dem vierten Stamperl Rum steht Lena abrupt auf.

„Ich gehe jetzt nach Hause!"

„Bist du sicher? Wir könnten noch ein paar Gläschen trinken, wenn du willst und du schläfst dann einfach bei mir!"

„Ja, nein, ich weiß nicht. Ich glaube, ich möchte einfach nach Hause. Vielleicht bilde ich mir alles nur ein und es ist eh alles okay. Du kennst mich ja, meine Gefühle gehen manchmal mit mir durch."

„Vielleicht redest du einfach mal mit Peter. Nicht über Larissa, sondern wie momentan eure Gefühle füreinander sind. Das ist wichtig in einer Beziehung, sich in regelmäßigen Abständen darüber klar zu werden, wie es einem selbst in der Partnerschaft geht, wie es dem anderen damit geht und wie die Gefühle füreinander gerade sind. Das habe ich in meinen gescheiterten Beziehungen gelernt. Man entwickelt sich weiter, auch der Partner, darum muss man immer wieder neu beginnen, Gespräche zu führen, sich seiner selbst und dem anderen bewusst zu werden. Nur so kann eine Beziehung auf Ewigkeit Bestand haben. Wahrscheinlich steht ihr gerade an so einem Punkt, wo ihr euch wieder ein Stückchen neu finden müsst. Ihr beide arbeitet sehr viel und lange, da besteht die Gefahr, dass ihr euch irgendwann auseinanderlebt."

„Wahrscheinlich hast du Recht. Nein, ganz sicher so gar. Wir verkriechen uns beide in der Arbeit. Wir haben ja gar nichts mehr voneinander! Wenn ich ehrlich bin, habe ich mich um Peter in der letzten Zeit gar nicht so richtig gekümmert. Ich werde jetzt nach Hause gehen und ihm ein leckeres Essen kochen. Liebe geht bekanntlich durch den Magen und dann –, na ja, wir werden sehen, was der Abend bringen wird."

„Das ist meine Lena: Die Lena, die positiv denkt und nicht aufgibt!"

Sophie umarmt Lena und drückt sie ganz fest an sich.

„Das ist eine wirklich gute Idee!", freut sie sich über Lenas Entschlossenheit, die Beziehung neu anzugehen.

Zu Hause angekommen, bereitet Lena das Essen zu. Es gibt Schweinemedaillons, die Peter so gerne mag, mit Rosmarinkartoffeln, etwas Gemüse und einem leckeren, grünen Salat. Nachdem sie den Salat gewaschen und die Kartoffeln in kochendes Wasser gegeben hat, ruft sie Peter am Handy an. Schließlich soll das Essen genau dann fertig sein, wenn er nach Hause kommt.

„Es tut mir leid, mein Schatz, es wird wohl wieder 21 Uhr werden. Aber wenn ich weiß, dass du kochst, werde ich in der Firma nichts essen. Ich freue mich. Bis später, mein Schatz!"

Es liegt wohl doch nur an meiner blühenden Fantasie!, denkt Lena, während sie das Gemüse putzt. *Ich freue mich, hat er am Telefon gesagt – und ich freue mich erst. Das könnte unser erster kuscheliger, romantischer Abend seit Monaten werden.*

Lenas Herz macht einen kleinen Sprung bei ihren Gedanken an Peter.

20:45 Uhr. In der Küche läuft alles hervorragend, das Fleisch darf noch etwas ziehen. Weil Lena noch ein paar Minuten Zeit übrig hat, räumt sie noch schnell das schmutzige Geschirr in den Geschirrspüler und deckt den Tisch. Eine Flasche Weißwein stellt sie im Kühler auf die Fensterbank, die an den Esstisch angrenzt. In die Mitte des Tisches platziert sie eine rote Kerze.

„Rot", seufzt Lena, „die Farbe der Liebe."

Schnell geht sie noch ins Schlafzimmer, um dort aufs Nacht-
kästchen viele kleine rote Teelichter zu stellen. Für den Fall,
dass der Abend so romantisch wird, wie Lena es sich vorstellt,
braucht sie dann nur mehr das Feuerzeug aus der kleinen
Schublade zu nehmen und die Kerzen anzuzünden. Nackte
Haut bekommt schließlich im Kerzenlicht einen besonderen
Schimmer, was traute Zweisamkeit noch etwas prickelnder
macht als sonst.

Zurück in der Küche ist das Essen Punkt 21 Uhr fertig.

„Auf die Minute genau, das habe ich noch nie geschafft", sagt
Lena zu sich selbst und wartet. Der Spalt unter der Haustüre
hat sich wenige Minuten danach mit Licht erfüllt, irgendjemand
befindet sich im Stiegenhaus.

Das wird jetzt Peter sein, denkt Lena, *fast pünktlich, nur fünf
Minuten zu spät.*

Die paar Minuten wird sie tolerant ignorieren. Es zahlt sich
nicht aus, deswegen zu streiten. Schließlich wollte er pünktlich
kommen und es ist sich halt gerade nicht ausgegangen. Lena
öffnet die Haustüre.

„Guten Tag, Fräulein Lena", hört sie Frau Wildmoser vom
Stiegenhaus heraufrufen. Frau Wildmoser ist schon fast 85 Jahre
alt und wohnt ein Stockwerk unter Lena und Peter.

„Guten Abend, Frau Wildmoser. Geht es Ihnen gut?"

„Danke der Nachfrage, ich spüre halt immer das Wetter,
morgen regnet es bestimmt. Wie geht es Ihnen, Lena?"

„Ach, es läuft ganz gut, immer das Gleiche. Als das Licht an-
gegangen ist, habe ich gedacht, dass Peter nach Hause kommt.
Wissen Sie, er arbeitet momentan sehr viel."

„Tut mir leid, dass ich Sie enttäuscht habe."

„Nein, das haben Sie ganz bestimmt nicht, Frau Wildmoser!
Wissen Sie, ich habe für Peter gekocht. Ich habe einen romantischen Abend geplant."

„Bestimmt kommt er bald nach Hause. Gute Nacht, Lena."

„Gute Nacht, Frau Wildmoser. Machen Sie's gut!"

Die Türe von Frau Wildmoser schließt sich hinter ihr und es wird wieder dunkel und still im Treppenhaus. Kein Zeichen von Peter.

Lena geht zurück in ihre Wohnung. Sie geht ins Bad, um ihr Make-up noch einmal aufzufrischen. Bestimmt ist er in zwei oder drei Minuten zu Hause. Gerade so viel Zeit, um sich hübsch zu machen. Sie zieht den Kajal nach, Dunkelbraun ist ihre Lieblingsfarbe. Etwas Wimperntusche – schwarz natürlich –, Lipgloss in zartem Rosa, dezent glänzend, und der perfekte natürliche Look ist fertig. Einmal mit der Haarbürste noch durch die langen Haare. – Alles perfekt.

Lena sieht auf die Uhr. Es ist mittlerweile 21:20 Uhr und Peter ist immer noch nicht da. Traurig geht sie in die Küche. Die Schweinemedaillons sind inzwischen durch statt medium, die Kartoffeln sind zerfallen, das Gemüse zu weich.

„So viel zum perfekten Dinner", sagt sie zu sich selbst und schenkt sich ein Glas Wein ein.

„Warum lässt du mich hier warten?", sagt sie zu ihrem Glas Rotwein, als ob es Peter wäre.

„Warum? Warum? Warum lässt du mich warten? Du weißt doch, dass ich gekocht habe. Du weißt, dass ich dich heute verwöhnen wollte – erst deinen Magen, deine Augen – so schön habe ich mich schon lange nicht mehr für dich gemacht. Und dann wollte ich noch ein paar andere Körperteile von dir verwöhnen. Tja, mein Lieber, wenn du nicht nach Hause kommst, wird das heute wohl nichts mehr."

Zum zweiten Glas Rotwein sagt sie: „Ich habe solche Sehnsucht nach dir. Warum weißt du das nicht? Ich will dich fühlen, meine Finger durch deine Haare gleiten lassen, deine Wangen in meine Hände nehmen und dich küssen. Dich unendlich lange, stundenlang, einfach nur küssen, so wie es am Anfang war, als wir uns kennengelernt haben. Ich will dich riechen, an dir schnuppern, die Augen dabei schließen und alles um mich herum vergessen! Warum willst du das nicht auch? Warum bist du nicht bei mir?"

Zum dritten Glas Rotwein um ca. 22:20 Uhr sagt sie: „Ich habe es satt, auf dich zu warten!"

Sie zieht ihre Schuhe an, schnappt ihre Jacke und macht sich auf den Weg zu Peters Firma.

Fest entschlossen, Larissa von Peter herunterzuziehen, falls es nötig sein sollte, reißt sie mit Schwung die Eingangstüre zu dem Bürokomplex auf, in dem sich auch Peters Firma befindet.

„Scheiß Lift", flucht sie, weil der nicht sofort da ist, als sie aufs Knöpfchen drückt.

„Dann gehe ich eben zu Fuß!"

Drei Stockwerke geht sie hoch, dann links zu den Büroräumen von Peters Firma. Ganz hinten, das vorletzte Büro auf der linken Seite ist das von Peter. Schwer schnaufend steht sie vor der Tür, einerseits, weil ihr das Stiegensteigen etwas Luft genommen hat, andererseits, weil sie total wütend ist.

Sie versucht, tief einzuatmen und stürmt durch die Tür ...

Niemand ist da. Kein Peter. Keine Larissa, die auf ihm sitzt und ihn wild wie ein Cowgirl anfeuert.

Lena lässt sich auf Peters Schreibtischsessel fallen.

Lena, Lena, meldet sich ihr Gewissen, *du bist tief gesunken. Sieh dich an, du sitzt in Peters Büro, angetrunken und in dem Glauben, Larissa würde über Peter an seinem Schreibtisch herfallen.*

Doch dann, hört Lena plötzlich Stimmen – und Frauengelächter.

Also doch! Wild wie eine Furie rennt sie hinaus in den Gang und stürmt wie eine Amazone in das Nebenzimmer, sodass die Türe mit einem lauten Knall gegen die Wand schnellt.

„Ach, du Schreck!", das ist alles, was Lena herausbringt und sie erstarrt.

Eine Minute herrscht betroffenes Schweigen, bis Peter langsam aufsteht und zu Lena geht. „Es tut mir so leid, ich weiß, ich habe mein Versprechen gebrochen, aber was zum Teufel machst du hier?"

„Das Essen ist verschmort", sagt Lena geistesabwesend.

Alle Menschen im Raum schweigen.

Peters Chef tut so, als wäre nichts geschehen, als hätte Lena nicht gerade die Besprechung gestürmt:

„Frau Berger, wollen Sie uns nicht Gesellschaft leisten, ich wollte gerade die Sitzung beenden und meine Mitarbeiter ans Buffet einladen. Bleiben Sie doch und essen Sie mit uns!", gibt er sich tolerant und verständnisvoll.

Lena stammelt nur: „Es tut mir leid. Es tut mir so leid."

Sie ist immer noch geistesabwesend, aber es meldet sich das dringende Bedürfnis, von diesem Ort für immer und so schnell wie möglich zu verschwinden und so tut sie das auch.

Draußen vor dem Bürogebäude fängt es in Strömen zu regnen an.

„Siehst du, jetzt verstehst du mich!", sagt Lena und blickt Richtung Himmel, „genau so sieht es in mir drinnen aus, da regnet es auch in Strömen!"

Langsam schlendert sie, total niedergeschlagen, Richtung nach Hause.

Sie kommt später als Peter nach Hause, lange hat sie auf einer Parkbank im Regen gesessen, um über ihr Leben nachzudenken. Wie konnte es in nur einem Tag so aus dem Ruder laufen? So schlecht war es doch gar nicht, aber jetzt ist es eine einzige Katastrophe.

Als Lena verschwunden war, versuchte Peter Schadensbegrenzung zu machen und sich für seine Frau bei seinem Chef zu entschuldigen.

Sein Chef aber sagte nur: „Wissen Sie, ich habe immer geglaubt, dass meine Ehe in Ordnung wäre, nicht perfekt, aber doch im Großen und Ganzen in Ordnung. Bis ich eines Abends nach Hause kam und meine Frau mit dem Scheidungsanwalt und horrenden Geldforderungen vor mir stand. Sie ließ mir keine Wahl. Sie nahm das Geld und war weg. Ich wünschte mir, sie hätte mich zu diesem Zeitpunkt noch so geliebt, dass sie eine meiner Besprechungen gesprengt hätte. Also gehen Sie schon nach Hause!"

Kapitel 15

Alles wird gut werden, mein Lieber

„Claudia? Was machst du denn hier?"
Claudia steht hinter der Theke in der Fitnessoase und presst frischen Orangensaft für die Gäste.
„Ich bin schnell eingesprungen für Eddie. Er musste ein paar Besorgungen machen. Ich war zufällig hier und hatte gerade etwas Zeit. Hast du Durst? Darf ich dir einen Drink mixen?"
Was ist denn jetzt schon wieder passiert?, denkt Max, *habe ich etwas versäumt? Habe ich ein paar Jahre übersprungen?*
Claudia steht hinter Eddies Theke, als würde sie das von je her jeden Tag machen.
„Hände hoch oder ich schieße!", schreit jemand hinter Max.
„Aahh!", schreit Max, zu sehr war er in Gedanken versunken und auf eine solche Attacke nicht gefasst. Schweigend sieht er den kleinen Buben an, der mit einer Spielzeugpistole auf ihn zielt. Er dürfte ungefähr sechs Jahre alt sein.
Claudia, Eddie, Hochzeit, Kind? Was ist bloß los? Gehöre ich ins Irrenhaus? Ich kann doch nicht einfach sechs Jahre meines Lebens vergessen haben? Die Welt steht Kopf. Eddie mit Frau und Kind? Ich gönne es ihm ja, aber wieso funktioniert bei mir nichts mehr?!
Claudia bemerkt Max' Verwirrung und klärt ihn auf:
„Das ist mein kleiner Neffe Harald. Ich habe ihm von der Fitnessoase erzählt, da wollte er unbedingt mitkommen und die Hanteln aus dem Kraftraum ansehen und ausprobieren. Schließlich möchte er mal ein großer starker Mann werden, nicht wahr, Harald?"
„Los, spiel mit mir Cowboy und Indianer!"
„Tut mir leid, kleiner Mann, ich habe keine Zeit. Ich muss eine Einzelstunde für eine besondere Kundin geben. Ich habe gerade noch Zeit, mich umzuziehen. Wenn ich fertig bin, kannst du mich an den Marterpfahl stellen, wenn du mich erwischst, einverstanden?"

„Yippie, endlich jemand zum Spielen!"

„Freu dich nicht zu früh, Harald, du weißt, dass ich dich wieder nach Hause bringen muss, bevor es dunkel wird. Aber vielleicht spielst du mit Max ein anderes Mal, okay?"

Max geht in die Umkleidekabine. Als er sich umgezogen hat und sich auf den Weg in seinen Fitnessraum macht, kommt ihm auch schon Frau von Wernher entgegen.

„Guten Tag, Max", begrüßt sie ihn mit einem Küsschen auf die rechte und einem Küsschen auf die linke Wange. Erst dann fällt ihr auf, dass er irgendwie anders ist. „Was ist denn heute mit Ihnen los? Sonst sind Sie doch immer so fröhlich!"

„Alles in Ordnung, Frau von Wernher, ich bin nur etwas müde. Aber die Müdigkeit verschwindet gleich in unserer Fitnessstunde! Das verspreche ich Ihnen!"

„Dafür werde ich sorgen!", antwortet Frau von Wernher und kneift Max genüsslich in den Po.

„Frau von Wernher, ich schätze Sie sehr, aber unterlassen Sie das!"

„Aber, aber Max, wer wird denn so kleinlich und schüchtern sein?", erwidert sie und kneift ihn nochmals, diesmal etwas fester in die andere Pobacke.

„Jetzt hören Sie mal, Frau von Wernher, so geht das nicht! Ich habe Sie höflich darum gebeten, das zu lassen. Ich will das nicht mehr. Nie mehr! Haben Sie das verstanden?!"

Max lässt Frau von Wernher einfach stehen und geht zurück in den Umkleideraum für Männer.

„Die weiß einfach nicht, wann es genug ist!", ist er richtig sauer.

Frau von Wernher steht verdutzt im Eingangsbereich, wo Max sie stehen ließ. Das kann doch wohl nicht sein. Noch nie hat jemand sie, die Millionärswitwe, einfach so stehen gelassen.

Erbost geht Frau von Wernher zu Claudia an die Theke.

„Sie Fräulein, wo ist denn der Chef. Ich muss mich beschweren!"

„Es tut mir leid, Frau von Wernher, Eddie ist gerade nicht da."

„Ich muss mich aber beschweren! Wann kommt ihr Chef denn wieder?"

„Ich weiß es nicht so genau, es kann aber nicht mehr lange dauern. Er wollte nur ein paar Besorgungen machen. Wollen Sie auf ihn warten?"

„Natürlich warte ich. So etwas ist mir im Leben noch nicht passiert!"

„Bitte setzen Sie sich doch, Frau von Wernher", ist Claudia bemüht freundlich, um sie nicht noch mehr aufzuregen, „darf ich Ihnen einstweilen einen gesunden Vitamincocktail anbieten? Natürlich auf Kosten des Hauses!"

„Wenn es sein muss."

Als Claudia den Vitamindrink auf den Tresen zu Frau von Wernher stellt, kommt Eddie von seinen Einkäufen zurück.

„Ach, da sind Sie ja, mein Lieber. Es tut mir furchtbar leid, aber ich muss mich heute bei Ihnen über ihren Mitarbeiter beschweren."

Eddie sieht Claudia verständnislos an, die hinter Frau von Wernhers Rücken mit der Hand winkt, damit er weiß, dass in Wirklichkeit kein Drama stattgefunden hat. Dennoch und zur Beruhigung von Frau von Wernher bittet er sie in sein Büro, um die Sache zu klären.

Nach über einer Stunde erst verlassen die beiden Eddies Büro. Sie umarmt ihn zur Verabschiedung, geht dann Richtung Theke, wo inzwischen Max sitzt und sagt zu ihm:

„Alles wird gut werden, mein Lieber" und umarmt auch ihn, diesmal, ohne ihn in den Po zu kneifen. Sie verabschiedet sich und steigt in ihre Limousine, die draußen vor dem Fitnessstudio auf sie wartet.

„Was ist denn mit der los? Ich dachte, sie wollte sich bei dir beschweren", sieht Max Eddie fragend an.

„Ja, das hat sie auch, aber ich habe ihr von dir und deiner Begegnung im Theater erzählt."

„Du hast was? Sag mal, hast du noch alle Tassen im Schrank?!"

„Beruhige dich, Max, sie hat uns geholfen, na ja, eigentlich hat sie dir geholfen. Sag mal, mussten Claudia und ihr Neffe schon gehen?"

„Ja, sie musste den Kleinen wieder nach Hause bringen. Aber was heißt das, sie hat mir geholfen? Wie meinst du das?"

„Ich habe ihr die komplette Geschichte erzählt, da war sie total gerührt. Im Grunde hat sie dich ja wirklich gern. Deswegen war sie auch so empfindlich heute, als du etwas ernster zu ihr warst."

Max macht ein Gesicht, als verstünde er nur Bahnhof.

„Na jedenfalls hat sie Verständnis für dich und deine Situation. Ich habe ihr dann den Mantel gezeigt, den du ja gestern in meinem Büro vergessen hast. Da hat sie sofort zum Telefonieren angefangen. Sie hat ihren persönlichen Einkäufer und Stilberater angerufen, der es geschafft hat, innerhalb von einer halben Stunde herauszubekommen, wo und wann der Mantel gekauft wurde."

Eddie grinst stolz übers ganze Gesicht.

„Das ist nicht dein Ernst!"

„Doch, das ist mein Ernst. Ich habe hier auf diesem Zettel den Namen des Ladens und die Adresse. Komm, zieh dich an, wir fahren hin."

Schnell ist Max in der Umkleide verschwunden, um sein Sportoutfit gegen seine Jeans und ein T-Shirt zu tauschen.

„Lena, endlich erreiche ich dich am Handy. Ich habe schon so oft im Coffeeshop angerufen, aber Maria sagte, du bist krank und kommst heute nicht. Was ist los mit dir? Hast du Fieber?"

Keine Antwort, nur Schweigen.

„Lena?"

Immer noch Schweigen, doch dann erst ein leises, dann ein immer lauter werdendes Schluchzen.

„Sag mal, Lena, weinst du? Was ist denn passiert?"

Lena schafft es nicht, Sophie eine Antwort zu geben. Mehrmals setzt sie zu einem Wort an, doch es gelingt ihr nicht.

„Bleib, wo du bist. Ich komme sofort. Ich bin in ein paar Minuten bei dir!"

Eine Viertelstunde später klingelt es an Lenas Haustür. Lena hat es immer noch nicht geschafft, mit dem Weinen aufzuhören, so nimmt Sophie sie einfach ganz lange in den Arm. Das hilft immer.

Als sich Lena etwas beruhigt hat, gehen die beiden in die Küche.

„Setz dich erst mal an den Tisch, Lena, ich mache uns eine Tasse Tee, einverstanden?"

Lena nickt. Sophie kocht Wasser, holt zwei große Häferl aus dem Schrank über der Spüle und nimmt einen Beutel Earl Grey, den sie selbst am liebsten mag und für Lena einen Beutel Früchtetee. Lena trinkt zwar auch gerne schwarzen Tee, darauf bekommt sie aber immer schrecklichen Durst.

„Danke, dass du hier bist!"

Lena hat sich wieder etwas gefasst, das Weinen hat nachgelassen. Es tut gut, Sophies Anwesenheit zu spüren. Als Lena noch klein war, hatte sie sich oft bei ihrer Mutter beschwert, dass sie keine Schwester bekommen hatte, nur einen älteren Bruder. Aber mittlerweile ist Lena froh, denn Sophie ist die Schwester, die sie nie hatte und sie weiß, dass Sophie, die mit drei Brüdern aufgewachsen ist, das genauso empfindet.

„Das ist doch selbstverständlich!"

Eine Weile sitzen sie schweigend nebeneinander und schlürfen ihren Tee. Wie so oft braucht es zwischen den beiden nicht viele Worte, um sich besser zu fühlen.

„Sag mal", fällt es Lena dann ein, „was hast du eigentlich deinem Chef gesagt, dass du so überstürzt frei bekommen hast?"

„Ach, das war eigentlich gar nicht so schwierig. Momentan kann ich fast alles vom ihm haben, schließlich habe ich den Deal mit Willis Würstchen perfekt gemacht. Und ich glaube, er hat auch ein schlechtes Gewissen, weil er mir im Theater an den Hintern gegrapscht hat. Ich habe einfach gesagt, ich müsste dringend etwas erledigen – da hat er mich gehen lassen. Er hat sogar gefragt, ob ich mir morgen auch noch freinehmen möchte. Ich glaube, es ist ihm egal, er ist schon mitten in den Vorbereitungen für seine Seminarreise, die er morgen antritt."

„Okay. Gut für mich!"

„Möchtest du mir jetzt erzählen, was passiert ist?"
Lena laufen erneut die Tränen die Wangen herunter.
„So schlimm?"
Lena nickt.

Sophie nimmt Lena noch mal in den Arm, sodass sie sich ihren Gefühlen hingeben kann. Wenn man traurig ist, muss es schließlich auch heraus.

Eine Packung Taschentücher und viele Minuten später ringt Lena um Fassung und diesmal scheint es zu gelingen.

„Ich habe etwas wirklich Schreckliches gemacht", bricht es aus ihr heraus.

Sophie drückt Lenas Hand. Sie soll wissen, egal, was sie getan hat, ihre Zuneigung zueinander wird sich nicht verändern. Lena lässt ihren Kopf auf Sophies Schulter fallen und beginnt noch mal von vorne.

„Ich habe wirklich etwas total Schreckliches gemacht. Du weißt, als ich gestern Abend bei dir war, haben wir über Peter und Larissa gesprochen. Danach bin ich nach Hause gegangen und habe gekocht. Ich wollte das perfekte Abendessen für Peter kochen. Ich habe ihn sogar am Handy angerufen, um herauszufinden, wann er nach Hause kommt. Damit das Essen schon auf dem Tisch steht, sobald er die Haustüre aufschließt. Er sagte, er würde um 21 Uhr nach Hause kommen. Punkt 21 Uhr war das Essen fertig. Das habe ich vorher noch nie geschafft. Du weißt ja, ich bin nicht die perfekte Hausfrau und doch habe ich es geschafft, einmal in meinem Leben ein Menü zusammenzustellen und auf die Uhrzeit genau zu kochen. Es war sein Leibgericht: Schweinemedaillons mit Rosmarinkartoffeln, Gemüse und grünem Salat. Ich habe sogar geschafft, das schmutzige Geschirr wegzuräumen und die Küche sauber zu machen. Auch für Dekoration habe ich gesorgt. Eine rote Kerze hier auf dem Küchentisch, viele kleine rote Teelichter im Schlafzimmer."

Beim Wort Schlafzimmer bricht Lena erneut in Tränen aus.

„Und dann ist er zu spät gekommen?", fragt Sophie vorsichtig.

„Zuerst dachte ich, er würde sich nur um ein paar Minuten verspäten. Ganz ehrlich, das hätte ich ihm sogar nachgesehen.

Ich bin noch schnell ins Bad gelaufen, um mich extra hübsch für ihn zu machen, dann habe ich gewartet und gewartet und gewartet."

Wieder fängt Lena zu weinen an.

„Und dann …", bemüht sie sich wenige Minuten später wieder um Worte, „und dann habe ich die Flasche Wein aufgemacht, die ich in den Kühler aufs Fensterbrett gestellt hatte. Das Essen war eh schon zerkocht, da dachte ich, ich würde ein Schlückchen vertragen."

Sie zögert etwas, als sie weitererzählen möchte: „Leider ist es nicht bei einem Schluck geblieben. Irgendwie war das Glas auf einmal leer, da war Peter aber immer noch nicht da. Da habe ich mir noch ein Glas eingeschenkt, aber das war auch gleich wieder leer. Und auf einmal war alles so trostlos. Ich musste daran denken, wie es war, als wir uns gerade erst kennengelernt hatten, wie sehr Peter mich umschwärmt hat. Weißt du noch das eine Mal, als er eines Freitagnachmittags in den Coffeeshop kam, sich auf einen Sessel stellte und allen Gästen erklärte, wie sehr er mich liebte. Und wie er sie davon überzeugte, dass es absolut notwendig wäre, mich sofort auf der Stelle in ein romantisches Wochenende zu entführen, damit er mir beweisen könne, dass ich die EINE Frau für sein Leben wäre. Dazu müsste er aber leider das Café für diesen Tag schließen. Nur mit Mühe konnte ich die Tränen zurückhalten, so glücklich war ich damals. Damals sah ich in den Augen der Gäste, wie gerührt sie waren.

Peter übernahm für alle die Rechnung und die Gäste verließen innerhalb kürzester Zeit den Coffeeshop. Das war der schönste Moment in meinem ganzen Leben, abgesehen von meiner Hochzeit!"

„Und jetzt", holt Lena tief Luft, „jetzt habe ich alles kaputtgemacht!"

Sophie nimmt Lena in den Arm, die schon wieder schrecklich weint und schluchzt.

„Ach, komm schon, so schlimm wird's schon nicht gewesen sein!"

„Hast du eine Ahnung!", schluchzt sie und erzählt weiter: „Nach dem dritten Glas Rotwein war ich richtig wütend auf ihn, dass er mich hier alleine sitzen lässt, dass er sich nicht um mich kümmert, dass er immer noch nicht kapiert hat, was Ehe eigentlich bedeutet. Dass man sich umeinander kümmert, gemeinsam Entscheidungen trifft und überlegt, was man dem anderen Gutes tun kann. Gutes für die Seele, für das Herz. Verstehst du – miteinander und füreinander. Bei Peter habe ich oft das Gefühl, dass er des Öfteren aus Prinzip gegen meine Ansichten ist, was mich jedes Mal zur Verzweiflung bringt!"

„Du weißt ja, ich hatte auch noch nie eine solche Beziehung, in der beide gemeinsam etwas für die Partnerschaft tun. Und Männer brauchen für solche Erkenntnisse sowieso dreimal länger als wir Frauen. Das darfst du ihm nicht übel nehmen. Er wird schon noch kapieren, dass er dich braucht und was er tun muss, dass er dich nicht verliert. Gib ihm noch etwas Zeit!"

„Ja, wenn ER mir überhaupt noch Zeit gibt!"

„Was meinst du damit? Wenn er dir noch Zeit gibt?"

„Na ja, in meiner Wut bin ich gestern zu ihm in die Firma gegangen. Ich habe wirklich gedacht, dass Larissa bei ihm ist ..."

Sophie wird etwas blass um die Nasenspitze, *Lena wird doch wohl nicht ...*

„Lena?"

„Ich bin hinauf gerannt in sein Büro. Ja, schau nicht so, ich bin wirklich gerannt, der scheiß Lift ist nicht gekommen, also bin ich gelaufen. Atemlos stand ich vor seiner Bürotür und habe, ohne zu überlegen, aufgemacht."

„Und wer war drin?"

„Niemand."

„Niemand?"

„Niemand. Das Büro war leer."

„Und dann bist du doch sicher wieder nach Hause gegangen", wagt sich Sophie vorsichtig vor.

„Nein, ich habe mich auf Peters Schreibtischsessel gesetzt und gedacht, wie blöd ich eigentlich bin!"

„Gut – und dann bist du nach Hause gegangen?"

„Nein."

„Okay ... und du bist nicht nach Hause gegangen, weil?"

„Weil", Lena holt tief Luft, „weil ich im Nebenzimmer eine Frauenstimme und eine Männerstimme gehört habe."

Sophie ist sprachlos und sieht Lena erwartungsvoll an.

„Ich bin aufgesprungen und rüber gerannt, habe die Türe aufgestoßen, sodass sie mit einem lauten Knall gegen die Wand flog, schließlich dachte ich, Larissa würde das Lasso schwingen. Und dann kam alles ganz anders. Ich wünschte mir, ich hätte sterben können oder in einem großen, schwarzen Loch verschwinden. Das wünsche ich mir übrigens immer noch. Peter hat mich nicht betrogen. Er hat tatsächlich Überstunden gemacht. Es stand noch eine Besprechung an und alle Mitarbeiter aus Peters Abteilung inklusive seinem Chef nahmen daran teil. Dumm wie eine Pute bin ich dagestanden und sagte auch noch, das Essen ist verschmort'."

„Was ist dann passiert?"

„Peters Chef hat so getan, als wäre nichts geschehen und hat mich sogar zum Buffet eingeladen."

„Du bist doch nicht dortgeblieben?"

„Nein, bist du wahnsinnig! Ich konnte nicht, ich habe mich so sehr geschämt, ich habe mich entschuldigt und bin wieder gegangen. Ich hätte es nicht ertragen, dass mich alle ansehen, als wenn ich der Klapsmühle entflohen wäre!"

„Das verstehe ich!"

Eine Weile sitzen die beiden Freundinnen schweigend nebeneinander.

„Wie geht es jetzt weiter mit Peter und dir?", fragt Sophie, als sie aufsteht und den Wasserkocher noch mal einschaltet, um zwei weitere Tassen Tee zuzubereiten.

„Ich weiß es nicht. Wir haben seitdem nicht miteinander gesprochen. Nachdem ich seine Firma verlassen hatte, bin ich lange auf einer Parkbank gesessen und habe darüber nachgedacht, wie es so weit kommen konnte. Danach bin ich nach Hause gegangen, da lag er schon im Bett und hat geschlafen."

„Und heute in der Früh beim Frühstück habt ihr nicht miteinander geredet?"

„Er war schon weg, als ich aufgestanden bin. Ich bin mir sicher, dass er nicht zu Hause gefrühstückt hat, weil kein schmutziges Geschirr herumgestanden hat. Du weißt ja, dass er selbst nichts wegräumt. Was soll ich bloß tun, Sophie? Ich weiß ja selbst, dass wir unsere Ehe haben schleifen lassen. Sehr lange schon haben wir jeder für sich gelebt und nur gearbeitet, da wundert es nicht, dass es nicht mehr so ist wie am Anfang. Schließlich muss man IMMER was für die Beziehung tun, auch nach vielen Jahren oder gerade nach langer Zeit darf man nicht darauf vergessen und alles als selbstverständlich hinnehmen. Eigentlich muss ich Larissa ja dankbar sein, weil sie mir die Augen geöffnet hat. Ich denke, dass es noch nicht zu spät ist, um wieder alles auf die Reihe zu kriegen. Ich glaube wirklich, dass wir wieder so glücklich sein können wie am Beginn unserer Ehe. Ich möchte alles versuchen, damit es wieder funktioniert. Ich weiß, wir schaffen das!"

„Egal, was du vorhast, ich helfe dir dabei!", freut sich Sophie, dass Lena wieder positiv denkt, schließlich soll ihre Freundin wieder glücklich werden!

„Also packen wir's an! Wie wär's, wenn du dich bei ihm entschuldigst für den Überfall in seiner Firma?"

„Ja, auf jeden Fall. Ich glaube, er möchte das auch, darum wird er mich heute früh nicht geweckt haben – weil er sicher will, dass der erste Schritt zur Versöhnung von mir kommt. Womit er ja auch Recht hat. Ich habe ihn vor seinem Chef und seinen Arbeitskollegen total blamiert!"

Während sie die zweite Tasse Tee schlürfen, hat Lena eine Idee:
„Heute Abend ist Peters Pokerrunde!"

„Ja, und?", Sophie versteht nicht so ganz, worauf Lena hinauswill.

„Peters Pokerrunde. Du weißt schon, einmal in der Woche wird bei Robert Poker gespielt. Robert ist zwar ein recht netter, aber etwas seltsamer Typ aus Peters Firma. Er ist 42 Jahre alt und wohnt immer noch bei seiner Mutter. Manchmal hat er so einen düsteren Blick."

„Ach der, den hast du mir doch schon mal im Coffeeshop vorgestellt, oder? Der mit den straßenköterblonden Haaren und der dicken Brille?"

„Ja, genau, der. Und die anderen Pokerkumpanen sind auch Arbeitskollegen von Peter. Das wäre die perfekte Gelegenheit. Okay, eine große Überwindung wird es auch, aber die perfekte Gelegenheit vor den Menschen, die Peter wichtig sind und vor denen ich ihn auch blamiert habe, mich zu entschuldigen und ihm dadurch wieder ein Stückchen Würde zurückzugeben."

Bei den letzten Worten wird Lena immer leiser und dann ganz still. Sie fühlt sich, als wäre sie erst zehn Jahre alt und hätte der Nachbarin die Kirschen vom Baum geklaut.

„Ich fühle mich so elend. Ich muss das heute Abend durchziehen. Ich werde dahin gehen und mich vor all den Leuten entschuldigen. Nur so wird er wieder mit mir reden."

„Wir!", verbessert Sophie Lena.

„Wir?"

„Ja, wir! Wir gehen da zusammen hin. Glaubst du etwa, dass du das alleine durchstehen musst?"

Lena umarmt ihre Freundin: „Du bist die Beste! Was würde ich nur ohne dich machen?"

„Also, erst gehen wir zu Robert, damit du dich bei Peter entschuldigen kannst und dann lade ich dich für deinen Mut auf einen Cocktail ein. Peter lassen wir danach noch weiter pokern, oder?"

„Na klar, den Pokerabend will ich ihm ja gar nicht streitig machen!"

„Musst du heute noch mal zurück in die Arbeit?", will Lena von Sophie wissen.

„Nein, ich bleibe heute bei dir, ich habe mir den ganzen Tag freigenommen."

„Danke, das ist wirklich gut. Ich hätte heute auch nicht den Nerv, in den Coffeeshop zu gehen."

Kapitel 16

Die vermeintlichen Pokerrunden

„Hey, nun lass doch den Kopf nicht hängen. Immerhin haben wir Fortschritte gemacht. Und gar nicht schlechte, wie ich finde!"
„Ihren Namen hat er uns aber nicht sagen können. Ich glaube, wir kommen so nicht weiter!", ist Max deprimiert, als sie die Boutique wieder verlassen.
„Doch, natürlich kommen wir jetzt wieder ein Stückchen weiter, Max. Immerhin glaubt der Besitzer der Boutique, dass deine schöne Unbekannte in einer Werbeagentur arbeitet und du weißt doch, dass es hier in der Stadt nur drei Werbeagenturen gibt."
„Und du meinst, wenn ich die jetzt alle abklappere und frage: ‚Entschuldigung, arbeitet hier meine schöne Unbekannte?', werde ich sie wiederfinden?"
„Ja klar, warum denn nicht? Du willst sie finden und das ist der einzige Weg. Sag bloß, du bekommst auf einmal Schamgefühle –, so kenne ich dich doch gar nicht."
„Nun schau mich nicht so an. Wenn du fremde Frauen in Jimmys Bar anbaggerst, genierst du dich ja auch nicht wegen deiner lächerlichen Anmachsprüche."
„He, nun übertreib mal nicht!"
„Ach so, du meinst, wenn du zu einer fremden Frau solche Dinge sagst wie: ‚Wie fühlt man sich, wenn man die schönste Frau im Raum ist?' oder ‚Du musst der wahre Grund für die globale Erderwärmung sein!' oder ‚Ich habe mich verlaufen, darf ich mit zu dir?' Ist das nicht peinlich?"
„Okay, du hast ja Recht. Vielleicht ist das manchmal etwas wagemutig von mir, aber diesmal ist es anders. Es ist so … Ich weiß es nicht, ich kann's gar nicht beschreiben. Es ist halt einfach anders als sonst."
„Du bist verliebt. So richtig verliebt. Das ist anders!"

„Okay, überredet, ich werde die drei Werbeagenturen abklappern", gibt Max nach, damit Eddie zufrieden ist. Fehlte gerade noch, dass er auch noch hier mitten am Gehsteig vor der Boutique zugeben muss, wie sehr er wirklich verliebt ist. Es ist eine Sache, sich selbst einzugestehen, welche starken Gefühle man für eine andere Person empfindet, aber es ist unmöglich, das in der Öffentlichkeit kundzutun.

„Wir!"

„Wir?"

„Ja sicher, wir! Glaubst du etwa, dass du das alleine machen musst; natürlich gehe ich mit. Nur, wenn wir sie gefunden haben, musst du den Rest schon alleine machen. Da werde ich mich zurückziehen."

Max ist richtig stolz auf die Freundschaft mit Eddie, die schon seit der Schulzeit andauert. In den mittlerweile schon fast 18 Jahren, in denen sie sich kennen, konnte er sich immer auf ihn verlassen.

Zwei Stunden später sitzen die beiden Freunde deprimiert in Lenas Coffeeshop.

„Hallo, Jungs, was darf ich euch bringen?", will Maria wissen.

„Oh hallo, ein neues Gesicht. Ist hier sonst nicht immer eine Braunhaarige?"

„Ja, das ist Lena, die Besitzerin. Leider ist sie heute krank. Ihr Jungs seht so aus, als könntet ihr heute einen Iced-Irish-Coffee vertragen."

„Okay, zwei Mal bitte", sagt Max desinteressiert.

Die Suche nach seiner Traumfrau hat seine Laune auf den Tiefpunkt gebracht. In den ersten beiden Agenturen hatten sie keinen Erfolg. Die Mitarbeiter in der ersten Agentur waren sehr freundlich, er durfte durch alle Büros gehen und sich mit den Mitarbeitern unterhalten. Leider war die Richtige nicht dabei.

In der zweiten Agentur war es etwas schwieriger. Die Empfangsdame dort hatte kein Verständnis für Liebesangelegenheiten und wollte die beiden Freunde abwimmeln. Max wollte schon fast aufgeben, was eigentlich nicht seine Art ist, aber das Gefühlschaos scheint ihn schlimmer zu beherrschen, als er es für möglich gehalten hätte. Eddie hingegen wurde richtig energisch, als er den Chef zu sprechen verlangte. Zu ihrem Glück war der Chef eine Frau und nahm die beiden mit in ihr Büro. Angetan von der romantisch-traurigen Liebesgeschichte gewährte sie schließlich den beiden Zutritt zu allen Büros und all ihren Mitarbeitern. Deprimiert mussten die Freunde feststellen, dass alle Mühe umsonst war, denn auch hier konnten sie die schöne Frau nicht finden.

Um zur dritten Werbeagentur zu gelangen, mussten sie über den Schubertplatz gehen und entschieden spontan, eine Kaffeepause in Lenas Coffeeshop einzulegen.

„Wie heißt die letzte Werbeagentur noch mal?", will Max von Eddie wissen.

„Das ist die Werbeagentur von Oskar Schmitt."

„Was, wenn sich der Typ in der Boutique geirrt hat und sie arbeitet gar nicht in einer Werbeagentur? Dann war alles umsonst!"

„Nichts ist umsonst, erstens war er sich zu hundert Prozent sicher, und zweitens, wenn wir sie wirklich nicht finden, wissen wir zumindest, wo wir nicht mehr suchen müssen!"

„Haha, du bist ja heute besonders witzig!"

„Entschuldigung, so war's ja nicht gemeint. Aber ich bin fest davon überzeugt, dass der Typ aus dem Laden Recht hat!"

Maria bringt die zwei Iced-Irish-Coffees und die beiden schlürfen in Gedanken versunken den Kaffee.

„Okay", sagt Max, nachdem sie ausgetrunken und bezahlt haben, „dann lass uns mal den letzten Versuch wagen."

„Jawohl, auf geht's."

Die Empfangsdame in Oskar Schmitts Werbefirma ist sehr nett und auch sehr hilfreich, denn anhand Max' Beschreibung kommt ihrer Meinung nach nur Sophie infrage.

„Wo ist ihr Büro? Können wir zu ihr gehen? Bitte, ich muss unbedingt mit ihr sprechen!" Max ist fast atemlos vor Aufregung.

„Es tut mir wahnsinnig leid, meine Herren, aber Fräulein Lehmann hat sich heute freigenommen. Sie war in der Früh nur kurz da und musste dann schnell weg, wohl ein familiärer Notfall."

Sprachlos stehen die beiden Freunde am Empfang vor Frau Gabriele. Es kann nicht sein, dass sie eigentlich schon am Ziel und doch gescheitert sind.

„Würden Sie uns bitte die Adresse dieser Sophie Lehmann geben?"

„Es tut mir furchtbar leid, private Anschriften sind vertrauliche Dokumente und dürfen nicht weitergegeben werden. Datenschutz!"

Frau Gabriele blickt in zwei enttäuschte, ratlose Gesichter. Sie beugt sich etwas nach vorne über den Tresen, schielt vorsichtig nach links und rechts über ihre rote Brille, hält kurz Ausschau nach dem Chef und flüstert dann, als dieser nicht zu sehen ist: „Wenn ich Ihnen einen Tipp geben darf, kommen Sie doch morgen noch einmal vorbei. Soweit ich weiß, hat Fräulein Lehmann nur den heutigen Tag freigenommen, aber das wissen Sie nicht von mir!"

Überschwänglich nimmt Max beide Hände von Frau Gabriele, drückt sie und blickt ihr tief in die Augen: „Tausend Dank, meine Liebe!"

„Bitte, Sie müssen mir unbedingt einen Termin geben!", fleht Paul die Empfangsdame von Charles York erneut an.

„Paul, Sie wissen, ich mag Sie wirklich sehr, aber Sie dürfen mich nicht jeden Tag bedrängen. Ich habe strikte Anweisung, in den nächsten beiden Wochen keine Termine mehr zu vergeben. Der Terminkalender ist voll."

„Es ist wirklich wichtig. Ich kann nicht zwei Wochen warten. Verstehen Sie doch, es ist akut. Es kann nicht warten."

„Tut mir leid, keine Termine mehr! Anweisung vom Chef persönlich! Ich darf keine Ausnahmen machen!"

Paul schüttelt verzweifelt den Kopf.

„Was soll ich jetzt nur tun?"

„Der nächste Termin, den ich Ihnen geben könnte, wäre der Freitag in drei Wochen", gibt sie sich kühl.

„Drei Wochen? Unmöglich! Ich muss dringend – am besten heute noch! – mit ihm sprechen! Bitte schieben Sie mich irgendwo dazwischen. Ich verspreche, es wird nicht lange dauern."

„Es tut mir leid, Paul, ich kann wirklich nichts machen. Ich würde ja gerne, aber wie gesagt, strikte Anweisung von ganz oben, dagegen bin ich machtlos!"

Verzweifelt, deprimiert und niedergeschlagen trottet Paul die drei Stockwerke von Charles Yorks Vorzimmerdame hinunter in sein Büro.

„Du siehst traurig aus. Ist etwas passiert? Gibt es Probleme?", will Samantha von Paul wissen, aber sie bekommt keine Antwort. Sie mustert ihn – er sieht aus, als hätte er nicht geschlafen, auch ist er unrasiert, was ihm gar nicht ähnlich sieht.

„Ist alles in Ordnung mit dir?", hakt sie noch mal nach.

„Ja, es ist alles in Ordnung", lügt Paul und bemüht sich, ein freundliches Lächeln aufzusetzen, damit Samantha nicht weiter nachbohrt.

Sie soll nicht merken, dass er ein großes Paket auf seinem Herzen trägt, dass er loswerden muss, aber nicht loswerden kann.

„Okay, wenn du meinst!"

Vielleicht ist er aber auch wirklich nur müde?!

„Ich habe alles vorbereitet, damit wir die Urlaube planen können", freut sie sich, Paul eine gute Neuigkeit erzählen zu können.

„Wir können jederzeit eingreifen, falls es nötig sein sollte!"

„Danke, Samantha", er freut sich ehrlich, dass sie in den letzten Tagen viel gelernt hat und sich bemüht, nicht überschwänglich und chaotisch zu sein, um Fehler zu vermeiden. Auch wenn er es ihr noch nicht gesagt hat, ist es ihm doch aufgefallen und er bewundert Sam dafür. Es ist ziemlich schwierig, sein eigenes, feuriges Temperament im Zaum zu halten.

„Okay, lass uns mal überlegen: Lena und Sophie haben das Hotel schon gebucht, die werden auf jeden Fall nach Cannes fahren, um die brauchen wir uns nicht zu kümmern. Max und Eddie werden für uns auch kein Problem sein. Um Herrn Schmitt kümmern wir uns erst in Frankreich, da können wir vorher nicht eingreifen."

„Ich bin schon ganz aufgeregt, wie sich alles entwickeln wird. Du nicht auch, Paul?"

„Doch, etwas schon, aber vergiss nicht, wir werden vorerst nichts unternehmen. Lassen wir den Dingen ihren Lauf. Wir planen einstweilen nur ein Eingreifen bei Herrn Schmitt, das wird wohl unumgänglich sein!"

„Danke Sophie, für den schönen Nachmittag, das hat wieder einmal richtig gutgetan!"

„Du brauchst dich nicht zu bedanken, mir hat es genauso gutgetan wie dir! Ich war schon eine halbe Ewigkeit nicht mehr im Nagelstudio und im Kosmetiksalon. Und der Friseur wäre sowieso notwendig gewesen, sonst würde ich am Wochenende nicht nach Frankreich fahren wollen. Ich habe ja schon ausgesehen wie eine Klobürste!"

„Ja, da hast du Recht", kichert Lena.

„He, du bist heute ganz schön frech!"

„Tut mir leid, ich hatte ein Lachen im Hals. War natürlich nicht so gemeint. Du bist auch vor dem Friseur schön gewesen wie ein Schwan!"

„Schön, dass es dir wieder besser geht, das merke ich an deiner sarkastischen Ader!"

„Okay, okay, ich bin schon brav!"

„Nein, ehrlich, ich freue mich, dich lachen zu sehen. Gegen das Häufchen Elend, das du heute Früh noch warst, ist mir dein Lachen lieber, sogar, wenn es sarkastisch ist!"

„Ja, mir geht es viel besser als heute Morgen, wahrscheinlich, weil ich weiß, dass das Problem mit Peter bald geklärt ist. Es ist mir schwer im Magen gelegen, aber heute Abend wird alles wieder in Ordnung sein – und das macht mich glücklich. Ich freue mich sehr, auch wenn ich wahnsinnig nervös bin."

Die beiden Freundinnen machen sich zu Fuß auf den Weg zu Roberts Wohnung, in der jeden Montagabend mit den Arbeitskollegen gepokert wird.

„Sag mal, wohnt der wirklich noch bei seiner Mutter?", will Sophie wissen.

„Ja, du weißt ja, Robert ist ein echt schüchterner Typ, der hat ja auch keine Freundin. Und solange keine kommt, ihn kidnappt und ihn dazu zwingt, eine eigene Wohnung zu beziehen, wird er wohl von alleine nicht ausziehen. Dazu geht es ihm zu gut im Hotel Mama. Seine Mutter ist eine richtig nette Frau, ich habe sie schon zwei, drei Mal gesehen und sie war immer sehr freundlich, eine richtig warmherzige Frau, die man gerne knuddeln und drücken möchte, auch wenn man sie noch gar nicht kennt."

„So, nun schlägt die Stunde der Wahrheit!", sagt Lena sehr entschlossen mehr zu sich selbst als zu Sophie, als sie vor der Wohnung stehen.

„Lass dir Zeit, Lena. Nimm dir noch ein paar Minuten, um dich zu sammeln, um deine Nervosität etwas in den Griff zu bekommen. Atme tief durch, du wirst sehen, das hilft!"

Lena ist still und tut, was Sophie ihr vorschlägt. Sie schließt die Augen und atmet tief durch.

„Okay, los geht's, denn wenn wir zu lange warten, mache ich bestimmt einen Rückzieher. Also nicht zu lange darüber nachdenken, einfach tun!"

Sophie drückt einmal kurz Lenas Hand, um ihr etwas Sicherheit zu geben, danach drückt sie die Klingel. Keine Reaktion. Niemand macht die Türe auf. Jetzt drückt Lena den Knopf. Sie hören, dass es in der Wohnung klingelt.

„Es kann doch nicht sein, dass niemand zu Hause ist", ist Lena verwundert.

„Und du bist dir sicher, dass das Roberts Wohnung ist?"

„Ja klar doch, ich musste Peter schon ein paar Mal von hier abholen, wenn er zu viel getrunken hat – in seinen jungen Jahren. Das ist schon lange her, aber ich bin mir schon ziemlich sicher, dass es diese Wohnung hier ist!"

Lena klingelt ein drittes Mal. Diesmal hören die beiden Geräusche in der Wohnung.

„Du, ich hör was, jetzt kommt jemand und macht auf."

„Wird auch langsam Zeit!", ist Lena etwas ungeduldig. Schließlich möchte sie sich endlich entschuldigen. Ihr Leben soll endlich wieder in geregelten Bahnen und in Zufriedenheit weiter gehen, aber bitte nicht hier draußen im Stiegenhaus.

„Ja, bitte, Sie wünschen?", meldet sich Roberts Mutter, die die Haustüre geöffnet hat.

„Frau Moser, können Sie sich an mich erinnern? Ich bin Lena, die Frau von Peter. Sie wissen schon, Peter, der Arbeitskollege von ihrem Robert. Die beiden spielen zusammen Karten."

„Nein, es tut mir furchtbar leid, ich kenne Sie nicht. Aber der Name Peter kommt mir schon bekannt vor. Wer soll das sein?"

„Peter ist mein Mann und ein Arbeitskollege von ihrem Robert, Frau Moser. Peter und Robert spielen doch jeden Montag Karten in ihrer Wohnung. Dürfen wir hineinkommen und kurz mit den Männern sprechen. Ich muss meinem Mann dringend etwas sagen."

„Ja, ja, jetzt fällt es mir wieder ein. Das Kartenspielen, Robert und die anderen aus seiner Firma. Nur muss ich Sie enttäuschen. Bei mir zu Hause spielen sie seit Jahren nicht mehr Karten. Sie gehen jetzt zu jemand anders nach Hause, zu einer gewissen Mirabella. Ich glaube, die arbeitet auch in Roberts Firma."

„Sie sind nicht hier?"

„Nein, es tut mir sehr leid."

„Danke, Frau Moser."

Die beiden Frauen verabschieden sich ratlos von der alten Dame und verlassen das Gebäude. Um die Ecke, am kleinen Park neben dem Busbahnhof, setzen sie sich erst mal auf eine Parkbank, um nachzudenken. Das waren doch viele Neuigkeiten auf einmal.

„Seit Jahren spielen sie hier nicht mehr Poker, hast du das gewusst?"

„Nein, das habe ich nicht gewusst, sonst wären wir ja wohl nicht hier!"

„Warum hat er nie etwas davon gesagt? Ich verstehe das alles nicht!"

„Schön langsam glaube ich, dass Peter vorgibt, etwas zu sein, was er gar nicht ist!", rätselt Lena. „Und wer verdammt noch mal soll diese Mirabella sein? Den Namen hat er noch nie erwähnt!"

„Sieh mal, Lena", Sophie fällt es wie Schuppen von den Augen, „da drüben, die Plakatwand!"

Schweigend starren sie auf die Betonmauer, an der bestimmt mehr als zwanzig Plakate hängen, aber eines sticht besonders ins Auge.

„Montagabend Livemusik und Happy Hour in der Mirabella-Bar", liest Lena stotternd die Überschrift in leuchtendem Pink. Darunter sieht man mit knappen Glitzerfummeln bekleidete junge, hübsche Damen, die an Stangen tanzen.

„Ein Striplokal?!", Sophie ist entsetzt und Lena starr vor Schreck.

„Dein gnädiger Herr Gemahl geht jahrelang ein Mal in der Woche in ein Striplokal und du weißt nichts davon? Der soll mir mal zwischen die Finger kommen. Na warte!"

Sophie ist richtig wütend geworden. Das kann ja auch gar nicht sein. In der Öffentlichkeit tut er immer so harmlos, als wenn er nicht bis drei zählen könnte und dann nimmt sich der Herr die Freiheit und geht ein Mal wöchentlich in diese Bar und lügt seine Frau dabei auch noch schamlos an. Das geht ja gar nicht – überhaupt nicht! Schließlich ist Lena Sophies beste Freundin und wer sich mit Lena anlegt, legt sich auch mit Sophie an.

„Los, komm Lena, da gehen wir jetzt hin!"

„Nun warte doch mal, Sophie. Dafür gibt es bestimmt eine Erklärung."

„Wofür willst du eine Erklärung? Dass er zu Stripperinnen geht? Oder dafür, dass er dich jahrelang angelogen hat?"

„Jetzt sei doch nicht so. Bestimmt gibt es einen guten Grund, warum sie nicht mehr bei Robert zu Hause pokern. Wahrscheinlich ist einer der Jungs mit der Besitzerin der Bar verwandt und es gibt dort einen eigenen Pokerraum. Bestimmt so einen mit einem grünen, runden Tisch in einem verrauchten Hinterzimmer."

„Du siehst eindeutig zu viel fern. Und – meine Liebe – tut mir leid, wenn ich dir das jetzt so direkt sagen muss, aber ich spreche schließlich aus Erfahrung: Du VERDRÄNGST! Du bist ja nicht mal wütend! Mir hast du jahrelang vorgehalten, dass ich eine Mauer um mich herum gebaut habe, weil ich zu viel verletzt worden bin. Aber du hast auch eine Mauer um dich herum gebaut. Bis jetzt war das gar nicht sichtbar, nur deine Reaktion jetzt ist eindeutig Verdrängen. Versteh doch, er hat dich jahrelang angelogen – und du bist nicht wütend, nicht verletzt, nicht traurig. Du siehst etwas erschrocken aus, aber Gefühle kann ich in deinem Gesicht nicht erkennen."

„Du hast ja Recht, ich kann jetzt in diesem Moment meinen Gefühlen nicht freien Lauf lassen, nicht, solange ich nicht weiß, warum sie dort sind und was sie dort machen. Ich habe Angst davor, herauszufinden, dass Peter wirklich nicht der ist, der er in meiner Gegenwart ist. Ich habe Angst, dass mein Leben in sich zusammenfällt. Das alles, woran ich geglaubt habe, in Wirklichkeit ganz anders ist!"

„Komm, wir machen uns auf den Weg in die Mirabella Bar", erwidert Sophie deutlich ruhiger als wenige Minuten zuvor. Sie hat verstanden, dass es nicht gut ist, wenn sie aggressiv und wütend ist. So ist sie keine Hilfe für ihre Freundin. Sie muss Lena einfach beistehen und das kann sie nur, wenn sie ruhig bleibt.

„Vielleicht hast du Recht und es gibt eine ganz harmlose Erklärung für alles. Wir werden es herausfinden."

Jede für sich in Gedanken versunken, gehen sie Richtung Bar. Dort angelangt, greift Lena sofort nach der Türklinke.

„Warte", sagt Sophie, „möchtest du nicht noch einmal tief atmen, bevor wir hineingehen?"

Lena sieht Sophie mit einem verzweifelten Blick an. Wenn sie auch nur eine Sekunde zögern würde, würde sie den Mut verlieren und nie herausfinden, was da drinnen passiert. Sie könnte dann auch Peter nicht mit ihren Erkenntnissen konfrontieren, er würde nur behaupten, sie würde ihn kontrollieren. Dass sie sich bei ihm entschuldigen wollte, würde er nicht glauben. Damit könnte sie nicht leben, mit einer ungeklärten Sache in einer Beziehung, nein, das würde ein sicheres Ende bedeuten, aber ein Ende, das für sie nicht infrage kommt.

Sophie interpretiert Lenas Blick richtig und nimmt ihre Hand. Die Freundinnen gehen durch die Eingangstüre und finden sich in einem muffigen kleinen Vorraum wieder, der vom Lokal selbst durch einen dicken, schweren Samtvorhang getrennt ist.

„Komm", sagt Sophie, „lass uns weiter gehen, hier drinnen erstickt man ja!"

Lena hievt den schweren Vorhang zur Seite und betritt die total verrauchte und in dunklem Licht gehaltene Bar. Einige Zeit stehen sie nur da und versuchen, sich zu orientieren. Die Augen müssen sich erst an das gedimmte Licht gewöhnen. An der rechten Seite des Raumes befindet sich eine schier endlos lange Bar und an der linken Wand eine Bühne – die Tanzbühne – die zwar nicht breit ist, aber weit in die Mitte des Raumes hineinreicht, in der sich die Tische für die Gäste befinden. Rund um die Bühne stehen noch Barhocker für die ganz eifrigen Zuseher, die auch nicht die kleinste Kleinigkeit verpassen wollen. Als sich Lenas Augen an die Dunkelheit gewöhnt haben, lässt sie ihren Blick durch den Raum schweifen. Kein Peter – weder an der Bar noch an den Tischen.

„Ich glaube, er ist nicht hier. Wir können wieder gehen, oder sollten wir fragen, ob es noch ein Hinterzimmer mit einem Pokerraum gibt?"

„Lena!"

„Sophie, ich habe keine Lust, mich zu blamieren, wenn wir fragen müssen, ob es einen Pokerraum gibt. Die werden uns auslachen, weil sie bestimmt keinen haben. Eben wie du vorhin schon gesagt hast, ich sehe zu viel fern. Komm, lass uns wieder gehen!"

„Lena!"

„Es tut mir leid, dass ich dich hierhergeschleppt habe. Komm, lass uns gehen, mir ist schon ganz schlecht von dem Rauch!"

„Lena!"

„Was ist denn?", wird jetzt Lena etwas ungeduldig. Warum steht Sophie nur da und redet nicht mit ihr? Ratlos sieht sie ihre Freundin an, bewegungsunfähig steht diese da, mit starrem Blick auf die Bühne.

„Ach komm, ich weiß ja, dass du in letzter Zeit eine Krise hast wegen deiner Figur und dauernd ins Fitnessstudio rennst, was du wirklich nicht nötig hast, aber so dürr wie die Tänzerin ist, willst du doch wohl nicht werden, oder? Komm, lass uns endlich gehen, ich fühle mich hier nicht wohl!"

„Lena, jetzt schau doch mal!"

Lena sieht sich die Tänzerin an, die langsam an der Pole-dance-Stange hinuntergleitet, sich dabei mehrmals um diese herumschlängelt, etwas holprig das Ganze, nicht besonders elegant. Ein Bein versucht sie nach ganz oben zu strecken, was dem Gesamtbild mehr Komik als Erotik verleiht. Na ja, die Menge scheint zufrieden, immerhin ist der BH schon weg und das winzige Höschen, das sie zurzeit noch am Leib hat, verdeckt nicht einmal das nötigste.

„Dass das überhaupt noch als Höschen durchgeht", wundert sich Lena, „na ja, Geschmack ist hier wohl nicht gefragt!"

Die Tänzerin hält sich mit einer Hand an der Stange fest, ein Bein immer noch in Streckhaltung nach oben. Sie biegt den Rücken durch, legt den Kopf in ihr Genick und lässt dann ihren Oberkörper noch weiter abwärts gleiten. So gelangt sie mit ihrem Kopf in Reichweite zu den sabbernden Männern, die direkt an der Bühnenkante stehen und jubeln. Einer von ihnen hat einen 10-Euro-Schein im Mund, den sie genüsslich mit ihren Zähnen in Empfang nimmt.

„Das ist widerlich, echt geschmacklos. Pfui Teufel!"

Gekonnt hat sich die Stripperin in Windeseile wieder aufgerichtet und tanzt mit busenwackelnden Bewegungen vor den sechs Männern, die an den Barhockern direkt an der Bühne sitzen, hin und her. Sie streckt die Hand aus und zieht einen der Männer auf die Bühne. Dieser geht bereitwillig mit, er sieht so aus, als hätte er nichts dagegen. Sie tanzt ihn an und seine anfängliche Unsicherheit ist im Nu wie weggeblasen. Er lässt sich auf die Tänzerin ein und schwingt mit ihren Bewegungen mit, was auch nicht schwierig ist, wenn man eng umschlungen tanzt.

„Sieh dir dieses Luder an", sagt Lena zu Sophie, „jetzt hat die nur noch dieses ,Höschen' an, wenn man bei zwei Zentimetern Stoff überhaupt noch von einem Höschen sprechen kann, und tanzt mit diesem Arschloch, der zu Hause bestimmt eine Frau hat."

Zum ersten Mal sieht Lena der Stripperin ins Gesicht, bisher hatte sie ihren extra schlanken Körper mit Silikonbusen betrachtet.

„Das ist ja ... das ist ...", die Luft scheint ihr wegzubleiben und Sophie beendet Lenas Satz: „Das ist Larissa!"

„Das ist ... Peter!", stottert Lena atemlos.

Nun ist auch Sophie sprachlos, Larissa hat sie gleich erkannt, aber Peter? Der Rauch lässt von Weitem nur ungenaue Schlüsse zu, aber wenn man sich lange genug auf nur eine Person konzentriert, kann man sie auch erkennen. Es ist tatsächlich Peter.

Wortlos stehen sie da und beobachten die beiden auf der Bühne.

Wie ein Liebespaar beim Vorspiel tanzen sie ungeniert, dabei knetet er ihr auch noch ihren Hintern. Schamlos dreht sie ihm ihre Rückseite zu, beugt sich auch noch nach vorne, damit er ihren Hintern aufs Genaueste betrachten und befummeln kann. In der nächsten Aufwärtsbewegung zieht sie gekonnt mit einer flinken Handbewegung das bisschen String-Tanga, das sie noch anhatte, aus und steckt diesen in Peters Hosentasche. Betont langsam schlängelt sie sich um ihn herum, drückt ihn fest an sich, erst seine Rückseite, wo sie ein Bein um seine rechte Hüfte schlängelt. Unter lauten Anfeuerungsrufen der Zuseher schiebt sie sich sodann mit wenigen Bewegungen vor ihn, drückt ihn wieder an sich, so fest, dass nicht einmal ein Luftzug zwischen die beiden passen würde. Der absolute Höhepunkt an Grausamkeit – sie küsst ihn leidenschaftlich und lange, dabei nimmt sie seine Hände und führt sie zu ihrem Silikonbusen, den er sofort bereitwillig zu kneten beginnt.

„Das ist einfach nur widerlich!", ist Sophie schockiert. Sie geht Richtung Bühne, weil Lena starr vor Schreck ist und sich nicht bewegen kann. Sophie zieht fest an Peters rechtem Bein. Mit einem Knall fällt er auf die Bühne.

„Sag mal, spinnst du?!", schreit sie ihn an.

„Ist das deine Alte?", mischt sich ein anderer Gast ein.

Sophie ignoriert den Typ und schreit: „Was glaubst du, was du hier tust?"

„Sophie ich, ich ... Bitte sag Lena nichts davon! Ich flehe dich an! Bitte! Ich kann dir alles erklären!"

„Es gibt nichts zu erklären", sagt sie traurig und deutet mit dem Kopf Richtung Lena.

„Lena? Ist das Lena? Oh mein Gott!"

Peter rappelt sich auf und springt von der Bühne.

„Halt!" Sophie hält ihn am Arm fest. „Du hast schon genug angerichtet! Lena wird ab jetzt bei mir wohnen. Morgen zwischen neun und zwölf Uhr am Vormittag holen wir ihre Sachen. Du lässt dich in dieser Zeit nicht in der Wohnung blicken! Verstanden?!"

Kapitel 17

Flucht nach Cannes

„Glaubst du, es war eine gute Idee, mit Julian mitzufahren?", überlegt Sophie. Die beiden Frauen haben ihre insgesamt vier großen Koffer und zwei Schuhtaschen auf dem Gehsteig vor Sophies Wohnung aufgestellt und es sich auf den zwei jeweils größten Koffern, so gut es eben geht, gemütlich gemacht.

„Hm, ja, das hoffe ich. Aber wenn wir schon so ein Angebot bekommen, können wir das doch nicht so einfach ausschlagen. Außerdem, überleg mal, für das Geld, das wir für Zug oder gar Flieger ausgeben müssten, können wir zwei Tage länger bleiben und uns so richtig verwöhnen lassen bei Massagen, Schönheitsbehandlungen ..., das haben wir dringend nötig nach den letzten beiden Tagen! Und ein paar leckere Cocktails an der Poolbar wären auch noch drin. Die haben wir uns auch redlich verdient nach der Schlepperei gestern."

„Du hast ja Recht, es ist toll, dass mir mein Chef letztendlich die ganze Woche freigegeben hat, und das, obwohl er selbst auf irgendeinem Seminar ist, und wer weiß, wann er erst wiederkommt. In so einer Situation darf normalerweise keiner der Angestellten Urlaub nehmen, da ist er echt streng, aber ich habe ihm ja erzählt, dass du in einer Beziehungskrise steckst, ich dich zu mir übersiedeln musste und wir nun eine Luftveränderung brauchen. War schon irgendwie seltsam, dass das alles so aus mir herausgesprudelt ist, als ich mit ihm telefoniert habe. Er sagte nur, ich hätte Glück, dass ich ihn erreichen konnte, weil er ja den ganzen Tag in irgendwelchen Seminarräumen steckt und es total schwierig für ihn ist, zu telefonieren. Gewundert hat's mich schon, dass er mir so spontan Urlaub gegeben hat. Aber was soll's, Hauptsache frei. Aber was Julian betrifft: Ich meine, so gut kennen wir ihn doch auch wieder nicht und dann fahren wir mit ihm im Auto die ganze weite Strecke bis nach Frankreich. Was ist, wenn er in Wirklichkeit ein Krimineller ist? Oder, noch schlimmer, irgendein Psychopath, der Tabletten braucht, um normal zu erscheinen, und dann hat er sie vergessen?" Irgendwie hat Sophie doch ein seltsames Gefühl.

„Du siehst dir eindeutig zu viele Psychothriller an, das solltest du nicht tun. Julian ist ein ganz lieber Kerl. Gut, wir werden keine Luxuslimousine erwarten können, wahrscheinlich hat er einen Fiat Panda oder einen alten Opel. Aber das tut ja nichts zur Sache, er hat als Mann meine Situation sofort verstanden, als ich gestern mit ihm telefoniert habe, und war auch gleich auf meiner Seite, das rechne ich ihm hoch an. Dass er jetzt auch noch Taxi für uns spielt, zeigt doch nur, dass er ein sehr hilfsbereiter, fast selbstloser Mann ist. Ich wünschte, Peter wäre nur einmal so hilfsbereit mir gegenüber gewesen."

Lenas Gesichtsausdruck hat sich schlagartig verhärtet. Einen Augenblick später jedoch scheint sie ihre Probleme mit Peter für den Moment wieder zur Seite geschoben zu haben und Sophie atmet erleichtert auf. Ein paar erholsame Tage werden Lena guttun.

„Aber ehrlich", redet Lena weiter, „wenn er wirklich von einer von uns etwas wollen würde, so hätte er uns das sicherlich schon wissen lassen, er hatte mehr als genug Gelegenheiten dazu. Ich glaube wirklich, er ist nicht der Typ, der sich nicht trauen würde, seine Gefühle zu offenbaren."

„Ja okay, du hast ja wie immer Recht. Ich muss positiv denken und nicht gleich den Teufel an die Wand malen. Das weiß ich ja, aber das fällt mir nicht immer leicht, das müsstest du doch eigentlich am besten wissen."

Nach einer kurzen Atempause fährt sie fort:

„Außerdem, könntest du mir bitte verraten, wie um alles in der Welt man POSITIV denken soll, wenn andauernd alles im Leben schiefläuft? Ich meine, da treffe ich mehrmals hintereinander in kurzen Zeitabständen DEN Mann, der nicht nur unverschämt gut aussieht, sondern den ich auch gerne näher kennenlernen würde und mit dem ich mir ernsthaft eine Beziehung vorstellen könnte. Und was ist? Bis ich mir mal wieder darüber im Klaren bin, was Sache ist, ist alles zu spät. Ich habe meine Chance verpasst. Aus, Ende, finito … So einen Typen treffe ich nie wieder, da bin ich mir sicher. Da ist das Schicksal unbarmherzig, wer nicht zugreift, wenn das Glück direkt auf dem Silbertablett serviert wird, der hat eben Pech gehabt. Irgendwie frustrierend, aber ich bin ja selbst schuld."

Sophie seufzt laut.

„Na, na, wer weiß, vielleicht findest du ihn ja doch noch. Auch wenn es momentan aussieht, als wäre er komplett von der Bildfläche verschwunden, er wird ja wohl nicht ausgewandert sein. Jetzt grüble nicht länger über die Vergangenheit, sonst fange ich womöglich auch wieder an, wir werden uns beide ab sofort ganz auf das Jetzt konzentrieren, uns schon mental auf unseren wohlverdienten Mädelsurlaub einstimmen und diesen dann auch in vollen Zügen genießen. Wir werden schauen, was Frankreich so an Schönlingen zu bieten hat, und so ganz nebenbei gesagt", Lena senkt verschwörerisch ihre Stimme, „ich glaube, diesen Julian würde ich auch nicht von der Bettkante schubsen." Lena kichert.

„Also wirklich, Lena, du könntest dich schon ein bisschen beherrschen", spielt Sophie für einen kurzen Moment den Moralapostel, lenkt aber gleich darauf ein, „aber ich kann dich gut verstehen. Gerade jetzt."

„Täusche ich mich oder haben wir zehn Uhr ausgemacht. Er hat schon fast eine Viertelstunde Verspätung, auch wenn er ein Bild von einem Mann ist, da muss er sich aber eine gute Entschuldigung einfallen lassen."

„Vielleicht ist ja sein Auto verreckt. Oder er muss noch schnell seine Stoßstange fester anbinden, damit sie dann bei der weiten Fahrt nicht runterfällt. Ich wette, er kommt mit einem uralten Opel. Was sagst du?"

„Hm, ich sage, er kommt mit einem Fiat, genauer gesagt ein Fiat Panda, Baujahr 1992. Farbe: rot. Aber nicht weinrot, sondern so ein leuchtendes Mittelrot."

„Uh, du bist wohl unter die Hellseher gegangen. Hast du das heute Morgen in deiner magischen Kristallkugel gesehen oder hast du deinen Kaffeesatz gelesen?", zieht Sophie sie angesichts dieser Details spaßhalber auf. „Wenn du mir jetzt auch noch die Ausstattung beschreiben und den Kilometerstand nennen kannst, werde ich für dich eine ganz persönliche Werbekampagne entwerfen und dafür sorgen, dass du ganz groß rauskommst. Ich sehe dich schon im Fernsehen bei einer nachmittäglichen Talk-Show zum Thema ‚Vom Coffeeshop zur weltbekannten Wahrsagerin'. Die Leute werden dich bejubeln!"

„Ja, ja, du wirst ganz schön blöd dreinschauen, wenn er wirklich mit einem Fiat kommt. Wir werden es ja hoffentlich bald wissen."

Lena sieht noch einmal auf ihre Uhr. Es ist mittlerweile schon 20 Minuten nach zehn Uhr.

„Was mir eigentlich viel mehr Sorgen bereitet, ist, ob wir unser ganzes Gepäck überhaupt in sein Auto bekommen, sollte sich rausstellen, dass er wirklich so ein Spuckerl fährt."

Lena starrt die Koffer und Taschen an.

„Stimmt, daran habe ich noch gar nicht gedacht. Wir hätten vielleicht doch besser fragen sollen, wie groß sein fahrbarer Untersatz ist."

„Dafür ist es jetzt zu spät. Ich befürchte, da kommt er."

Am Ende der Straße biegt gerade mit lautem, melodischem Hupen ein alter VW-Bus um die Ecke. Er ist über und über mit bunten Blümchen und Peace-Zeichen bemalt.

„Das ist jetzt nicht sein Ernst, oder?"

„Na ja, wenigstens brauchen wir uns keine Gedanken mehr machen über das Gepäck-Verstau-Problem", nimmt es Lena mit Humor.

Bevor Julian aus dem VW-Bus springt, betätigt er noch einmal seine Hupe, diesmal ertönt eine andere Melodie.

„Hi, Mädels, da staunt ihr, was? Ich kann sogar noch eine dritte Melodie hupen. War irrsinnig schwer, die aufzutreiben. Meine Kumpels sind auch ganz neidisch drauf", berichtet er stolz.

Lena und Sophie sehen sich wieder an. Worauf haben sie sich da bloß eingelassen? So hätten sie ihn nie im Leben eingeschätzt und ein Hippie-Bus ist das letzte, womit sie gerechnet hätten. Aber letztendlich ist es der Wille, der zählt.

Er hat sich großzügigerweise bereit erklärt, sie zu ihrem Urlaubsort zu bringen, also waren sie auch nicht berechtigt, irgendwelche Ansprüche zu stellen. Und beleidigen wollten sie ihn schon gar nicht.

„Habt ihr schon gesehen, ich habe sogar noch einen Original-gepäckträger auf dem Dach, da haben eure Koffer leicht Platz. Mit Gummizügen befestigt, ist das gar kein Problem."

„Nö, lass nur", winkt Sophie mit einer lässigen Handbewegung ab, „du musst dich nicht mit unseren schweren Koffern abmühen, wir können sie ja auch einfach nach hinten stellen, das geht viel leichter."

Julian ist einverstanden und lädt die Koffer und Taschen in den hinteren Teil seines Busses.

„Ich kann ihm ja schlecht sagen, dass ich sonst die Befürchtung habe, wir kommen mit ein oder zwei Gepäckstücken weniger nach Frankreich", raunt Sophie Lena leise zu.

Nachdem Julian fertig ist, geht die Fahrt los. Die Mädels sitzen auf der Rücksitzbank.

„Was sagt ihr zu meinem Baby? Die Vorhänge hat meine Oma selbst genäht, sie wollte sie dann später mal rausmachen, als sie mir den Bus geschenkt hat, aber ich finde sie irgendwie cool."

„Ja, wirklich sehr ... äh ... nostalgisch."

„Ich habe mich übrigens noch gar nicht bei euch entschuldigt, dass ich verspätet war, aber ich musste unbedingt noch etwas regeln. Konnte quasi nichts dafür."

„Macht ja nichts." Lena fühlt sich sehr großzügig.

Schnell sind sie aus der Stadt draußen, fahren über Felder und Wiesen und an kleinen Dörfern vorbei.

„Ist das eine Abkürzung?", fragt Sophie, die langsam ein bisschen ängstlich wird. Was, wenn sie doch Recht gehabt hat?

„Sophie, Julian hat bestimmt ein Navi, das ihm den richtigen Weg anzeigt, stimmt's?", fragt Lena zuversichtlich nach vorn.

„Nö, Navi brauch ich nicht", antwortet Julian knapp. „Wollt ihr auch 'nen Joint?"

Nun ist auch Lena ernsthaft besorgt. Angesichts dieser Frage hat es den beiden die Sprache verschlagen.

Julian sieht im Rückspiegel die entsetzten Gesichter von Lena und Sophie und kann sich das Lachen nicht mehr verhalten.

„Das sollte doch nur ein Scherz sein, hättet ihr mir das etwa wirklich zugetraut?"

Den beiden fällt ein regelrechter Stein oder eigentlich schon eher ein Felsbrocken vom Herzen. Sichtlich erleichtert beteuern sie gleichzeitig: „Nein, nein, das hätten wir niemals gedacht. Wir wussten natürlich sofort, dass das nur Spaß war."

„Puh, das kann ja eine lange Fahrt werden", flüstert Lena.

Nach einer Stunde Fahrt über Stock und Stein, durch kleine Dörfer, deren Namen noch nie jemand gehört hat, biegt Julian in einen schmalen Schotterweg. Am Ende der Schotterstraße steht ein ziemlich langes Gebäude mit einem Turm – ein Aussichtsturm vielleicht – der obere Teil des Turmes besteht nur aus Glas. Eine Plattform, wo man im Rundgang die Aussicht genießen kann? Der lange Teil des Gebäudes hat wenige Fenster und sieht eigentlich aus wie eine Lagerhalle.

„Alles aussteigen, wir sind da!"

Langsam klettern sie aus dem VW-Bus. Außer dem Gebäude vor ihnen ist weit und breit nichts, absolut nichts. Will er sie jetzt vielleicht ausrauben und dann beseitigen? Es würde hier in dieser Einöde niemandem auffallen, das wäre der perfekte Ort. Es würde auch nicht gleich irgendwer nach ihnen suchen, schließlich haben sie allen gesagt, dass sie auf Urlaub fahren.

„Lasst euer Gepäck ruhig noch im Bus, um das kümmern wir uns später. Wartet hier kurz auf mich, ich komme gleich wieder."

Julian verschwindet in das seltsame Gebäude und kommt ein paar Minuten später mit zwei Männern zurück.

„Kannst du dich bitte um das Gepäck der beiden jungen Damen kümmern, Daniel?", bittet er den jüngeren.

„Kein Problem, Chef, wird erledigt."

Chef, wieso Chef? Natürlich, jetzt wird es mir klar, die Pizzeria, für die er den Pizzaboten spielt, ist nur Tarnung für die Mafia. Sophie läuft es bei dem Gedanken eiskalt den Rücken hinunter. „Und ihr beide folgt mir bitte." Was für eine bestimmte und ernste Stimme er auf einmal hat! Bestimmt war der Hippie-Bus mit den ganzen Blümchen und den Peace-Zeichen auch nur Tarnung, damit sie keinen Verdacht schöpften, welch dunkle Seite er vor ihnen verbarg. Lena und Sophie folgen ihm dennoch – schweigend. Was bleibt ihnen denn schon anderes übrig? Zwei Frauen gegen drei Männer, da hätten sie sowieso keine Chance. Als sie das Gebäude betreten, staunen die beiden Frauen nicht schlecht. Zu ihrer völligen Überraschung stehen da zwei Flugzeuge.

„Unseres steht schon draußen und ist bereits startklar, inklusive Starterlaubnis."

Julian öffnet das Tor auf der anderen Seite und tatsächlich, da steht ein drittes Flugzeug.

„Auch wenn ich meinen Hippie-Bus heiß liebe, die Fahrt nach Frankreich wäre mir doch zu lange. Außerdem wäre das auch mittlerweile zu strapaziös für meinen alten Burschen. Also habe ich mir gedacht, wir fliegen. Gerhard, unser Pilot, wird uns in nicht einmal zwei Stunden nach Südfrankreich bringen."

Lena und Sophie sind geblendet angesichts so viel Luxus an einem Ort, als sie ins Flugzeug steigen. Immer noch sprachlos betrachten sie den Innenraum des Privatjets. Schlicht und ergreifend traumhaft – auf der einen Seite befindet sich eine Eckbank aus weichem, hellgrünem Leder, darauf, schön ordentlich angeordnet, mehrere dunkelbraune und cremefarbene Polster. Davor ist ein kleiner Tisch, die Tischplatte aus edlem Walnussholz, darauf eine Vase mit frischen Blumen. Weiter vorne befinden sich auf jeder Seite je zwei riesige, sehr gemütlich aussehende Relax-Sessel, auch mit extra Polstern dekoriert und in allen nur möglichen Positionen verstellbar. Ein großer Flachbildschirm prangt an der Zwischenwand zum Cockpit.

Auch das Bad im hinteren Teil des Jets hat so gar nichts gemein mit den winzigen WCs, die Lena und Sophie von normalen Flugzeugen gewohnt sind. Der Großteil ist aus edlem Marmor und alles funkelt und glänzt. Die beiden kommen gar nicht mehr aus dem Staunen, sie fühlen sich wie zwei Kleinkinder, die im Spieleparadies auf Entdeckungsreise gehen.

Als sie in der Luft sind und sich Lena und Sophie für die Ledereckbank entschieden haben, zumindest mal für eine halbe Stunde, denn schließlich wollen sie die verstellbaren, großen Sitze auch noch ausprobieren, öffnet Julian einen Schrank und holt eine Flasche Champagner daraus hervor.

„Fühlt ihr euch auch wohl?", fragt er mit einem breiten Grinsen.

„Das soll wohl eine Scherzfrage sein, oder?", kontert Lena sofort.

„Aber wieso, ich meine, wem gehört, ich meine, warum, na du weißt schon ...", stammelt Sophie.

Julian lacht herzlich. „Ich weiß, auf euch muss das alles hier einen ganz seltsamen Eindruck machen, ein Pizzabote, der einen eigenen Privatjet besitzt. Aber erstens, dieses Flugzeug gehört mir nicht alleine, ich muss es mir mit meinem Bruder teilen. Zweitens haben wir fast zwei Stunden Zeit, also werde ich euch die ganze Geschichte erzählen. Aber ihr müsst mir hoch und heilig versprechen, nicht zu lachen!"

Lena und Sophie sehen sich, wie schon so oft an diesem Tag, gegenseitig an und schütteln gleichzeitig den Kopf.

„Wir lachen nicht, versprochen", ist Lena schon voll gespannter Erwartung auf seine Geschichte.

„Es ist eigentlich ganz einfach", beginnt Julian jetzt doch etwas zaghaft zu erzählen, er ist sich noch nicht so ganz im Klaren darüber, wie er anfangen soll, „ich habe vor einiger Zeit ausgiebig mit meinen Freunden gefeiert, ich meine damit so wirklich richtig ausgiebig, wir haben die ganze Nacht durchgemacht und es war superlustig. Natürlich bin ich ein verantwortungsvoller Bürger und bin dann mit dem Taxi nach Hause gefahren. Zumindest haben sie mir das so erzählt."

Er muss Grinsen, wenn er an die Partynacht zurückdenkt, auch wenn er nicht mehr alles weiß.

„Auf alle Fälle, als ich dann so am frühen Nachmittag aufgewacht bin, wusste ich leider partout nicht mehr, wo ich meinen Porsche abgestellt hatte. Ich bin dann mit meinem Bruder losgefahren und wir haben überall nach ihm gesucht, also überall, wo ich mir dachte, da könnte ich ihn stehengelassen haben. Schlüssel hatte ich auch keinen mehr. Wie sich später herausstellte, hatte ich ihn stecken gelassen. Ich machte mir aber dennoch keine allzu großen Sorgen, ich dachte mir: ‚Na ja, was soll's, mir wird schon wieder mal einfallen, wo der steht.‘ Als wir dann am Abend erfolglos von unserer Suche zurückkehrten, waren meine Eltern stinksauer. Sie haben mir vorgeworfen, dass ich überhaupt kein Verantwortungsgefühl hätte und ich lernen müsste, auf eigenen Füßen zu stehen. Außerdem sollte ich lernen, dass es eben nicht selbstverständlich ist, reich zu sein, und wie es ist, wenn man sich mit harter Arbeit sein Geld mühevoll verdienen muss. Sie haben mich mehr oder weniger eine Zeit lang aus meinem gemütlichen Nest rausgeworfen, ich musste in eine WG ziehen und mir mein Geld, das ich für Miete und Essen brauchte, selbst verdienen. Da habe ich halt unter anderem als Pizzabote gearbeitet. Aber auch wenn ich in dieser Zeit nie auch nur einen Cent übrig hatte, so für Spaßsachen meine ich, war es trotzdem sehr interessant. So echt.“

Sophie und Lena staunen nicht schlecht über diese außergewöhnliche Geschichte. Da haben sie doch tatsächlich, ohne es zu wissen, einen Millionärssohn kennengelernt. Während des restlichen Fluges erzählt ihnen Julian noch ein bisschen was von seinem für ihn so normalen Leben in der Welt der Reichen und Schönen, dass vieles auch nur Schein und Fassade ist, er es aber gerade nach seinem Ausflug in die Welt der „Normalsterblichen“ schon sehr genießt, sich zumindest bezüglich des Geldes keine Sorgen machen zu müssen und Lena und Sophie fragen sich ab und an im Stillen, ob sich Julian überhaupt über irgendwas Sorgen macht. Nach der Landung auf einem Privatflughafen in der Nähe von Cannes werden die drei von einem schwarzen Luxus-BMW mit Chauffeur abgeholt und in ihr Hotel gebracht.

Auf der Fahrt dorthin, in der Sophie und Lena ganz begeistert sind von der wunderschönen Landschaft, die da an ihnen vorbeizieht, erfahren sie noch ganz nebenbei, dass Julians Familie ganz in der Nähe ein Weingut besitzt, er es aber trotzdem dieses Mal vorzog, im gleichen Hotel wie Lena und Sophie zu übernachten. Das Hotel ist ganz nach dem Geschmack der beiden Frauen: klein, aber fein und familiär. Der Eingangsbereich ist im typischen Landhausstil eingerichtet, was gleichzeitig sehr elegant und gemütlich wirkt, mit karierten Vorhängen, farblich dazu passenden Orchideen und einladenden, breiten Polstersesseln, die so prunkvoll aussehen, als würden sie noch aus dem letzten Jahrhundert stammen. All das zusammen wirkt fast schon kitschig, aber dieser Kitsch bewirkt auch, dass man sich sofort beim Betreten des Hotels fühlt, als wäre man in einer anderen Welt gelandet, einer Welt ohne Probleme und Sorgen, als hätte man diese einfach am Fußabstreifer vor der Tür abgestreift.

Beim Einchecken bekommen die drei einen Prosecco mit Birnenpüree in einem der schönen Polstersessel serviert, bis sämtliche Formalitäten erledigt sind. Beim Schlürfen dieses köstlichen Getränks vereinbaren Sophie und Lena mit Julian, sich nach dem Einchecken auf dem Zimmer kurz frisch zu machen und sich dann am hoteleigenen Pool wieder zu treffen.

Im Zimmer angekommen, kann sich Lena nicht mehr zurückhalten und wirft sich übermütig aufs Bett.

„Wow, wow, wow, was haben wir doch für ein Glück!"

„Psst", zuckt Sophie zusammen, „bitte nicht so laut, die Wände in Hotels sind total hellhörig. Also, was meinst du genau, das schöne Hotel hier, die tolle Anreise oder die Tatsache, dass Julian nicht nur unverschämt gut aussieht, sondern außerdem auch noch über ein beachtliches Vermögen verfügt?"

„Muss ich mich jetzt wirklich entscheiden? Na, alles zusammen natürlich. Das Hotel ist wunderschön, das Zimmer ist fantastisch. Ich bin heute das erste Mal in meinem Leben in einem Privatjet geflogen und das mit einem wirklich charmanten, gut aussehenden Mann. Das ist mehr, als ich mir noch vor ein paar Tagen hätte erträumen können. Wenn ich jetzt so darüber nachdenke, glaube ich, ich war die letzten zehn Jahre mehr tot als lebendig. Das war wahrscheinlich ein Wink des Schicksals, das musste alles so kommen, wie es gekommen ist. Die Lektion ist wohl, dass ich endlich lerne, was es bedeutet ‚zu leben'. Deswegen ist Julian in mein Leben gekommen, um mir zu zeigen, wie man genießt. Man kann nicht immer nur arbeiten und man kann nicht immer nur an andere denken! Ich darf mich selbst nicht vergessen! Ich darf mich in meiner nächsten Beziehung nicht aufgeben! Ich muss anfangen, auch einmal an mich selbst zu denken. Ja, genau so ist es! Und ich werde ab jetzt leben, das verspreche ich mir selbst!"

Sophie ist angesichts dieser Erkenntnisse momentan etwas stutzig.

„Glaubst du, ich habe Chancen bei Julian? Mir geht's überhaupt nicht um das viele Geld, das er hat, er gefällt mir einfach, seine Art, sein Lächeln, seine Lebensfreude und besonders seine Leichtigkeit. Wie sehr vermisse ich dieses Gefühl!"

Sophie ist verwirrt, man könnte ja glatt glauben, vor ihr sitzt nicht Lena, die sie fast besser kennt als sich selbst, sondern eine wildfremde Person. Gut, dieser Julian hat schon was, diese Leichtigkeit ist anziehend, fast unwiderstehlich. Aber ihre Gedanken hängen noch bei Max, dem schönen Unbekannten, und so kann sie sich nicht auch noch mit Julian befassen. Was, wenn sie Max nie wieder begegnet? Für Sophie gibt es nur mehr den EINEN – Max – und wenn er nicht mehr auftaucht, dann wird es auch keinen anderen geben, basta!

Aber dass Lena jetzt das Gefühl hat, sie müsste ihr Leben ändern und sich fortan amüsieren, kann Sophie nicht so ganz nachvollziehen. Ihre Lena, die sie für ihre Grundsätze und ihr solides Leben so sehr bewunderte und die immer glücklich in ihrer Ehe schien.

„Lena, auch wenn du allen Grund hast, sauer zu sein, und auch dringend den Abstand zu Peter brauchst, das sehe ich ja alles ein, aber mach dich nicht unglücklich, indem du irgendetwas machst, was du dann in drei Tagen bitter bereust, versprochen?"

„Nö, nö, bereuen werde ich nichts, ich bereue höchstens, dass ich schon so viel meiner wertvollen Lebenszeit vergeudet habe, in der ich auch viel Spaß hätte haben können."

Sophie ist mit Lenas Antwort nicht so ganz zufrieden, aber sie verschiebt weitere ernste Gespräche fürs Erste, denn schließlich sind sie mit Julian am Pool verabredet und im Moment dringen Sophies gut gemeinte Bedenken nicht zu ihr durch. Vielleicht ist es ja einfach eine Phase von Lena, um alles, was in letzter Zeit vorgefallen ist, besser verarbeiten zu können. Sie wird einfach aufpassen, dass sie sich nicht gleich in ein Abenteuer mit Julian stürzt und nach einem Höhenflug in eine Liebesdepression hinabstürzt.

In wenigen Tagen – so glaubt Sophie – wird Lena von sich aus ihr Leben wieder neu ordnen wollen. Mit oder ohne Peter, das wird sich zeigen.

Als die beiden Freundinnen in ihren neuen, extra noch für den Urlaub gekauften Bikinis in Richtung Pool schlendern, stößt Lena Sophie scheinbar aus heiterem Himmel seitlich in die Rippen.

„Was hast du denn?"

„Jetzt mach halt mal deine Augen auf, du verträumtes Huhn! Siehst du das denn nicht?"

Lena macht eine Kopfbewegung Richtung Cocktailbar und nun sieht auch Sophie sofort, was Lena meint. An der Bar steht Julian, lässig angelehnt und scherzt mit dem Barkeeper.

„Ich finde, er sieht angezogen auch schon sehr knackig aus ..."

Sophie beginnt sich ernsthaft Sorgen zu machen. In ihrem Kopf sind Lena und Peter immer noch ein Paar. Vielleicht liegt es aber auch nur daran, dass dieses Bild schon Gewohnheit ist und sehr lange existiert, oder kommt es daher, dass ihr Veränderungen im Allgemeinen grundsätzlich Angst machten?

„Liebst du Peter noch?", fragt sie Lena, weil sie noch außer Hörweite von Julian sind.

„Hm, um ehrlich zu sein: Ich weiß nicht. Ich habe auch schon sehr viel darüber nachgedacht. Bis vor kurzem war ich noch überzeugt davon. Für mich stand eigentlich immer fest, dass ich den Rest meines Lebens mit ihm verbringen würde, ohne Wenn und Aber. Ich war aber auch immer davon überzeugt, dass zwei erwachsene Leute fähig sind, jede Krise zu meistern. Scheidung war für mich nie eine Alternative, das weißt du. Grundsätzlich dachte ich bis jetzt, dass man alles wieder richten kann, wenn man es nur will. Zurzeit bin ich mir nicht mehr sicher, ob das noch Gültigkeit hat für mich. Zuerst muss ich mir selbst darüber im Klaren sein, ob ich noch etwas für ihn empfinde, oder ob die Psychologin in der gestrigen Fernsehsendung Recht hatte. Die hatte verschiedene Kärtchen mit Stichworten benutzt, mit Eigenschaften, die eine Partnerschaft ausmachen sollen. Mir ist bewusst geworden, dass von den sieben Wörtern – Vertrauen, Liebe, Sex, Respekt, Verständnis, Ehrlichkeit, Treue – gerade mal zwei übrig geblieben sind. Das ist laut Meinung der Psychologin zu wenig für eine gut funktionierende Beziehung. Und ganz ehrlich, mir ist das auch zu wenig. Die Frage ist nur, ob es sich wieder reparieren lässt oder nicht. Und ob wir beide das wollen. Schließlich war er bestimmt auch nicht zufrieden, sonst hätte er mich nicht mit Larissa betrogen."

„Du hast Recht. Eine Veränderung ist absolut notwendig –, egal, wie du dich entscheidest. Du weißt, ich stehe hinter dir –, egal, welche Entscheidung du triffst!"

„Das weiß ich! Danke, dass es dich gibt!"

„Na Julian, was kannst du uns denn empfehlen?"

„Seht nur, die haben fünf Seiten mit den verschiedensten Cocktails, ich wusste gar nicht, dass es so viele gibt. Da fällt die Entscheidung schwer! Was bevorzugt ihr? – Süß? Bitter? Mit oder ohne Alkohol?"

„Weißt du was", schlägt Lena vor, „wir beschleunigen den Entscheidungsprozess. Du tippst blind mit dem Finger auf einen Cocktail und den probierst du dann aus. Sophie und ich machen das manchmal, wenn wir uns nicht entscheiden können oder wollen. So sind wir schon zu interessanten Geschmacksrichtungen gekommen, die wir selbst nie ausgewählt hätten."

Gesagt, getan. So kommt Julian zu einen „El Pirato", Sophie zu einem „Florida Sling" und Lena hat auf den „Fallen Angel" getippt. Der Barkeeper entschuldigt sich bei Julian, er müsse sich für sein Getränk wenige Minuten gedulding, dazu bräuchte er eine Extrazutat aus dem Lager.

„Bitte nehmen Sie einstweilen auf einer unserer Liegen am Pool Platz. Ich werden Ihnen den Cocktail servieren, sobald er fertig ist."

Nach etwa zehn Minuten, die drei haben es sich auf den Poolliegen gemütlich gemacht, wird Julians Cocktail serviert, von einer bildhübschen Blondine mit langen Beinen, Schmollmund und einem beneidenswerten Busen, den sie in ihrer knappsitzenden, etwas durchsichtigen Bluse gekonnt in Szene setzt. Wenn man dieses blutjunge Ding mit den unschuldigen Kulleraugen ansieht, weiß man nicht so recht, ob es Absicht ist, dass an der Bluse mehr Knöpfe geöffnet als geschlossen sind, oder ob es einfach ein ungeschicktes Versehen ist.

„Hatten Sie eine angenehme Anreise?", säuselt die junge Bedienung und möchte wohl am liebsten bei Julian abbeißen. Sie gibt ihm das Getränk und haucht verführerisch: „Darf ich noch etwas für Sie tun?" Da muss sich Lena sehr zusammenreißen, dass sie diese unverschämte Ziege nicht packt und in den Pool wirft – oder noch besser, sie im Pool ertränkt.

Lena erschrickt. Irgendwie ist sie selbst schockiert von ihren mordlüsternen Gedanken. Ist das etwa, weil diese Kellnerin sie an die Stripperinnen im Mirabella erinnerte? Egal, sie kann sie einfach nicht leiden und sie sollte gefälligst wieder gehen, möglichst weit weg, Julian ist ihr Bekannter, nicht ihrer!

„Äh, könnte es sein, dass der Barkeeper nach Ihnen gerufen hat?", mischt sich Sophie ins Gespräch zwischen Julian und der Kellnerin. Intuitiv spürt sie, dass diese Person Lena nicht guttut. Und wer Lena nicht guttut, hat automatisch auch bei ihr verspielt, so ist das nun mal.

„Eigentlich muss dir diese Person ganz schön dankbar sein, denn du hast ihr soeben das Leben gerettet", flüstert Lena so leise, dass Julian es nicht hören kann.

Sophie zwinkert ihrer Freundin zu, mit der Gewissheit, richtig gehandelt zu haben.

„Die war ja nervig", raunt Julian, „aber nun lasst uns endlich anstoßen. Auf euch, auf diesen schönen Urlaub und darauf, dass das Leben schön ist!"

Am späten Nachmittag beschließt Julian, mit anderen Hotelgästen eine Runde Beach-Volleyball zu spielen. Lena und Sophie kann er nicht überreden, nach diesem langen Tag und nach drei Cocktails wollen sie einfach ein bisschen in der Sonne liegen und entspannen.

„Fräulein Lehmann, das ist aber eine schöne Überraschung!" Sophie ist verdutzt. Diese Stimme kennt sie doch! Aber das kann ja gar nicht sein!? Ganz langsam und vorsichtig öffnet sie die Augen, die sie zur besseren Entspannung geschlossen hält. Vor ihr erscheinen Füße, sehr behaarte, schneeweiße, dicke Füße. Ihr Blick wandert von den gruseligen Beinen nach oben, aber der Anblick wird nicht schöner, eher das Gegenteil.

Oh Gott, das ist ja peinlich, nicht nur dieser unvorteilhafte Schnitt dieser Badehose, wo man Angst haben muss, es quillt gleich alles raus, auch noch Leopardenmuster?

Weiter oben eine fast schon pelzähnlich behaarte Brust, breite Schultern und dann das Gesicht ... Oskar Schmitt, ihr Chef!

Reflexartig springt Sophie hoch.

„Guten Tag, Herr Schmitt, mit Ihnen hätte ich jetzt nicht gerechnet."

„Ach, papperlapapp, lassen wir doch diese Formalitäten, wir sind so weit weg vom Büro. Ich bin Oskar, meine Freunde nennen mich übrigens Ossi", zwinkert er ihr verschwörerisch zu, „und ich darf doch sicher Sophie zu dir sagen. Oder hast du auch einen Spitznamen?"

„Nein ... äh ... kein Spitzname."

„Ich wusste ja gar nicht, dass du hierher fahren würdest, als du gestern am Telefon um Urlaub gebeten hast und sagtest, du und deine Freundin würden eine Luftveränderung brauchen. Ich meinerseits bin ja leider nicht zum Spaß hier, ich muss die ganze Woche tagsüber in stickigen Seminarräumen zubringen bei diesem herrlichen Wetter!"

Jetzt kann sich Sophie wieder vage erinnern, ihr Chef hat vor einiger Zeit tatsächlich erwähnt, dass die Tagungswoche irgendwo in Frankreich sein würde, aber so genau hat sie nicht aufgepasst, betrifft sie ja nicht, hat sie geglaubt.

„Die haben hier Seminarräume? Sind mir noch gar nicht aufgefallen."

„Nein, nicht direkt hier in diesem Hotel. Dort drüben, siehst du das Gebäude nebenan? Das ist ein Partnerhotel, die gehören irgendwie zusammen. Das dort drüben ist größer und da befinden sich auch die Seminarräume. Aber trotzdem können sie bei etwas größeren Veranstaltungen nicht alle Geschäftsleute bei sich unterbringen. Ein paar von ihnen müssen auf dieses wunderbare Hotel ausweichen. Ich hatte natürlich überhaupt kein Problem damit, den kurzen Gehweg da rüber schaffe sogar ich noch. Außerdem liebe ich dieses Hotel, ich war schon so oft hier, und es ist wirklich ein sehr romantisches Fleckchen. Findest du nicht auch, Sophie?"

Wieder zwinkert er ihr zu.

Panik! – Sophie läuft es abwechselnd heiß und kalt über den Rücken. Stromausfall im Kopf. – Ihre Gedanken sind wie weggefegt.

„Ich werde jetzt auf mein Zimmer gehen, Zimmer 201, um zu duschen", wieder zwinkert er, „danach würde ich dich und deine Freunde gerne zum Abendessen einladen, wenn dir das recht ist!"

„Äh, hm, ..."

„Okay, dann um 20:30 Uhr auf der wunderschönen Terrasse. Ich freue mich!", überrumpelt er Sophie.

„Wenigstens hat er nicht noch mal gezwinkert", lacht Lena, „das war ja schon richtig peinlich! Wenn der dich nicht abschleppen will, dann weiß ich auch nicht!"

„Ach, hör doch auf!" Sophie bekommt es ein bisschen mit der Angst zu tun, den Verdacht hatte sie schon seit dem Theaterabend, dass Oskar Schmitt mehr von ihr will. Welche ungeheure Vorstellung!

„Ich gehe jetzt duschen", macht Lena Oskar nach, „auf Zimmer 201! Na, willst du ihm nicht nachgehen? Er wird schon auf dich warten, nackt, in seinem Hotelzimmer, unter der Dusche, ohne sein Leopardenhöschen ..."

„Bitte, Lena, hör auf, du bist grausam! Das ist alles total peinlich. Es weiß zwar jeder in der Agentur, dass er ab und an Affären hat, aber doch nicht mit mir. Ich will das nicht! Bitte, lieber Gott, lass ein Wunder geschehen."

„Ich wollte nicht gemein sein, aber das war jetzt einfach zu komisch."

„Ich bin dir gar nicht böse, wenn es mich nicht betreffen würde, fände ich es auch lustig. Aber ich habe mich so auf einen ruhigen und erholsamen Urlaub eingestellt. Das hätte ich schon verdient, entschuldige, WIR haben das verdient."

„Ach was, es ist ja nur ein Abendessen. Das werden wir schon überstehen. Tagsüber ist er sowieso im anderen Hotel."

„Vielleicht hast du Recht, aber meine Laune ist gerade in den Keller gesaust. Allerdings ergibt jetzt vieles einen Sinn. Er hat mir die Reise geschenkt, damit wir uns hier zwangsläufig über den Weg laufen müssen. Und ich denke, er war der heimliche Verehrer, der mir die Blumen, die Theaterkarten und die Limousine spendiert hat. Ich soll seine nächste Affäre werden!"

„Und? Möchtest du das sein? Seine nächste Geliebte?", fragt Lena unschuldig, obwohl sie die Antwort bereits kennt.

„Auf gar keinen Fall! Das wäre ein Albtraum! Ich bin ja heilfroh, dass ich nicht alleine hierhergekommen bin! Du bist ab sofort mein Schatten, mein Zwilling, damit ich nicht in eine unglückliche Situation mit meinem Chef gerate!"

„Jawohl, zu Befehl! Ich stehe dir natürlich bei. Dem geben wir erst gar nicht die Möglichkeit, dich anzubaggern. Versprochen! Ich weiß auch schon, was gegen deine aufgewirbelten Gedanken hilft. Wir sehen Julian wieder beim Beachvolleyball zu. Wenn das keine Aufmunterung ist!"

Kapitel 18

Familienparty und Verwöhnprogramm

„Sei nicht enttäuscht, wir werden sie bestimmt finden – nächste Woche", will Eddie Max aufmuntern.

„Nächste Woche! Weißt du, wie lange das noch ist!"

„Ja, aber es kann doch niemand was dafür, dass sie nun die ganze Woche Urlaub genommen hat."

„Weißt du was, ich ..."

Max wird vom Klingeln seines Handys unterbrochen.

„Wer war denn dran?"

„Das war mein Vater. Das Jahrestreffen unserer Familie ist um zwei Wochen vorverlegt worden. Er möchte, dass ich schon diesen Freitag zu unserem Landsitz fahre."

„Diesen Freitag schon, ist das nicht ein bisschen bald für eure Familien-Sommerparty?"

„Oh Gott, bitte erwähne nicht wieder das Wort ‚Sommerparty' in Gegenwart meiner Mutter. Es ist schließlich eine noble Familienfeier, keine Party. Schöne Grüße übrigens, du bist selbstverständlich, wie jedes Jahr ebenfalls eingeladen. Vorausgesetzt, du nennst das Zusammentreffen nicht Party, sondern eher Beerdigung, was im weiteren Sinne meiner Stimmung dort entsprechen wird."

„Sei mal nicht so, die Feste, die deine Mutter plant, sind echt tolle ... äh ... Partys. Nur weil deine Stimmung gerade auf dem Tiefpunkt ist, heißt das nicht, dass andere Leute keinen Spaß haben dürfen."

„Denkst du dabei an jemand bestimmten?"

„Bestimmt nicht mehr an deine Cousine, die letztes Jahr so scharf auf mich war. Das ist vorbei. Ich bin ganz offiziell vergeben, das weißt du ja."

Die beiden stehen vor Schmitts Werbeagentur, wo sie vor wenigen Minuten erfahren haben, dass sich Sophie spontan eine ganze Woche Urlaub genommen hat.

„Komm, wir müssen zurück in die Fitnessoase. Schließlich muss ich den Dienstplan ändern, wenn ich übers Wochenende nicht da bin. Du musst mir helfen, alles vorzubereiten. Du könntest zum Beispiel Frau von Wernher anrufen, vielleicht möchte sie noch ein oder zwei Extrastunden, wenn sie am Wochenende keine Einheiten haben kann."

„Okay."

Ein einfaches Okay hätte Eddie so gar nicht von Max erwartet, wenn es um Frau von Wernher geht. Na ja, vielleicht ist Max einfach dankbar, weil sie ihm doch viel geholfen hat, was Sophie betrifft. Ohne sie wüssten sie nicht einmal ihren Namen. Oder Max ist so deprimiert, weil er schon damit gerechnet hat, Sophie heute zu sehen und mit ihr sprechen zu können und jetzt doch nichts daraus wird.

Gegen 20:30 Uhr kommen die beiden Freundinnen auf die Terrasse, wo es nach den verschiedensten Blumen herrlich duftet und auch nach gegrilltem Fisch und Fleisch. Julian sitzt schon an einem Tisch mit „Ossi". Sophies Chef scheint Julian in ein Gespräch verwickelt zu haben.

„Guten Abend, die Damen", ist Julian galant, als er die beiden Frauen sieht. Er steht sogar auf, als sie Platz nehmen.

Ein Kellner bringt die Karte und serviert einen Aperitif, den die beiden Männer schon für alle bestellt haben.

„Was ist denn das?", will Lena von Julian wissen.

„Das ist ein Passion all' arancia. Ossi wollte einen Aperitif bestellen, da habe ich ihm den empfohlen. Ich bin überzeugt, dass er euch schmecken wird. Probiert mal!"

Oskar Schmitt hebt sein Glas, um mit den anderen anzustoßen:

„Auf einen aufregenden Abend!"

Sophie sieht Lena an, die übers ganze Gesicht grinst.

Also habe ich doch richtig gesehen, dass er mir schon wieder zugezwinkert hat, denkt sie sich, *und was meint er mit aufregendem Abend. Himmelherrgott, steh mir bei!*

„Mmh, lecker", sagt Lena, „was ist denn da drin?"

„Das ist Cinzano Orange mit Limettensaftextrakt und Pfirsichlikör, abgerundet mit Weißwein und verziert mit Orangenstücken", antwortet Julian.

„Schmeckt wirklich gut, du hast einen guten Geschmack."

Gerade als sie beginnen wollen, die Karte zu studieren, kommt der Kellner schnell auf ihren Tisch zu gelaufen.

„Herr Schmitt, bitte kommen Sie schnell an die Rezeption. Ein Ferngespräch aus Österreich."

„Sehen Sie nicht, dass wir essen wollen, das Gespräch wird wohl etwas warten müssen", ist er etwas ruppig zu dem Kellner. Dieser lässt sich jedoch nicht abwimmeln.

„Ich weiß, Herr Schmitt, dass Sie einen anstrengenden Seminartag hatten und ich würde Sie auch nicht stören, wenn es nicht wirklich wichtig wäre. Die Dame am Telefon sagte, sie wäre ihre Frau und sie könnte Sie am Handy nicht erreichen. Sie sagt, es sei ein Notfall!"

„Entschuldigung, meine Damen, Julian, ich werde kurz telefonieren gehen", will sich Oskar seinen Unmut nicht anmerken lassen. Das fehlte jetzt noch, dass ihm seine Frau den Abend verpatzt.

Wenige Minuten später kehrt Oskar Schmitt mit einer schlechten Nachricht zurück an den Tisch.

„Es tut mir leid, meine Freunde, ihr werdet ohne mich zu Abend essen. Meine Frau ist in der Dusche gestürzt und hat sich das Bein verletzt. Sie ist schon im Krankenhaus und muss operiert werden. Möglicherweise ist es der Oberschenkelhalsknochen. Wenn ich sofort abreise, bin ich bei ihr, wenn sie aus der Narkose aufwacht. Ich habe gerade noch Zeit, meinen Koffer zu packen. Das Flugzeug fliegt in einer Stunde."

Er gibt erst Lena, dann Julian die Hand, um sich zu verabschieden. Als Sophie an der Reihe ist, sagt sie zu ihm:

„Bitte richten Sie Frau Schmitt herzliche Genesungswünsche aus. Sie soll bald wieder gesund werden!"

„Auf Wiedersehen, Sophie", dabei blickt er tief in ihre blauen Augen. Da glaubt sie zu erkennen, dass er gar kein alter Lustmolch ist, denn seine Augen sehen nicht aus wie die eines Draufgängers, sondern eher wie die eines traurigen, unglücklichen Mannes.

„Auf Wiedersehen", und schnell fügt sie noch hinzu, „Herr Schmitt", um ihm zu verstehen zu geben, dass ein gewisser Abstand nötig ist.

Die Stimmung hat sich beim Essen etwas gelockert, als die Freunde wieder unter sich sind. Genüsslich essen sie gegrillten Fisch mit Salat, danach ein wunderbares Zitronensorbet.

Für den vergnüglichen Teil nach dem Essen setzen sich die drei an die Bar, um wieder einen der leckeren Cocktails zu schlürfen.

„Mal sehen, welche Cocktails probieren wir nun aus?", fragt Sophie.

„Ich bin dafür, dass wir uns nicht selbst einen Cocktail aussuchen, sondern dass Julian für uns die Cocktails aussucht. Schließlich hat er sein gutes Händchen schon bei der Wahl des Aperitifs bewiesen", sie wendet sich zu ihm, „aber natürlich nur, wenn du das möchtest."

„Na klar, ich glaube, ich werde schon das Richtige für euch finden", dabei lächelt er Lena verheißungsvoll an.

Schön, Lena wieder mal lächeln zu sehen, es ist eigentlich schon sehr lange her, dass sie glücklich ausgesehen hat, denkt Sophie.

Nach kurzem Überlegen bestellt er für Sophie einen „Jack Dempsey", das ist Calvados mit Grenadine, Gin, Zitronensaft, Curacao Triple Sec und Pernod. Für Lena hat er einen „Sommernachtstraum" bestellt, dafür werden Himbeeren in ein Cocktailglas gegeben, diese mit Vanillesirup, Maracujanektar, Lime Juice und Wodka übergossen. Julian selbst will einen „El Presidente", der aus Vermouth Dry, Red Orange, Grenadine, Orangensaft und braunem Rum besteht.

Vergnüglich nippen sie an ihren Cocktails, haben Spaß und im Nu sind die Gläser leer.

Überraschend verabschiedet sich Julian für den heutigen Abend:

„Tut mir leid, Ladys, es wird Zeit für mich, denn morgen muss ich in aller Frühe schon beim Weingut sein. Meine Familie erwartet mich dort."

„Musst du wirklich schon gehen?" Lena ist ein bisschen traurig.

„Ja, aber morgen zum Abendessen sehen wir uns wieder", lächelt er Lena an, „darauf freue ich mich schon. Genießt den morgigen Tag, ihr habt bestimmt viel zu bequatschen, heute hattet ihr für Frauengespräche nicht wirklich viel Zeit."

Sophie küsst er freundschaftlich auf eine Wange. Lena küsst er auf beide Wangen, danach flüstert er ihr ins Ohr, sodass ihr ein Kribbeln den Rücken hinunterfährt: „Nach dem Frühstück wartet an der Rezeption eine Überraschung für euch!"

„Welche Überraschung?", flüstert Lena zurück, weil er immer noch dicht neben ihrem Ohr ist.

„Nein, das verrate ich nicht, sonst wäre es ja keine Überraschung", er sieht ihr tief in die Augen, „schlaf gut und träum was Schönes!"

„Gute Nacht!", säuselt Lena entzückt.

„Gute Nacht! Wir sehen uns morgen!", sagt Julian mit sanfter Stimme.

„Bis morgen!", erwidert Lena.

„Bis morgen!"

Die beiden Freundinnen sehen ihm noch nach, bis er im Hotel verschwindet.

„Ich glaube, da ist jemand ein bisschen verliebt."

Lena scheint es gar nicht gehört zu haben, sie sitzt einfach nur auf ihrem Barhocker und lächelt.

Wie schön, denkt Sophie, *wenn ich doch auch meinem Traumprinz verträumt hinterher lächeln könnte, nachdem ich ihm drei oder vier Mal eine gute Nacht gewünscht habe.*

„Komm, du verträumte Maus", sagt sie zu Lena, als sie vom Barhocker aufsteht und hakt sich bei ihr ein, „lass uns auch schlafen gehen, war ein langer Tag heute." Müde, aber glücklich in Anbetracht des wundervollen Tages, schlendern sie gemütlich in ihr Hotelzimmer.

Beim Frühstück am nächsten Tag werden die beiden Mädels so richtig verwöhnt. Das Buffet lässt keine Wünsche offen – Müsli, Obst, Wurst, Käse, Marmelade, verschiedene Aufstriche, mehrere Variationen von Eiern, Gemüse, Prosecco, Törtchen, Kuchen, Muffins ... einfach ein Traum! Es duftet herrlich nach frisch gebrühtem Kaffee und weil die Sonne die Terrasse bereits erwärmt hat, können die beiden Freundinnen das Frühstück im Freien genießen.

„Wahnsinn, dass es um diese Zeit schon so warm ist!"

„Ja, zu Hause könnten wir noch nicht am Balkon frühstücken", unbeabsichtigt ist Lena das Wort „zu Hause" herausgerutscht, was ihre gute Laune sofort drückt.

„Alles kommt so, wie es kommen soll. Ich weiß, das ist kein Trost, wenn man in einer verzwickten Situation steckt, aber im Nachhinein gesehen, stimmt es immer."

„Weißt du, was seltsam ist? Ich finde es nicht traurig, dass ich ohne Peter leben muss, viel trauriger finde ich, dass meine Vorstellung vom Leben – einmal heiraten und für immer zusammen bleiben – nicht Wirklichkeit geworden ist. Ich konnte letzte Nacht nur wenig schlafen, da habe ich viel nachgedacht. In meinem Innersten war ich wohl von Peter schon sehr lange viel weiter weg, als ich es selbst vermutet hätte. Ich hatte den Eindruck, dass es nicht schlecht laufen würde – auch nicht gut, aber eben auch nicht schlecht – und schon gar nicht so schlecht, dass man sich trennen wollte oder sollte. So blöd, wie es klingt, Larissa hat mir den Anstoß gegeben, in mich selbst hineinzusehen. Zu überprüfen, was ich fühle, was mein Herz fühlt, wie ich über Peter gerade denke, über mich selbst und über meine Ehe."

„Also wirst du nicht zu ihm zurückgehen?"

„Nein, ich werde nicht zurückgehen", der Satz kostet Lena einige Überwindung. Entscheidungen zu treffen ist schwierig, aber noch viel schwieriger ist es, sie zum ersten Mal laut auszusprechen.

„Ich meine, wenn wir eine intakte Beziehung gehabt hätten, könnte ich ihm verzeihen, dass er mit Larissa fremdgegangen ist. Zumindest würde ich es wirklich versuchen wollen. Aber wir hatten keine intakte Ehe mehr, rückblickend betrachtet waren wir bestimmt schon drei oder vier Jahre nicht mehr glücklich. Und darum werde ich nicht mehr zu ihm zurückgehen. Je mehr ich darüber nachdenke, tut es mir gar nicht so weh, dass er mich betrogen hat. Es schmerzt viel mehr, dass jeder für sich dahingelebt hat, ohne was für die Beziehung zu tun."

„Dass dich sein Fremdgehen nicht verletzt, würde ich auch als Zeichen sehen, dass nicht mehr genug Liebe für die Ehe da ist."

„Ja, das glaube ich auch. Du hast doch nichts dagegen, wenn ich eine Weile bei dir wohnen bleiben würde?"

„Nein, ich freue mich sogar! Ist wie nach der Schulzeit, als wir eine Wohngemeinschaft hatten, bevor du Peter kennengelernt hast."

„Ja, das war eine tolle Zeit."

„Das wird es wieder!"

Mit Genuss probieren sie die vielen verschiedenen Köstlichkeiten am Frühstücksbuffet und trinken dazu verschiedene Kaffeespezialitäten. Schließlich muss man sehen und kosten, was die Konkurrenz zu bieten hat.

Nach dem Frühstück suchen sie die Rezeption auf, da sollte doch eine Überraschung von Julian auf die beiden Freundinnen warten.

Als die Rezeptionistin die beiden Frauen sieht, bittet sie sie, kurz auf den bequemen, weichen Polstersesseln in der Lounge Platz zu nehmen. Die Angestellte beginnt zu telefonieren und nach wenigen Minuten erscheinen zwei Frauen, die kurz mit der Rezeptionistin sprechen und sich dann den Mädels vorstellen.

Kapitel 19

Ankunft im „Le Laurier-Rose"

„Du hast ein Grinsen drauf, als hättest du Drogen genommen. Nicht, dass ich wüsste, wie man aussieht, wenn man Drogen genommen hat, aber so stelle ich es mir vor!", neckt Sophie ihre beste Freundin, als sie am darauffolgenden Morgen – leider wieder ohne Julian – am Frühstückstisch sitzen.

„Ich fühle mich, als wäre ich im Himmel!"

„Eindeutig Drogen!", kontert Sophie.

„Hör auf mit deinen Drogen, die Leute sehen mich schon komisch an! Die glauben vielleicht wirklich, ich hätte mir was eingeworfen. Dabei geht es mir einfach nur gut. So richtig gut. Ich glaube, ich bin ein bisschen glücklich."

„Ein bisschen ist gut gesagt, du grinst von einem Ohr zum anderen!"

„Nein, tu ich nicht!"

„Tust du doch, sieh dich mal im Spiegel an."

„Okay, okay, ich glaube es dir auch so. Es ist einfach nur schön, wenn man zufrieden ... und ...", Lena sucht nach dem richtigen Wort, „ja, glücklich ist. Dir muss es doch heute auch so gehen!"

„Ja, Julian ist wirklich ein Schatz, dass er für uns gestern so einen richtigen Verwöhntag organisiert hat. – Das hat noch nie jemand für mich getan. Wie die beiden Frauen in der Lounge auf uns zugekommen sind, wusste ich erst nicht, was die mit uns vorhaben. Aber als sie das Prospekt gezückt haben, wo alle nur erdenklichen Massagen und Schönheitsbehandlungen aufgelistet waren, hatte ich schon eine Ahnung."

„Ja, aber dass wir die beiden den ganzen Tag lang beanspruchen durften, das hättest du auch nicht gedacht."

„Nein, ich hätte gedacht, dass jede von uns eine Massage und vielleicht noch eine Schönheitsbehandlung aussuchen darf.

Aber dass die uns den ganzen Tag zur Verfügung stehen, und wir immer, wenn uns danach war, eine Verwöhnbehandlung haben durften, hätte ich im Leben nicht geglaubt."

„Ja, er ist eindeutig ein Schatz!", Lena ist zufrieden mit sich und der Welt, „nur schade, dass er schon wieder aufs Weingut seiner Eltern fahren musste und nicht mal Zeit zum Frühstücken hatte."

„Heute Abend sehen wir ihn leider auch nicht, muss ja ein riesiges Fest sein, das seine Eltern vorbereiten."

„Ja, aber das zeigt doch eigentlich nur, dass seine Eltern total nette Menschen sein müssen, denn es ist ja nicht ihre Sommerparty, sondern die von einem früheren Geschäftspartner, hat mir Julian erklärt. Mittlerweile sind seine Eltern mit diesem und dessen Familie so gut befreundet, dass Julian und seine Familie innerhalb von zwei Tagen ein Fest für über 200 Leute mal so schnell auf ihr Weingut verlegen. Und sich auch noch freuen, dass sie einem langjährigen Freund ihre Hilfe anbieten können. Aber du hast ja gehört, weil er sich nun so gar keine Zeit für uns nehmen kann, darf er uns auch zum Fest am Samstagnachmittag mitnehmen", erklärt Lena, „ich freu mich schon total, so eine richtige Nobelparty, nur: Was ziehen wir da an?"

„Natürlich ein elegantes, langes, luftiges Kleid, wie es sich für ein Sommerfest gehört. Ich glaube, da müssen wir vorher noch shoppen gehen."

„Selbstverständlich. Das habe ich zu Julian auch gleich gesagt, darum schickt er uns eine Limousine, die wir den ganzen Tag benutzen dürfen. Die müsste eigentlich schon vor dem Hotel stehen."

„Das ist nicht dein Ernst!"

„Doch, das ist mein Ernst! Sobald wir mit dem Frühstücken fertig sind, kann's auch schon losgehen!"

„Sag mal, Lena, ihr habt ja ganz schön viel geredet, gestern Abend, dabei bin ich doch nur eine halbe Stunde vor dir aufs Zimmer gegangen."

„Ja, wir haben von der Party gesprochen. Es war richtig nett."

„So, so, von der Party, und es war nett, aha."

„Also lass uns einkaufen fahren!", ignoriert Lena Sophies Bemerkung.

„Diesmal geht ja wirklich alles daneben!", ist Max etwas sauer, „erst wird das Sommerfest meiner Eltern vorverlegt, weil sie unbedingt wollen, dass die Renovierungsarbeiten am Landhaus schon nächste Woche beginnen, anstatt, wie geplant, erst in zwei Monaten. Und dann der Wasserrohrbruch. Echt toll! Jetzt müssen wir auch noch im Hotel übernachten!"

„Ach was, so schlimm ist das nun auch wieder nicht. So kann mich deine Cousine wenigstens nicht verfolgen."

„Es ist nur alles so ..., so ... ach, es läuft einfach alles schief!"

„Ich weiß, was du meinst, aber vergiss mal für dieses eine Wochenende deine schöne Sophie, sie ist irgendwo auf Urlaub und wir beide sind hier in Frankreich. Du musst dich damit abfinden, dass du sie erst nächste Woche sehen kannst. Schau, mir geht's ja auch nicht besser. Ich bin jetzt endlich wieder mal liiert, Claudia ist DIE Traumfrau schlechthin, und gerade dieses Wochenende muss sie auf ihren Neffen aufpassen. Wäre schon schön gewesen, wenn sie hätte mitfahren können. So müssen wir uns beide damit abfinden, ohne unsere Traumfrauen hier in Frankreich zu sein."

„Du hast ja Recht, ich werde versuchen, es mir nicht anmerken zu lassen. Die letzten Tage waren ziemlich ereignisreich, wir haben uns eine Pause verdient!", lenkt Max Eddie zuliebe ein, obwohl er lieber schmollen würde.

Das Taxi hält: „Meine Herren, das ‚Le Laurier-Rose‘, Ihr Hotel."

Das auch noch, denkt Max und verdreht die Augen, so ein romantisches, verspieltes, altes Häuschen, das sich selbst ‚Oleander‘ nennt und tonnenweise mit Blumen geschmückt ist. Genau das, was ich jetzt brauche, na toll!

Die beiden checken ein, beziehen die Zimmer und gehen dann auf die Terrasse, wo das Abendessen serviert wird. Danach verbringen sie einige Stunden an der Hotelbar, um mit dem Frust, der sich zwangsläufig aufgestaut hat, etwas besser klarzukommen.

Die beiden Freundinnen haben alle Boutiquen in Cannes und Umgebung bis nach Nizza unsicher gemacht. Man glaubt gar nicht, wie viele Taschen in so einer Limousine Platz finden. Jede hat circa drei verschiedene Sommeroutfits, inklusive neuer Schuhe, Handtaschen und diversen kleineren Accessoires für die Party gefunden. Schließlich weiß man nie, wie das Wetter wird, da braucht man schon ein oder zwei, manchmal auch drei Auswahlmöglichkeiten, da sind sie sich einig. Im etwa 40 Kilometer entfernten Nizza haben die Freundinnen ein wunderschönes kleines Restaurant am Hafen entdeckt, das ihnen sofort gefällt. Als sie mit Shoppen fertig sind, beschließen sie, dort zu Abend zu essen, weil Julian heute auch fürs Dinner keine Zeit hat. Danach würden sie zurück in ihr Hotel „Le Laurier-Rose" fahren, um dort wieder einen neuen Cocktail auszuprobieren. Sophie bestellt Wildlachs an Melonen, Chilisauce und Dillreis. Lena wählt ein Risotto mit Pfifferlingen, Zucchini, Serranoschinken und Pecorino. Danach trinken sie ein Glas Wein und noch ein Glas Wein. Die Atmosphäre hier am Meer ist ergreifend und wunderschön. Sie beschließen, noch ein drittes Gläschen zu trinken und den Abend doch hier ausklingen zu lassen anstatt an der Hotelbar.

Spät abends bringt sie die Limousine zurück ins Hotel und der Chauffeur hilft den Mädchen, die vielen Taschen auf das Zimmer zu tragen. Total müde und erschöpft lassen sie sich aufs Bett fallen.

„Daran könnte ich mich gewöhnen", sagt Sophie.

„Ja, es war ein richtig schöner Tag heute. Der zweite in Folge, möchte ich betonen. – Und nur, weil Julian maßgeblich daran beteiligt war. Er ist wirklich ein Schatz."

„Ich könnte eine Menge Geld verdienen, wenn ich immer einen Euro von dir kriegen würde, wenn du Julian als Schatz bezeichnest."

„Gute Nacht, Sophie!", lächelt Lena zufrieden.

„Gute Nacht, Lena, träum was Schönes!"

„Da kannst du sicher sein!"

Kapitel 20

Sag mal, spürst du das auch?

„Sag mal, spürst du das auch?", will Sophie von Lena wissen?

„Was soll ich spüren?"

„Ich weiß auch nicht, ich kann es nicht beschreiben. So ein ganz leichtes, zartes Frösteln, obwohl mir gar nicht kalt ist."

„Nein, spüre ich nicht! Komm, wir müssen uns mit dem Frühstück heute etwas beeilen, wir müssen uns noch zurechtmachen für die Party. Julian wird uns in zwei Stunden abholen, da müssen wir fertig sein. Du weißt, für das Haareföhnen alleine brauche ich schon eine Dreiviertelstunde."

„Ja, ich weiß, darum haben wir uns auch heute hier im Speisesaal seitlich neben das Buffet gesetzt und nicht nach draußen auf die Terrasse, um Weg und somit Zeit zu sparen."

Max und Eddie frühstücken zur selben Zeit auf der Terrasse.

„Bist du etwa schon fertig, Max?"

„Ich habe keinen Hunger mehr!"

„Na, ich schon, ich gehe noch mal hinein zum Buffet und hol mir was. Soll ich dir nicht doch was mitnehmen? Oder geh mit und sieh dir die Köstlichkeiten noch mal an. Bestimmt kriegst du dann noch Appetit!"

„Gut, ich geh ja mit!", gibt Max klein bei, zum Diskutieren ist er nicht in Stimmung und Eddie gibt ja doch keine Ruhe. Er trottet hinter Eddie her, ohne auch nur nach rechts oder links zu sehen, erst schaut er auf seine Schuhe, dann widerwillig aufs Buffet, als er davorsteht.

„Da schon wieder dieses Frösteln", ist Sophie erschrocken, die mit dem Rücken zum Buffet sitzt, „bist du sicher, dass du das nicht auch spürst?"

„Tut mir leid, Sophie, ich spüre es wirklich nicht. Magst du die Plätze tauschen, vielleicht sitzt du in einem Luftzug."

„Ja, wenn es dir nichts ausmacht, würde ich gerne tauschen, irgendwie ist das unangenehm, weißt du."

Die Freundinnen tauschen die Plätze, was Sophie leider auch keinen Blick auf das Buffet gewährt, weil ihr ein großer Oleander die Sicht versperrt. Eddie und Max stehen eine Weile ratlos vor der großen Auswahl an gutem Essen. Nachdem sie sich für Rührei mit Speck entschieden haben, gehen sie zurück zur Terrasse.

„Schon wieder! Jetzt hast du es aber auch gespürt, oder?"

„Nein, ich habe es wieder nicht gespürt. Aber es liegt eindeutig an dir und nicht an dem Platz! Bist du nervös wegen der Party und den vielen unbekannten Leuten, die wir dort sehen werden?"

„Nein, eigentlich nicht, ich freue mich auf etwas Abwechslung in meinem Kopf, denn auch wenn wir in den letzten beiden Tagen verwöhnt wurden und sehr viel Spaß hatten, so habe ich doch sehr viel an Max denken müssen. Ich vermisse ihn, obwohl ich ihn gar nicht kenne. Mein Verstand sagt, ich bin psychisch gestört, weil mir jemand fehlt, den ich gar nicht kenne. Aber mein Herz fühlt, dass es richtig ist, ihm zu begegnen, ihn kennenzulernen, ihn zu küssen. Ich sehne mich danach, obwohl ich ihn noch nicht einmal berühren konnte."

„Du bist nicht psychisch gestört, dein Herz fühlt nur, dass es nicht mehr einsam und verschlossen sein möchte. Deine seelischen Mauern haben sich gelöst, das Herz ist wieder frei und möchte von Liebe erfüllt sein."

„Kann schon sein, ich bin es nur nicht gewohnt, dass das Herz den Ton angibt. Normalerweise entscheidet bei mir der Kopf und nicht das Herz. Du kennst mich ja!"

„Genau und darum, meine liebe Sophie, wird es Zeit, Entscheidungen aus dem Bauch heraus zu treffen. Lass dich von deinen Gefühlen leiten! Ich verspreche dir, wenn wir wieder zu Hause sind, werden wir deinen Max suchen. Du weißt doch, ich habe eine Freundin, die vor Jahren im Theater gearbeitet hat. Wenn sie noch Kontakt zu den Angestellten dort hat, haben wir vielleicht eine Chance, herauszufinden, wer an diesem einen Samstag im Schauspielhaus war. Vielleicht kommen wir ihm so ein Stückchen näher. Und vielleicht bekommst du dann auch deinen Mantel wieder, den du im Theater vergessen hast. Die haben ihn bestimmt zur Seite gelegt."

„Das würdest du für mich tun?"

„Ich würde alles für dich tun, Sophie, genauso wie du für mich!" Sophie umarmt ihre Freundin kurz, drängt sie aber dann: „Du, ich glaube, wir müssen aufs Zimmer und uns anziehen, sonst muss Julian auch noch auf uns warten."

„Sag mal", sagt Max, „kann es sein, dass es hier draußen auf der Terrasse wärmer ist als drinnen am Buffet?"

„Warum fragst du?"

„Als wir auf unsere Eier gewartet haben, lief mir ein kalter Schauer den Rücken hinunter."

„Ich habe nichts bemerkt", antwortet Eddie, „war bestimmt ein Luftzug!"

Die beiden Freunde verlassen gleich nach dem Frühstück das Hotel und begeben sich auf das Weingut, wo das Familienfest dieses Jahr wegen dem Wasserrohrbruch stattfinden wird.

~⚬~

Julian holt Lena und Sophie standesgemäß mit der Limousine ab.

Er begrüßt sie, wie auch die Abende zuvor, mit einem Küsschen. – Sophie bekommt eines auf ihre linke Wange, Lena kriegt wieder Küsschen auf beide Wangen.

„Du siehst bezaubernd aus!", flüstert er ihr dabei ins Ohr.

Lena hat sich für ein knöchellanges Kleid in hellem Rosa entschieden, das ihre sonnengebräunte Haut strahlen lässt. Sophies Kleid ist ebenfalls lang, aber mit zartrosa Blumenmuster auf purpurnem Untergrund. Etwas aufgeregt sind die beiden nun doch, als die Limousine aufs Weingut fährt.

Julian ist solch große Menschenaufläufe und elegante Partys gewohnt und manövriert sie souverän an den vielen Gästen im riesigen Eingangsbereich vorbei durchs Haus hindurch in den großen parkähnlichen Garten, der auf der Hinterseite des Gebäudes beginnt.

„Wie schön es hier ist", schwärmt Lena, „der wunderschön angelegte Garten und im Hintergrund als Panorama die Weinhügel. Unglaublich!"

„Ich wusste, dass es dir gefällt", lächelt Julian, „ich habe eine Lieblingsstelle etwas weiter hinten im Garten, die würde ich dir gerne zeigen, wenn du möchtest."

„Ich würde deinen Lieblingsplatz unheimlich gerne sehen!", ist Lena ganz hin und weg von Julians romantischer Ader.

Zu Sophie sagt er: „Dürfen wir dich ein paar Minuten alleine lassen?"

„Ja klar, ist überhaupt kein Problem!", flunkert Sophie, so ganz wohl fühlt sie sich unter den vielen fremden Menschen nicht, aber sie freut sich für ihre Freundin.

Ein Kellner mit einem großen Tablett Champagner bietet ihr ein Glas an. Sie blickt sich um. Hier ist es wirklich wunderschön.

Eine Weile vergeht, Sophie schlendert durch den Garten und beobachtet dabei die Menschen, die zwischen Haus und Garten hin und her flanieren. Bei über zweihundert Gästen herrscht ein reges Treiben. Dazwischen die Kellner, die Champagner und Hors-d'œuvre anbieten. Dumm nur, dass Sophie ihre Uhr abgenommen hat, die hätte nicht zu ihrem Kleid gepasst, aber sie hat das Gefühl, dass sie schon mindestens 30 Minuten ohne ihre Freunde ist.

Hoffentlich falle ich nicht auf, so einsam und verloren, wie ich mich fühle, denkt sie. *Wie lange kann es denn schon dauern, seinen Lieblingsplatz im Garten herzuzeigen?*

Sophie kriegt schlechte Laune, obwohl sie das gar nicht möchte. Sie gönnt Lena ja ein Weilchen Zweisamkeit mit Julian. Schließlich darf man die schönen Momente im Leben nicht von sich wegschieben, die muss man schnappen und dann einfach nur genießen.

Einfach nur genießen würde ich jetzt auch gerne etwas Zweisamkeit mit Max, wird Sophie ein bisschen traurig.

Im weitläufigen Garten entdeckt sie eine kleine Bank, die etwas abseits vom Trubel steht und zwischen Sträuchern hervorlugt. Mit sehnsuchtsvollen Gedanken an Max schlendert sie dorthin, um sich der Menschenmenge ein bisschen zu entziehen.

„Eddie, Eddie!", ist Max aufgeregt, „du wirst es nicht glauben, ich habe SIE gesehen!"

Eddie versteht sofort.

„Du hast Sophie gesehen?"

„Ja, ich habe sie gesehen, sie war im Garten und jetzt finde ich sie nicht mehr! Zwischen den vielen Menschen ist sie auf einmal verloren gegangen. Bis ich sie erreichen konnte, war sie weg!"

„Sophie? Ich suche auch eine Sophie!", meldet sich Lena zu Wort, die mit Julian gerade aus dem hinteren Teil des Gartens zurückgekommen ist und zufällig das Gespräch mit angehört hat.

„Ich kenne dich!", fällt es ihr ein, „du warst schon ein paar Mal bei mir im Coffeeshop, nicht wahr?"

„Ja, natürlich, der Coffeeshop. Jetzt weiß ich auch, warum mir dein Gesicht gleich so bekannt vorkam. Übrigens, ich heiße Max."

Lena erstarrt. – Da übernimmt Julian das Reden für sie: „Das ist Lena, mein Name ist Julian. Meinen Eltern gehört das Weingut."

„Meine Eltern veranstalten die Party, äh, das Sommerfest", antwortet Max, die beiden scheinen sich auf Anhieb zu verstehen. Sie wechseln ein paar Worte, bis Julian auffällt, dass mit Lena etwas nicht stimmt.

„Lena, du bist so blass, ist dir nicht wohl?", ist Julian besorgt.

„Nein, mir geht es gut. Wir müssen Sophie finden, sofort. Verstehst du, das ist Max! DER Max!", sagt sie zu Julian und zu Max: „Sophie ist meine beste Freundin! Wir müssen sie auf der Stelle finden! Sie wird sich so freuen, dich zu sehen!"

„Bist du sicher, dass wir die gleiche Sophie meinen?", ist Max skeptisch.

„Ja klar. Du hast sie zum ersten Mal in Jimmys Bar gesehen, ein paar Tage später im Theater, nicht wahr?", Lena kreischt schon fast und quiekt vor Glück.

„Okay, wir teilen uns auf", ist Max energisch, nun will er keine Zeit mehr verlieren, „Julian und Lena suchen den Garten ab, Eddie und ich sehen im Haus nach, in zehn Minuten treffen wir uns genau hier wieder, einverstanden?"

„Ja, los, los", ist Lena ungeduldig, „lasst uns keine Zeit verlieren."

Zehn Minuten später kommen die vier am verabredeten Ort wieder zusammen. Alle lassen die Schultern hängen, Sophie ist wie vom Erdboden verschluckt.

„Was machen wir nun?", ist Max verzweifelt.

„Der Garten und das Haus sind einfach zu groß, sie könnte überall sein. Wir könnten Stunden damit verbringen, sie zu suchen und würden sie doch nicht finden", weiß Julian die Größe des Weingutes einzuschätzen.

„Ich hätte da vielleicht eine Idee!", grinst Lena, „gibt es hier irgendwo ein Mikrofon?"

„Dort hinten, wo die Band spielt, bei der Tanzbühne, da gibt es Mikrofone. Was hast du vor?", will Max wissen.

„Kommt mit, wir werden Lena zur Bühne locken, das klappt bestimmt. Du stellst dich einstweilen hinter die Band, damit sie dich nicht sofort sieht."

Max ist einverstanden.

Die Liveband hört für einen Moment zu spielen auf und Lenas Stimme dröhnt aus dem Mikrofon:

„Sophie Lehmann, bitte komm zu mir auf die Bühne", nach wenigen Sekunden nochmal, schon etwas ungeduldig:

„Fräulein Sophie Lehmann auf die Bühne bitte!"

Die Partygäste sehen Lena erwartungsvoll an. Es wird getuschelt, die Leute schauen sich um, wer auf dem Weg zur Bühne ist. Eine Frau in einem wunderschönen, purpurfarbenen Kleid bewegt sich von weiter hinten im Garten Richtung Menschenmenge und Bühne.

Lena kann Sophie schon entdecken, aber ihr macht es Spaß, auf der Bühne zu stehen, so dröhnt ein drittes Mal ihre Stimme durchs Mikrofon:

„Sophie Lehmann, bitte komm zu mir auf die Bühne. Ich habe eine Überraschung für dich!"

Nach wenigen Minuten hat Sophie die Bühne erreicht, sie geht gerade so weit an den unteren Bühnenrand, dass nur Lena sie hören kann:

„Sag mal spinnst du, du kannst dir doch nicht einfach das Mikrofon schnappen und Durchsagen machen. Die werden uns hinausschmeißen."

Lena macht das sichtlich Spaß, darum sagt sie wieder durchs Mikro:

„Sophie, bitte komm zu mir auf die Bühne herauf!"

„Nein, du weißt genau, dass ich schlechte Erfahrungen mit Bühnen habe. Ich will nicht zu dir hinauf. Komm du herunter!"

„Bitte, Sophie, du kennst mich schon so lange, glaubst du, ich würde dich nicht heraufbitten, wenn es nicht wirklich wichtig wäre?"

Sophie gibt sich geschlagen, gegen Lenas Willen anzukämpfen, gelingt ihr wohl nicht. Sie geht zur linken Seite der Bühne, wo sich die Treppe befindet und geht fünf Stufen hinauf. Sie war so darauf konzentriert, nicht auf das Kleid zu steigen, dass sie nicht bemerkt hat, wie Lena auf der Rückseite der Bühne die zweite Treppe hinunter gestiegen ist.

Als Sophie merkt, dass sie ganz alleine ohne Lena auf der Bühne steht, wird ihr schwindelig, ihr Kopf dreht sich, sie wankt. Eine Bühne und sie ganze alleine im Mittelpunkt. – Das kann nicht gut gehen.

Auf Lenas verstecktes Kommando beginnt die Band zu spielen: „I will always love you" von Whitney Houston. Max kommt von der hinteren Treppe auf die Bühne. Mit einer Rose in der Hand geht er auf Sophie zu. Er gibt ihr die Blume und die beiden sehen sich wortlos lange an. Rundherum scheint alles vergessen. Nur mehr Gefühle, keine Dinge mehr. Nur mehr warmes Kribbeln, Schmetterlinge, Glück ..., keine Bühne, keine Menschen, keine Zuseher.

„Danke für die Rose."

„Danke, dass es dich gibt!"

Max geht den fehlenden, letzten Schritt auf Sophie zu, nimmt ihr Gesicht in seine Hände und küsst sie lange und zärtlich, mit viel Gefühl.

Niemals mehr wird er sie wieder loslassen. Aus zwei einsamen Herzen ist eines geworden – voll mit Liebe, Vertrauen und Zuversicht.

~∽~

„Fall abgeschlossen?", grinst Sam.

„Fall abgeschlossen!", bestätigt Paul.

„Dann darf ich dir jetzt einen Kaffee in der Kantine ausgeben?"

„Einverstanden", sagt Paul, er spürt, dass Samantha sehr traurig wäre, wenn er ablehnen würde.

„Treffen wir uns dort in ein paar Minuten, ich habe noch etwas zu erledigen, okay?"

„Okay, dann bis gleich, Paul!", Samantha verlässt als Erste den Raum.

Paul blickt noch einmal auf die Monitore. Minutenlang haben sich Sophie und Max geküsst, jetzt tanzt er mit ihr. Max scheint Sophie gar nicht mehr loslassen zu wollen. Paul ist nicht nur zufrieden – wie sonst, wenn ein Fall erfolgreich abgeschlossen ist –, diesmal ist er wirklich glücklich. Er bekommt Gänsehaut, wenn er daran denkt, welch wunderschöne Beziehung die beiden haben werden. Tja, das ist wahre Liebe!

Schluss für heute. Er schaltet die Monitore ab und macht sich auf den Weg zu Charles York.

„Sie können mich heute nicht aufhalten, Louise", geht er einfach an der Vorzimmerdame von Charles York vorbei.

„Ist heute auch nicht notwendig", sagt Louise leise, als Paul schon im Büro ihres Chefs verschwunden ist.

„Es tut mir leid, Chef, dass ich ohne Termin so einfach eindringe, aber ich muss dringendst mit Ihnen reden", ist Paul zunächst noch sehr energisch.

„Wieso ohne Termin? Die Zeit ist für Sie reserviert. Sie sind pünktlich wie immer! Also sprechen Sie, was haben Sie auf dem Herzen?"

„Der Fall ‚Sophie und Max' ist abgeschlossen, Chef!"

„Sie wissen, dass ich das sowieso schon weiß! Also, was wollen Sie mir sagen?"

„Charles York", beginnt Paul von Neuem, „ich muss mich selbst melden! Ich habe gegen die Regeln verstoßen!"

„Sie haben gegen die Regeln verstoßen?", ist Charles York gekünstelt überrascht.

„Ja, es tut mir furchtbar leid, Chef!"

Paul ist niedergeschlagen und spricht etwas zaghaft weiter: „Ich habe Samantha geküsst. Schon vor einiger Zeit, ich wollte einen Termin vereinbaren, habe aber keinen bekommen. Ich habe es wirklich gleich melden wollen, aber Louise hat mich partout nicht zu Ihnen vorgelassen. Darum bin ich heute einfach so hereingeplatzt. Ich verstehe gar nicht, wieso Sie gesagt haben, ich hätte heute einen Termin?" Paul ist verwirrt und nervös. Wie wird Charles York reagieren?

Eine Weile sitzen beide nur da, wortlos. Paul hat alles gesagt, was zu sagen war, aber keine Reaktion von Charles York. Keine Predigt? Keine Rüge?

Charles York beobachtet Paul eindringlich, was diesen noch nervöser macht.

„Mein lieber Paul, Sie leisten hervorragende Arbeit und Sie haben in über 135 Dienstjahren nicht ein Mal gegen die Regeln verstoßen. Ich verzeihe Ihnen!"

Charles York widmet sich wieder den Papieren auf seinem Schreibtisch und sagt, ohne noch einmal aufzublicken: „Sie dürfen gehen, Paul, und nehmen Sie doch Samantha mit!"

„Samantha?"

Paul dreht sich um.

Hat sie etwa schon die ganze Zeit im hinteren, linken Eck des Büros gesessen? Hat sie alles mit angehört?

Charles York erklärt:

„Ich habe ja schon lange keine Fälle mehr übernommen, als Chef bleibt einem für so etwas keine Zeit. Aber dann kam Samantha, und es war so einfach, ich brauchte sie Ihnen nur als

Lehrling zu schicken. Der Rest hat ganz von allein geklappt. Nur ich hätte sie an Ihrer Stelle schon viel früher geküsst", grinst Charles York die beiden an.

„Ich gebe Ihnen beiden drei Wochen Urlaub. Wenn Sie wollen, dürfen Sie danach weiter als Team arbeiten, hat ja ganz gut funktioniert."

Nachwort von
Liebesengel Paul

Lieber Mensch,

danke zuweilen dem Leben, dass es Dich immer da hinbringt, wo Du gerade sein sollst. Dass ein beschützender Engel wie Ich Deine Begegnungen leitet und vertraue darauf, dass alles im Leben so kommen wird, wie es kommen soll. Das bedeutet nicht, dass alles einfach und leicht passiert. Die Wege sind oft schwierig, langatmig und mühsam. Oft auch schmerzhaft und fast nicht bewältigbar. Manchmal fühlst Du Dich hilflos, gefangen wie in einem Treibsand, manchmal von Wassermassen mitgerissen, manchmal gehunfähig, weil ein starker Gegenwind weht. Und manchmal fühlst Du Dich einfach nur leer und erschöpft oder wie ein begossener Pudel, wenn der Regen auf Dich herunterprasselt und nicht mehr enden will.

Genau hier beginnt das Vertrauen. Da, wo Dich Dein Weg in die Knie zwingt. Wenn der Blick nach vorne unmöglich erscheint. Hier beginnt das Vertrauen, dass alles so kommen wird, wie es kommen muss.

Dass Du Dich trotz aller Stürme, Gewitter, Treibsand, Regen und Wind nicht vom Weg abbringen lässt, erfordert viel Zuversicht und Mut. Lass Dir sagen, dass durch Vertrauen Zuversicht und Mut entsteht. Und mit jedem Schritt nach vorne wächst das Vertrauen, das verspreche ich Dir!

Und mit einem Mal, wenn Du die allerschwierigsten Stücke Deines Weges gemeistert hast und Dein Herz voll Vertrauen, Zuversicht, Mut und schließlich auch Selbstliebe und Wertschätzung ist, taucht in der Ferne ein neuer Begleiter auf – die Liebe.

Dein Paul

HERZ FÜR AUTOREN A HEART FOR AUTHORS À L'ÉCOUTE DES AUTEURS MIA KAPΔIA ΓIA ΣYΓΓP.
HJÄRTA FÖR FÖRFATTARE UN CORAZÓN POR LOS AUTORES YAZARLARIMIZA GÖNÜL VERELIM SZÍV
PER AUTORI ET HJERTE FOR FORFATTERE EEN HART VOOR SCHRIJVERS TEMOS OS AUTO
ÖINKÉRT SERCE DLA AUTORÓW EIN HERZ FÜR AUTOREN A HEART FOR AUTHORS À L'ÉCOUT
BCEЙ ДУШОЙ К ABTOPAM ETT HJÄRTA FÖR FÖRFATTARE À LA ESCUCHA DE LOS AUTOR
MIA KAPΔIA ΓIA ΣYΓΓPAΦEIΣ UN CUORE PER AUTORI ET HJERTE FOR FORFATTERE EEN H
ÖINKÉRT SERCE DLA AUTORÓW EIN HERZ FÜR
BCEЙ ДУШОЙ К ABTOPAM ETT HJÄRTA FÖR

Die Autorin

Alexandra Felleitner ist in Oberösterreich heimisch. Ihr beruflicher Werdegang führte sie von einem kurzen Ausflug in der Privatwirtschaft in den Landesdienst, wo sie zuerst im Gesundheitsbereich im Büro tätig war und nun im allgemeinen Verwaltungsdienst des Landes Oberösterreich als Buchhalterin tätig ist. Die ambitionierte Mutter von zwei Kindern hat 2015 parallel zu ihrem Berufsleben ihre Matura gemacht. Schon seit ihrer Kindheit hatte Felleitner den Wunsch, eigene Geschichten zu verfassen und schließlich ein Buch zu veröffentlichen, doch neben Beruf, Ausbildung und Kindern fand sie selten Zeit für ihre Passion. Während der Absolvierung der Abendschule hat sie die Leidenschaft für das Schreiben wieder für sich entdeckt und entschloss, dass das Schreiben ein fester Bestandteil ihres Lebens bleiben würde. Neben dem Verfassen von Texten und ihrer Arbeit wandert sie auch gerne und ist Mitglied der Tanzgruppe des Viechtauer Heimatvereins.